13

à Marthe et Maurice
mes chers amis. Bonne
lecture,

Riyane

TRAIT-CARRÉ

Tome III

L'ESPRIT MALÉFIQUE DU TRAIT-CARRÉ

De la même auteure

Pierre Miville, tome 2, La fièvre du large, Éditions *RMH,*
Mai 2010, roman, 303 p.

Pierre Miville, tome 1, Un Suisse en Nouvelle-France,
Août 2005, Éditions Parenthèses, roman, 347 p.

Léontine Kérichinski, maîtresse, octobre 2002
Éditions Parenthèses, roman, 97 p.

Trait-Carré, tome 2, Ne fermez pas les volets, juin 1999,
Les Éditions Parenthèses, roman, 480 p.

Trait-Carré, tome 1, Tourbillon au pied de la Laurentie,
novembre 1997, Les Éditions Parenthèses, 317 p.

Jeanne la Charlevoisienne, novembre 1995, Éditions La Société
d'histoire de Charlevoix, roman biographique, 269 p.

TRAIT-CARRÉ

TOME III

L'ESPRIT MALÉFIQUE DU TRAIT-CARRÉ

RMH

RÉJANE MICHAUD-HUOT
410-5475, Marie-Victorin,
Brossard (Québec)
J4W 3M3
Téléphone : 450 671-9715
michaud.huot@videotron.ca

Catalogage avant publication de Bibliothèque et
Archives nationales du Québec et Bibliothèque et
Archives Canada

Michaud-Huot, Réjane

　Trait-carré : roman

　Sommaire: t. 3. L'esprit maléfique du Trait-carré.

　ISBN 978-2-9811715-2-8 (v. 3)

　　I. Titre. II. Titre. III. Titre : L'esprit maléfique du Trait-carré.

PS8576.I243T73 1997　　　　　C843'.54
C97-941077-0
PS9576.I243T73 1997

Dépôt légal
janvier 2013
Bibliothèque et Archives nationales du Québec
Bibliothèque et Archives du Canada

ISBN 978-2-9811715-2-8 (v.3)

« Les fantômes sont nombreux dans une maison où de grandes souffrances ont été endurées. »

Pierre Billon
Extrait de l'Ultime Alliance

Remerciements

Toute ma reconnaissance aux personnes qui ont aidé, de près ou de loin à l'édition de ce livre :

Fernand Breault
Ginette Dessureault
Marie-Anne Duchesne-Breault
Pauline Gill
Jean-Luc Huot
Nathalie Paquin

Prologue

Au 2ᵉ tome de la présente trilogie appelée Trait-Carré, le docteur Camille robin, dans son testament, a laissé en héritage le domaine du Trait-Carré à trois de ses petits-enfants. Ils sont : Emma Lafrance-Robin, fille de Jean. Laura Leblanc, fille de feue Fanny. Louis-Camille Robin, fils de Marylou.

Tous trois semblent dépassés par le fait de se voir bénéficiaires d'un tel legs.

Ce n'est que dix ans après la mort de leur grand-père Camille que Laura se montre intéressée à cet héritage. En même temps, Louis-Camille prend une part active à penser quel usage faire du domaine. De son côté, Emma a trop de problèmes de couple pour manifester le moindre intérêt à l'héritage de cette grande propriété.

Que feront ces trois jeunes héritiers devant ce défi à relever ?

Par contre, les tantes Marlène et Denise, ainsi que Marylou, mère de Louis-Camille, ont leur mot à dire sur le sujet de discussion, puisque les trois femmes occupent une place importante dans la vie des légataires.

Parmi les nouveaux personnages qui ne font que passer sur le domaine Trait-Carré, Serge a pris du galon dans la tête de Laura et dans le cœur de Marlène.

En 1988, les générations se succèdent. Chacune défend la mentalité de son époque.

Perdue dans les broussailles

Le portail de fer résiste aux tentatives répétées de Laura. La jeune femme s'empare d'une pierre pour mieux soulever la clenche. Après plusieurs coups répétés, la chevillette de métal cède enfin. La barrière obéit en grinçant. Laura la pousse complètement vers la droite. La grille va s'appuyer lourdement sur la haie de cèdres touffue, formant ainsi un rideau qui isole de ses voisins, la maison des Robin.

La copropriétaire fouille dans la pochette de son baluchon en similicuir caramel. Elle cherche à récupérer la clé de l'habitation. Après des secondes de tâtonnement, elle met la main dessus. Souriante, l'héritière se dirige vers l'ancienne demeure. La tête dans les toiles d'araignée, Laura retient soudainement un cri. « Hey ! Je vais bien mourir de peur avant de rentrer! »

Deux lilas plantés de chaque côté de la porte depuis la naissance des jumelles Robin il y a quarante-huit ans la font sursauter. Ces deux arbres aux fleurs parfumées sont devenus si énormes que la journaliste en vacances doit en écarter les branches une à une pour se frayer un passage. Personne n'avait mis les pieds en cet endroit depuis la mort subite de Jean Robin, oncle de Laura.

Cette dure épreuve était survenue en 1986, soit depuis près de deux ans. Actuellement, il n'y a aucune âme vivante qui se montre intéressée à cette vieille maison du Trait-Carré. Elle a été prise d'assaut par les fardoches répandues le long des clôtures.

Laura Leblanc, fille unique de feue Fanny Robin et de Jacques Leblanc, pénètre enfin à l'intérieur. Elle se dirige d'abord vers la cuisine. En ce beau jour de la mi-mai, elle ressent un malaise provoqué par une intense humidité installée dans tous les recoins. La jeune femme ouvre les fenêtres et les volets. Elle fait le tour des pièces pour aérer partout. Rapidement, elle allume un feu dans les trois cheminées, puisque toutes les surfaces ont besoin d'être réchauffées.

Par la suite, Laura met les pieds dans le solarium. Dès qu'elle s'apprête à lever les stores, elle aperçoit une caisse de bière sur le plancher et des cendriers remplis de mégots. Gisent à côté, deux bouteilles de vin à moitié vides.

« Hum ! Ceci ressemble bien au comportement de Louis-Camille. Il n'aurait pas eu le temps de faire le ménage, à ce que je vois. Les policiers ont dû perturber sa dernière soirée. »

Louis-Camille Robin, fils de Marylou (une des jumelles Robin), aimait venir faire son tour ici pour fêter. Comme il est lui aussi l'un des héritiers du domaine, il y amenait souvent de jeunes copains avec lui. Le moindre de ses rassemblements finissait toujours par un party de drogue et de boisson, jusqu'au moment où la police se présenta un soir pour l'arrêter. Le jeune homme fut traduit en justice et condamné. Il avait été pris en possession de drogue. Il dut payer l'amende avec l'argent emprunté de sa mère. De ce malheureux événement, la pauvre Marylou n'en souffla mot à personne. Néanmoins, tout le monde apprit vite la mauvaise nouvelle.

Peu après sa mésaventure, Louis-Camille décida de changer d'air. Il partit vers la Colombie-Britannique. Selon la rumeur qui s'était répandue, il devait séjourner dans cette province seulement quelques semaines. Mais voilà que les quinzaines et les mois ont passé. Ça fait près de deux ans que Louis-Camille a levé l'ancre sans revenir chez lui. Régulièrement, il envoie des photos à sa mère. Les images le représentent tantôt au milieu d'un vignoble dans la vallée de l'Okanagan, là où il disait avoir trouvé du travail; tantôt à bord d'un bateau de plaisance sur un des lacs de la région. Seule sa mère le croit. Elle se montre fière de son fils. Peut-être a-t-elle raison?

Laura s'arrête un moment. S'approchant d'une fenêtre pour monter le store, elle appuie sa tête contre la vitre. Perdue dans ses pensées, elle retourne des années en arrière.

« Je me souviens qu'il y avait une piscine juste là, derrière la maison. Grand-P'pa l'appelait toujours : la piscine extérieure. Nous l'avons fait démolir, à l'été suivant sa mort. Elle était tellement vieille ! Il aurait fallu la refaire au complet. C'est bien comme ça. »

Soudain, la jeune femme se déplace pour aller vers la porte qui donne accès à ce grand bassin de natation, la piscine intérieure. La clé est toujours accrochée au même clou, sur le mur de gauche, près de la porte. Elle s'en empare et l'insère dans la serrure.

« Si je me souviens bien, ça prend deux tours à gauche pour ouvrir. Grand-papa avait fait installer ce système, afin que les enfants ne sachent pas comment déverrouiller la porte, sans qu'un adulte le fasse pour eux. Il craignait tellement les baignades sans aucune surveillance. »

Et voilà. Maintenant, c'est fait. Laura pousse la porte. Un grincement se fait entendre. Elle se souvient. Un sentiment de tristesse remplit son cœur.

« Ce doit être mon oncle Jean qui a fait vider la piscine. Heureusement, sinon, l'eau serait corrompue depuis longtemps. »

Spontanément, Laura revient sur ses pas. Elle remarque le chevalet de Louis-Camille qui traîne encore au sol, de l'autre côté de la piscine. Elle ne distingue que le dos de la toile installée sur le lutrin. Elle contourne le bassin vide et s'approche. Son cœur se serre davantage.

Sur un canevas laissé en plan, elle aperçoit le portrait inachevé de son grand-père. Le docteur Camille Robin est installé dans son fauteuil à oreillettes près de l'âtre de sa chambre. Il est vêtu de son sarrau blanc, les lunettes assises sur le bout du nez.

Laura a l'impression qu'il la regarde de son œil moqueur. Les yeux de la jeune femme se brouillent. Des larmes glissent sur ses joues. Elle frotte ses paupières, afin de mieux apprécier tous les détails de la toile. Son grand-père tient un livre sur ses genoux. Laura s'approche pour en lire le titre. Elle reconnaît le mot *Bible*.

« Je me souviens ! La Bible que grand-papa a donnée en héritage à Louca. »

Elle éclate en sanglots et se laisse glisser à genoux sur le parquet. Assise sur ses talons, elle est incapable d'arrêter de pleurer.

Entre deux hoquets qui font vibrer ses cordes vocales, la jeune femme s'adresse à son aïeul.

« Grand-P'pa, ramène-nous Louis-Camille. Je te promets d'en prendre soin. »

« Louis-Camille n'avait pas eu le temps de terminer sa toile. Les jambes de grand-papa s'arrêtent aux genoux. » Laura sourit à travers ses larmes.

« Pardon, Grand-Papa d'avoir négligé ta maison. Tu avais confiance en nous trois. Regarde dans quel état nous avons laissé aller ton domaine. Ça fait dix ans que tu es parti. Si l'oncle Jean ne s'en était pas occupé, la propriété serait dans un état encore bien plus lamentable. Nous avons vendu du terrain derrière la maison pour un développement immobilier. Cet argent devait servir à rénover. Nous n'avons encore rien de fait. C'est fini cette période, Grand-P'pa. Tu vas m'appuyer et je vais réussir à tout remettre sur pied. Il faudra que tu m'aides à trouver des idées, parce que, tu le sais : l'argent de la vente des terrains est placé à la banque. Moi, je n'ai pas d'autres sous. Je gagne péniblement ma vie. »

Soudain, Laura ressent une force intérieure qu'elle ne possédait pas une demi-heure auparavant. Elle se lève, s'essuie les yeux du revers de la main. Elle passe ses doigts au visage du portrait de son grand-père. Elle le caresse en souriant.

« Louis-Camille est un grand artiste, Grand-Papa. Mais il ne le sait pas ! »

Le coffret de bois destiné à des tubes de couleur gît par terre. Laura range les contenants dans les espaces qui leur sont réservés. Plusieurs pinceaux baignent dans un pot de térébenthine puante sur une petite table ronde. Laura s'emploie à les nettoyer. Elle les essuie avec un torchon qui traînait sur le parquet. Quand ils sont redevenus tout propres, elle les range avec les spatules dans le coffret. Reste la palette qu'elle doit gratter de sa peinture séchée et durcie. Laura sourit, « Louis-Camille Robin, tu as toujours été un peu cochon, hein ? Aujourd'hui, ça me fait plaisir de nettoyer tes affaires. »

Laura se rend à la cuisine pour chercher une nappe dans le grand tiroir du comptoir. Elle retourne près de la piscine. Respectueusement, elle étend la pièce de tissu blanc sur le chevalet, afin de préserver la toile des prochaines poussières.

« Il est un peu tard. Mais, enfin ! »

Elle éteint maintenant les lumières. Revenant vers la sortie, elle donne deux tours de clé vers la droite. Laura se rend au salon. Elle dégage les fenêtres pour laisser pénétrer la lumière. Un grand feutre vert recouvre le piano à queue.

« Mais, où sont passées les plantes vertes? Jean a dû s'en débarrasser... Il me semblait que grand-papa avait laissé en héritage le piano à queue, soit à Marylou, soit à Marlène; peut-être que personne n'en voulait, puisqu'aucune des deux n'est venue chercher le meuble. Il faudra trouver un endroit ou le remiser. On verra ça plus tard. On a déjà beaucoup reçu. Je ne voudrais pas garder pour moi ce qui appartient aux autres. »

Laura sort de la pièce et se dirige au pied de l'escalier qui monte à l'étage. Le carillon de la porte d'entrée la fait sursauter.

Elle traverse la cuisine en vitesse pour aller vers le vestibule. Elle ouvre une première, puis une deuxième porte. Elle aperçoit la silhouette imposante de son père à travers la vitre de la porte vitrée. Jacques Leblanc sourit à sa fille. Il n'est plus le jeune homme fantasque de l'époque où il s'était marié avec la belle Fanny Robin. À la mi-cinquantaine, Jacques s'est physiquement bien conservé. Ses traits se sont adoucis. Son âme aussi. Il adore sa seconde épouse et ne vit que pour sa petite famille. Il est père d'un garçon et d'une fille, nés tous les deux de cette deuxième union. Sa femme aime Laura comme sa propre enfant et cette dernière le lui rend bien.

« Papa ! Je ne pensais pas que tu arriverais si tôt. Entre ! »

Jacques prend sa fille dans ses bras et la serre contre lui. « Eh oui, ma belle ! J'avais hâte de te revoir.

— Papa, j'ai honte de te faire voir la maison que j'ai retrouvée dans un tel état de vieillissement ! C'est affreux.

— Ben, voyons ! Tout s'arrange, tu sais. Moi je serai à ta disposition à partir de l'automne. J'ai de l'ouvrage pour l'été. À la fin de la belle saison, ce sera la retraite ! »

Laura se sent coupable d'accaparer son père, avant même son prochain arrêt de travail.

Remettre le vieux rafiot sur ses rails

Dix heures du soir. La pluie tombe depuis une demi-heure. La docteure Emma Robin quitte son travail à la clinique. Un service public qui n'a pas dérougi de la soirée. Rejoignant sa voiture, elle tourne le bouton pour actionner les essuie-glaces.

« Quelle idée aussi de faire du bureau à Brossard et d'habiter Notre-Dame-de-Grâce, à Montréal. »

La conductrice s'engage sur le pont Champlain. Elle pense tour à tour à son mari et à son fils. Comme plusieurs autres jeunes mamans, elle va conduire son petit garçon à la garderie tous les matins et le reprend en fin de journée. Les soirs où elle est de garde au bureau, elle retient les services d'une gardienne à la maison. La plupart du temps, sa belle-mère garde le petit. Quant au mari d'Emma, médecin comme elle et de cinq ans son aîné, il cumule autant d'heures de travail que sa femme, sinon plus.

La jeune femme arrive enfin devant sa somptueuse demeure. À l'aide d'un contrôle à distance, elle ouvre la porte du garage et immobilise l'auto en son lieu habituel. Souriante, elle pénètre dans la maison, secouant son épaisse chevelure qui retombe au milieu du dos. « Tu es là, Chéri ? »

N'obtenant aucune réponse, elle se rend au salon. Dans le corridor où elle s'est avancée, elle entend le son du téléviseur beaucoup trop élevé à son goût. Saisissant la télécommande, elle baisse la tonalité. Son mari est bien endormi sur le divan, un journal ouvert sur les genoux.

Emma s'approche de lui et se penche pour l'embrasser. Raynald Lehoux se réveille en sursaut. « Bonsoir, Chérie ! Tu rentres tard.

— Ouf ! Oui. J'ai eu une soirée chargée. »

Emma enlève ses chaussures. Elle pousse les jambes de son amoureux et s'installe sur le divan à côté de lui. « Emma, ta cousine a téléphoné.

— Laquelle ?

— Laura.

— Que voulait-elle ?

— Je ne sais pas. Elle est à Charlesbourg. Elle veut que tu la rappelles. Elle a fait rebrancher le téléphone à la maison du Trait-Carré. Elle m'a donné le numéro. Pourvu qu'elle ne se soit pas mise dans la tête de remettre ce vieux patouillard sur pied.

— Pourquoi dis-tu ça, chéri ? C'est notre héritage de grand-papa Robin.

— Pauvre Chérie ! Tu ne penses pas que tu as assez dépensé d'argent pour entretenir cette vieille maison ? Laura n'a pas un sou et Louis-Camille est parti au diable vauvert. Il ne s'occupe jamais de rien. »

Emma Lafrance Robin, fille illégitime de feu Jean Robin, née avant le mariage de son père avec une autre femme que sa mère, est cohéritière de la maison du Trait-Carré avec Laura et Louis-Camille. Depuis la disparition de son père, elle n'est jamais retournée à la maison familiale.

Emma ne répond pas à la remarque de son mari. Elle reste songeuse. La fin du bulletin de nouvelles au téléviseur met un frein au dialogue. Tous les deux se lèvent et voient à se préparer pour une nuit de sommeil. Comme il commence à se faire tard, Emma remet au lendemain le projet d'appeler sa cousine.

* * *

Dès sept heures trente le lendemain matin, la sonnerie du téléphone réveille Laura au bout d'une dizaine de coups. « C'est

18

Emma. Je te réveille, hein ? Raynald m'a dit que tu avais téléphoné. Comment se fait-il que tu sois rendue à Québec ? »

Laura hésite avant de répondre. « J'ai cassé avec mon chum. C'est fini. Il a déménagé ses pénates en fin de semaine passée.

— Hein ? Ben, ma vieille, pour une nouvelle, c'en est toute une. Que s'est-il passé ?

— Les mêmes chicanes habituelles. Il n'aime pas mon métier de journaliste. Il pensait que je ferais seulement du neuf à cinq dans ce travail. Imagines-tu ça ? Je couvre les activités culturelles à toutes sortes d'heures. Il y a des vernissages, des lancements de livres, des spectacles et toutes sortes d'événements à couvrir en soirée. Chaque fois qu'on parlait d'horaires, c'était un accrochage. Je n'en pouvais plus.

— Hum ! Toi qui voulais devenir enceinte, voilà à peine six mois. — Ben… Je l'ai échappé belle, crois-moi. C'était il y a six mois. J'ai quelqu'un d'autre dans mes rêves et dans mon cœur, présentement.

— Pauvre Laura… Es-tu en vacances ?

— Oui. J'ai pris deux semaines à mes frais. Il le fallait, j'avais les nerfs en boule.

— Ton père est-il au courant de ce qui s'est passé ?

— Oui. Je lui ai tout raconté. Sur le coup, il semblait soucieux. Il m'a dit : heureusement que tu ne t'étais pas mariée avec lui. Tu en serais quitte pour un deuxième divorce. Mais, il a compris. »

Emma se sent attristée par la situation de sa cousine. Elle constate cependant, qu'elle n'y peut pas grand-chose. Elle change de sujet. « Il y a longtemps que je n'ai pas mis les pieds au Trait-Carré. Ça doit être poussiéreux, hein ?

— Le mot est faible ! Mais, c'est récupérable. Papa va m'aider et on va tout remettre sur pied.

— Laura, ici je t'arrête. Tu sais que je n'ai pas de temps à consacrer à cette maison pour le moment. De plus, mon mari ne veut rien savoir de cet éléphant blanc.

— Je ne te demande pas d'y mettre du temps, Emma. Je sais que tu es bien occupée. Je veux simplement savoir si tu serais prête à payer ta part des dépenses. Nous avons de l'argent pour ça dans le compte de banque, mais je ne voudrais pas le mettre à zéro... »

Emma se sent soulagée. « Je n'y vois pas de problèmes.»

Laura reste un peu désappointée de savoir qu'Emma n'est pas plus intéressée que cela à leur héritage. Elle aurait voulu lui parler de son nouvel amour. Elle change de sujet. De toute façon, cet amour lui brise le cœur, un peu plus chaque jour.

* * *

Laura suit des cours de psychanalyse. Son professeur est plus âgé qu'elle. Il frise la cinquantaine, sûrement. Laura nage en plein coup de foudre. Elle ne sait à peu près rien de cet homme, sinon qu'il s'appelle Serge Roussel. Elle pense qu'il est Français. En tout cas, elle l'imagine Européen. Elle l'aime de plus en plus, chaque semaine. Elle adore son accent. Il est grand, élancé, avec des yeux verts. De prime abord, lui aussi semble attiré par la jeune femme. Par ailleurs, Laura s'aperçoit très vite que le beau brummel joue au chat et à la souris avec elle. Si, une journée, elle lui semble lointaine, le professeur s'approche d'elle. Tendrement, il essaie de capter son attention. Dès qu'il se rend compte qu'il la reprend, il se refroidit. Comme s'il voulait installer une barrière à un endroit qu'elle ne doit pas franchir. Laura est aux abois. Pourquoi agit-il ainsi ? La série de cours tire à sa fin. La jeune femme est angoissée rien qu'à savoir que son beau professeur s'envolera vers l'Europe aussitôt la session terminée. Ce sera pour toute la durée des vacances estivales.

Laura a déjà appris, par hasard, que Serge vit seul et qu'il habite sur la Rive-Sud de Montréal. Il ne restait que trois semaines de cours quand Laura prit l'initiative de lui écrire une première lettre pour lui dévoiler ses états d'âme. Comment le prof de psychanalyse allait-il réagir ? Laura se rongeait les ongles. Elle attendait une lettre qui tardait à venir. Elle avait le cœur en charpie. Elle aimerait lire tant de réponses positives dans les yeux de Serge. Parfois elle se demandait si elle savait bien lire dans le regard de son ami. Peut-être interprétait-elle mal ce qu'elle voyait dans les deux yeux de jade de cet intellectuel.

Une semaine avant la fin de la session, Laura fait exprès pour traîner après le cours. Serge se rend compte qu'ils sont tous les deux seuls. Il semble soudain pressé par le temps. Il range les choses qu'il doit apporter dans sa serviette et se prépare à sortir. Laura l'arrête.

— Serge, tu as dû recevoir ma lettre ?

C'est dans un filet de voix qu'elle avait posé sa question. Face à face avec son étudiante, le professeur se sentit plutôt mal à l'aise. Son regard devint fuyant. Il sourit à peine avant de répondre. « Effectivement, Laura, j'ai reçu ta lettre. Écoute, tu n'es pas la première fille qui tombe amoureuse de son prof, ça va passer. Je n'aime pas te dire ça, mais pour ma part, je ne ressens rien pour toi, sinon le même sentiment que j'éprouve envers tous mes élèves. On ne se connaît pas, Laura. Je t'ai parlé à peine quelques fois. Je n'ai pas répondu à ta lettre parce que je n'ai pas eu le temps de t'écrire, tu dois bien t'en douter. »

21

La jeune femme resta étonnée. Assommée. Comment peut-il ne rien ressentir pour elle quand il la regarde si intensément chaque fois que c'est possible ? Laura avait les larmes aux yeux. Le cœur brisé, elle sortit en vitesse de la salle de cours, sans attraper son cartable gisant au bout de son pupitre. Serge s'en rendit compte, il s'empara du porte-document et l'apporta avec lui.

Laura ne dormit presque pas de la nuit. Le lendemain matin, c'était le dernier cours de la session. Elle se sentait passablement amochée quand elle entra dans la salle. Elle avait la sensation d'avoir le cœur noyé dans les larmes. Le professeur était déjà là. Il regarda Laura furtivement. Puis, il tenta un sourire. La jeune femme resta médusée par ce geste venant de cet homme qu'elle adorait. Il lui remit sa serviette. « Peux-tu rester après le cours ? J'ai quelque chose à te proposer. »

Faisait-il exprès pour tourner le fer dans la plaie ? La lourde fatigue de Laura s'est spontanément envolée. Elle avait soudain des ailes. Mais elle se languissait de voir venir la dernière minute du cours. Elle monta encore un scénario. Quand tout le monde se leva pour partir, quelques étudiants s'attardèrent pour saluer le prof une dernière fois, surtout les filles. Laura fit mine de ranger ses affaires. Finalement, le prof et l'étudiante se retrouvèrent seuls tous les deux. C'est lui qui brisa la glace. « Je donnerai une session ici, cet été. Je serai présent au début d'août. Si tu veux t'inscrire à cette série de cours, cela t'avancera pour l'automne. Qu'est-ce que tu en penses ? »

Laura n'en croyait pas ses oreilles. Elle se sentit heureuse, comme jamais elle ne l'avait été. Elle était trop émue pour répondre. Son cœur battait à tout rompre. Elle répondit par des signes affirmatifs. « Tu n'as qu'à t'enregistrer. Fais-le assez rapidement si tu veux avoir de la place. »

Laura fit un autre signe de tête en souriant et retrouva la parole. « Merci, Serge. Bonnes vacances. Repose-toi bien. »

Il avait aussitôt amorcé un dernier sourire. C'était le plus loin qu'il pouvait aller, à ce qu'il semblait. Il tendit la main à Laura, mais ne s'avança pas plus proche. Il n'osa même pas l'embrasser. La jeune femme avait le cœur gros. Elle eut envie de s'élancer dans ses bras, mais se retint. S'il allait la repousser. Elle s'était demandé comment elle pourrait bien agir pour faire fondre ce bloc de glace.

Quand elle remonta dans sa voiture, des larmes coulaient sur ses joues. « Probablement qu'il est timide - supposa-t-elle.- il n'a pas osé m'embrasser. »

Elle vit Serge monter dans une auto garée à côté de la sienne. Il lui envoya la main en affichant un large sourire. Il démarra le premier. Il partit sans se retourner.

Laura aurait aimé raconter cette peine à sa cousine, au téléphone. Selon l'amoureuse éconduite, Emma ne semblait pas très ouverte au dialogue. Alors, elle s'abstint de dévoiler ses profonds sentiments d'amoureuse ignorée.

* * *

La journaliste voudrait bien connaître les coordonnées de son cousin, Louis-Camille. Elle ne sait trop comment s'y prendre. Est-ce qu'elle doit appeler directement sa tante Marylou ou passer par une personne intermédiaire ? Par exemple, la tante Marlène. Pendant un moment, elle se fait les questions et les réponses. Enfin, elle se décide. Elle opte pour la première alternative. Elle compose le numéro de Marylou, mais se sent un peu craintive.

Marylou n'est plus la Poule poussée à droite et à gauche par tout le monde, malgré son air fanfaron. Depuis qu'elle a emménagé dans la maison de son mari, la jumelle ne s'en laisse plus imposer. Lorsque son fils s'est fait arrêter pour possession de drogue, elle est restée amère et fuyante. Marylou craint les questions et se tient sur la défensive.

Dès qu'elle entend sonner le téléphone, elle regarde l'heure. « Neuf heures moins le quart. C'est qui, ça, encore ? » Tellement curieuse, elle répond quand même. Il faut qu'elle sache qui l'appelle. « Ma tante ? C'est Laura. J'espère que je ne vous réveille pas.

— Euh ! Bien oui, mais ça ne fait rien. Qu'est-ce que tu veux, Laura ? »

Cette dernière reste mal à l'aise. « Je voudrais avoir l'adresse de Louca. Il faut que je lui parle. »

Marylou s'inquiète. Elle veut protéger son fils, mais elle serait bien en peine de dire contre quoi. « Laura, il faut que je lui demande d'abord s'il veut que je te la donne. Tu sais, il travaille en Colombie-Britannique. »

Cette réticence prononcée avec fierté fit monter vers le plafond le regard de Laura. « Je sais, ma tante. Appelez-le et dites-lui qu'il communique avec moi.

— Il n'a pas le téléphone. Il m'appelle de temps à autre, mais d'une cabine téléphonique.

— Pouvez-vous lui écrire au plus tôt ?

— Oui. Laura, peux-tu me dire ce que tu lui veux ? »

Laura attendait cette question. « Actuellement, je suis au Trait-Carré. Je veux le mettre au courant de certaines choses.

— Quoi ? Je peux les lui dire, ces choses-là, moi.

— Soyez gentille, ma tante. Écrivez-lui aujourd'hui même. Je suis certaine que je peux faire venir Louca. Vous n'aimeriez pas ça le voir arriver ?

— Non. »

Laura ne sait plus sur quel pied danser. Comment aller chercher les tripes de sa tante la Poule? « Ma tante ! Vous ne dites pas ce que vous pensez. Je vous connais. Votre petit Louis-Camille reviendrait demain, je suis certaine que vous sauteriez de joie. »

Marylou ne répond pas tout de suite. Laura attend. Enfin, la Poule se radoucit. « Je vais lui téléphoner ce soir. Je te rappellerai pour te donner sa réponse. »

Laura se retient pour ne pas pouffer. Voilà à peine une minute, sa tante ne savait pas le numéro de téléphone de son fils et elle dit maintenant qu'elle l'appellera ce soir. L'important c'est que Louis-Camille Robin sache que sa cousine veut lui parler.

* * *

Il n'est pas huit heures, ce matin, lorsque la sonnerie du téléphone réveille Laura qui s'était couchée assez tard la veille. Les deux complices s'étaient mis à laver la grande cuisine durant la journée. Jacques quitta le Trait-Carré à minuit et demi. La jeune fille aurait bien voulu avoir une nuit de sommeil un peu plus longue, mais son repos vient de se terminer. « Allo…

— Laura, c'est Marylou. Bon. J'ai parlé à Louis-Camille, hier soir. Il m'a donné la permission de te donner son numéro de téléphone. As-tu un crayon ?
— Ma tante ! Vous deviez lui dire de m'appeler !
— Il veut que ce soit toi-même qui lui téléphones. »

Laura note le numéro et remercie sa tante aussi vite, avant de fermer l'appareil. Elle ne veut pas s'éterniser à répondre aux questions de sa tante la Poule. Elle téléphonera à Louca en fin d'après-midi. Puisque l'horaire en Colombie-Britannique est de trois heures en arrière, elle pourra le joindre avec plus de facilité. La jeune femme tire les couvertures sur elle et se rendort.

La journaliste en vacances se lève à onze heures. Elle se glisse sous la douche. Quelques minutes plus tard, elle en ressort. Puis, elle enfile un jean délavé et un pull rouge feu. Peignant ses longs cheveux bruns tout mouillés, elle reprend son sac à main, ses clés et quitte la maison. Installée dans sa voiture, elle roule vers un endroit des alentours pour déjeuner. Laura aime manger au restaurant. Elle répète souvent que, si elle était riche, ce serait au restaurant qu'elle prendrait toujours son repas du matin. Dès qu'elle se sent bien sustentée, elle se précipite vers l'épicerie pour acheter de quoi se nourrir à la maison.

Lorsqu'elle revient chez elle, il est deux heures de l'après-midi. Son père est déjà là. Laura est heureuse de le revoir. Il aide sa fille à sortir les sacs d'alimentation. Laura place les boîtes de conserve dans le garde-manger, puis les articles périssables dans le frigo qu'elle a lavé et rebranché hier.

À l'extérieur, la belle température se prête tout à fait à des occupations d'un autre genre. Laura et Jacques s'emploient à sortir les meubles du patio. Ceux qui remontent à l'époque du docteur Robin, père. Jacques sourit en regardant sa fille. « Qu'est-ce que t'as à rire, P'pa ?

— Je pense à ton grand-père. Je le vois encore assis sur l'une de ces chaises de bois. Quand je sortais avec Fanny, parfois il m'invitait à m'asseoir en face de lui sur une chaise pareille à la sienne. C'était tout un honneur. Mais l'honneur ne durait pas longtemps, car il ne m'aimait pas beaucoup.

— Pourquoi il ne t'aimait pas ? » – s'informe Laura en prenant son père par le cou.

Jacques réfléchit avant de répondre. « Il avait probablement raison, Laura. Tu sais, j'étais jeune. Je ne pense pas avoir été très aimable à cette époque. J'aimais Fanny comme un fou. J'en étais jaloux. Jaloux de l'amour qu'elle portait à son père. Je trouvais qu'il ne le méritait pas. C'était celle qu'il aimait le moins. Excuse-moi, ma fille, je ne devrais pas te raconter ça. Par la suite, ton grand-père a changé. Quand Fanny est tombée malade, tout a repris sa place. Le docteur Robin a appris à me connaître et à m'apprécier. Il a aussi beaucoup changé envers Fanny. Je ne sais trop ce qui s'est passé, mais je sentais qu'à ce moment il l'aimait. Tu sais, ton grand-père a toujours eu sa préférée. Sa Marlène était un trésor pour lui. Tout ce qu'elle disait ou faisait, c'était bien. Je me demandais à l'époque s'il lui restait de l'affection pour les autres. Peut-être que je ne l'ai pas assez connu pour juger de la situation. J'étais un jeune fou. »

Laura écoute avec attention tout ce que son père lui raconte. Ensemble, les deux travaillent en harmonie toute la journée. Vers cinq heures, Jacques quitte sa fille. Il doit passer un peu de temps en soirée avec sa femme. Il reviendra en fin de semaine prochaine.

Pendant la veillée, Laura téléphone à son cousin en Colombie-Britannique. Il est neuf heures quand elle compose le numéro. C'est Louis-Camille qui répond. Laura se sent très émue. « Louca ! Comment ça va ? »

La jeune fille a presque crié sa question. Les deux sont remués. La réponse ne vient pas immédiatement. Le jeune homme a la gorge serrée. « Pas mal. Et toi ? J'avais hâte que tu appelles. Quand maman m'a dit, hier, que tu voulais me parler, j'étais content. Je n'ai pas dormi de la nuit. Tu es chez Grand-P'pa ? Euh ! Dans notre maison, je veux dire. »

Laura éclate de rire. « Ben oui ! mon chum. Je suis en train de remettre le vieux rafiot sur ses rails, comme dit mon père. Papa va prendre sa retraite bientôt et il va m'aider. Louca! Tu n'aimerais pas ça venir t'installer ici? Tu serais bien, il me semble. Tu pourrais nous aider à remonter la maison. C'est l'héritage de Grand-P'pa et on a tout laissé à l'abandon. Moi, je travaille à Longueuil, mais comme journaliste je suis payée à la pige. Ce métier peut aussi bien se faire dans la région de Québec. Qu'est-ce que t'en dis? »

Louis-Camille ne répond pas tout de suite. Il est content que sa cousine ne le voie pas. Il a les yeux pleins d'eau. Devenant pensif, il aurait juste assez d'argent pour payer son billet d'avion. Ne l'entendant pas, Laura se sent soudain inquiète. « Louca! Es-tu toujours là?

— Oui. Oui… Je réfléchissais. J'essaie de me trouver une place à bas prix à bord d'un avion et j'arrive.

— Hein? C'est vrai? Oh, Louca! Comme je suis contente! Tu verras, tu ne le regretteras pas. Je te le promets, mon beau Louca. »

Laura reprend goût à la vie. Il y a longtemps qu'elle n'avait pas mis autant d'intérêt dans un projet. Elle ne trouve pas le sommeil facilement. Allumant la télévision dans la mezzanine, là où elle regardait des films avec son grand-père, Laura conçoit un plan pour le lendemain : préparer la chambre de son cousin. Autrefois, il avait pris possession de celle de son oncle Jean.

La jeune fille sent un petit creux à l'estomac. Elle descend à la cuisine et se prépare un sandwich au fromage. Quelques minutes plus tard, elle remonte avec un plateau contenant son lunch et un verre de lait.

Le journal télévisé débute. Elle le regarde avec attention. Son métier de journaliste fait d'elle une mordue des nouvelles transmises par les médias.

Le retour de Louis-Camille au Trait-Carré

Trois jours plus tard, Laura entend des pas venant du corridor intérieur de la maison. S'avançant dans l'embrasure de la porte de cuisine, elle aperçoit son cousin. « Louca ? T'es arrivé ! Oh, que je suis contente ! »

Louis-Camille reste planté devant sa cousine, affichant un sourire béat. De sa main gauche, il soutient par une courroie son lourd sac à dos. Soudain, il s'appuie le front au mur du corridor et éclate en sanglots.

Laura pleure avec lui. Elle colle sa tête dans le dos du jeune homme et verse toutes les larmes qu'elle gardait au fond de son cœur depuis trop longtemps.

Au bout de quelques minutes, les deux en retrouvailles se ressaisissent. Louis-Camille se retourne. Il prend sa cousine dans ses bras et l'embrasse.

Laura est heureuse. Elle ne sait plus quoi lui offrir. Une bière ? Un coke ? De l'eau ? « As-tu faim ?

— Ouais ! Bonne idée. On mange quoi ? »

Laura lui énumère tout ce qu'elle peut lui concocter pour le lunch. Comme elle a acheté de la viande à *smoked-meat*, et que Louis-Camille adore ce mets, son choix est vite fait. « Tu es venu à Québec comment ?

— Avec l'auto de ma mère. Je suis arrivé par avion à Montréal, hier. Maman est venue me chercher à l'aéroport. Elle était tellement contente de me voir revenir qu'elle m'a prêté sa voiture. Mais il faut que je la lui ramène demain. Enfin…, on verra. »

Laura éclate de rire. « Pourvu qu'il ne te vienne pas à l'idée de retourner à l'autre bout du pays avec la bagnole de ta mère. Mais, ton beau-père ? Comment t'a-t-il accueilli ?

— Très bien. Il faut dire qu'il y a longtemps qu'il m'avait vu. Et puis, il savait que je repartais aujourd'hui. Il n'était pas pour me faire une mauvaise façon. Disons qu'on a été polis tous les deux. »

Voilà près d'une semaine que Louis-Camille est parti avec l'auto de sa mère. Il n'est pas encore retourné pour la lui rendre. Ça fait deux fois que Marylou téléphone à ce sujet. Il répond toujours qu'il ira demain. Cependant, il n'y va pas.

Le lundi suivant, il part, finalement. Très tôt le matin, il reprend la route avec la ferme intention de ramener à sa mère la voiture empruntée. Laura suit son cousin avec sa propre auto. Vendredi, elle ramènera le jeune homme à Québec.

Louis-Camille s'attendait à voir Marylou fâchée en rentrant chez elle. Au contraire, la mère est tellement contente de voir arriver son fils, qu'elle est toujours au-devant de lui pour le servir.

Au souper, à la grande surprise de Louis-Camille, son beau-père lui donne un chèque de mille dollars afin qu'il s'achète une auto usagée. « Avec ce montant, je pense bien que tu pourras te trouver une minoune en bonne condition. Ça te donnera une chance de repartir et de chercher du travail. Ta mère m'a dit que tu voulais habiter au Trait-Carré ? Tu fais bien. Après tout, tu es aussi le propriétaire de cette maison. Louis-Camille, maintenant, tu es un homme. Si tu te comportes bien, ma maison te sera toujours ouverte. Ta mère et moi, nous te faisons confiance. »

Louis-Camille a les larmes aux yeux. Il est content pour le chèque. Mais il éprouve une étrange impression. Son beau-père voudrait-il se débarrasser de lui ? S'il avait fallu que Louis-Camille manifeste le désir de demeurer là, il anticipe que le mari de sa mère n'aurait pas agi de la sorte. Peu importe. Le jeune homme aura vingt-cinq ans en novembre. Il n'est plus un enfant.

Le vendredi soir, il se rend rejoindre Laura chez elle, à Longueuil. Ensemble, les deux voyageurs entreprennent le retour vers Québec. À mi-chemin, ils s'arrêtent le long de la route 20 pour prendre une bouchée. À dix heures, ils entrent dans leur maison.

Laura reprend sa chambre. L'ancienne pièce de Marlène où elle a accès à une salle de bains privée. Elle entre sous la douche, se met en pyjamas et se rend à la mezzanine.

Louis-Camille y est déjà rendu. Il est songeur. « Toi, tu as l'air pensif, mon p'tit vieux. T'ennuies-tu de ta blonde californienne ? »

Le cousin sourit. Il prend du temps à répondre, mais comme il a pleine confiance en Laura, il peut s'ouvrir à elle. « Oui je pense un peu à Cindy, mais pas parce que je m'en ennuie. Je me sens cheap. Je lui ai laissé croire que je partais pour une semaine et que je la marierais à mon retour. Je cherchais une manière de me sauver.

— Ouais ! Tu ne changes pas gros, Louca Robin, hein ? Eh ben ! le meilleur moyen de te sortir de ce pétrin, appelle-la et dis-lui la vérité. Si tu l'aimes, dis-lui qu'elle vienne te rejoindre. Si tu ne l'aimes pas, dis-lui qu'elle ne t'attende plus. C'est tout. Tu seras libéré après, tu verras. »

Louis-Camille réfléchit. Enfin, il s'empare du téléphone pour appeler. Laura se lève et descend à la cuisine. Elle ne veut pas être indiscrète. Elle revient dix minutes plus tard avec deux bières. Son cousin semble tout à l'envers. « Seigneur ! Qu'est-ce qui se passe ?

— Si tu savais tout ce qu'elle m'a dit. Ce n'est pas beau ce qu'elle pense de moi.

31

— Ça ne fait rien. Au moins, tu as réglé un problème. »

Le jeune homme acquiesce. Il prend la bière que sa cousine lui offre et continue de jongler. Les deux décident de regarder un film à la télé. Louis-Camille oublie momentanément Cindy et la Vallée de l'Okanagan.

* * *

Juillet se pointe avec sa canicule. Laura prend un mois de congé sans solde avant de chercher un autre travail plus près. Elle ne veut plus faire un aller-retour chaque semaine entre Québec et Longueuil. Sans doute, elle se rendra à Montréal une fois par semaine au mois d'août pour une autre session de cours donnée par son beau professeur. Laura sourit en se demandant : « Où se terre-t-il pendant juillet ? » Elle le soupçonne de faire le mort pendant tout le mois. C'est la période de sa vie cachée. Est-ce là son stratagème chaque année ? Peut-être part-il rejoindre une femme mariée dans quelque coin perdu de ce monde ? Elle ne sait rien et ne veut pas savoir. Pour elle, il sera là en août. C'est ce qui compte.

Louis-Camille a déniché une voiture d'occasion en très bonne condition et à prix modique. C'est son cousin, Michel Robin, le fils de feu, Jean, qui lui a vendu la sienne. Louis-Camille est fier de son acquisition. Il l'a baptisée Cindy, en souvenir de sa belle Britanno-Colombienne. Il travaille de jour dans un restaurant à Québec. Il n'affectionne pas son travail plus que ça, mais il faut bien qu'il gagne sa vie.

Jacques Leblanc se rend tous les jours au Trait-Carré pour aider les jeunes à restaurer la maison. En équipe, ils commencent par mettre en marche la piscine intérieure, même si, dans la tête de Jacques, ce n'est pas une priorité. Pour les jeunes, c'en est une. Le père de Laura semble heureux comme jamais. Quelquefois, ses enfants du deuxième lit viennent donner un coup de main. Pour Laura, ça ne porte ombrage à personne. Ces jeunes sont toujours son frère et sa sœur.

Louis-Camille s'entend parfaitement avec Jacques. Ils travaillent très bien ensemble. Le jeune homme termine au restaurant vers trois heures trente de l'après-midi. Aussitôt après sa journée, il vient se joindre à l'équipe déjà en place au Trait-Carré. Ce qui semble lui redonner confiance en lui-même. Il a retrouvé une vraie famille.

* * *

Maintenant que la piscine est mise en marche, les jeunes y nagent après chaque journée de travail.

Un matin de la fin juillet, Laura s'affaire dans la cuisine. Soudain, elle entend le carillon de la porte. Pourtant, elle n'attend personne. De son côté, Louis Camille est en train de peindre le rebord des fenêtres dans le solarium. Laura descend de son escabeau et va ouvrir.

Elle se retrouve devant une belle jeune fille rousse qui lui demande, en anglais : « Is Lewis there ?

— Oh ! I see… »

Laura se retient pour ne pas éclater de rire. Elle fait tout de suite le lien avec Louis-Camille. Elle laisse entrer la jeune fille et appelle son cousin. « Louca ? De la visite pour toi. »

Le jeune homme essuie son pinceau. Il le couche sur le rebord du contenant de peinture. Inquiet, il se pointe dans l'embrasure de la porte d'entrée. « Cindy ! Qu'est-ce que tu fais ici ? Comment es-tu venue ? »

La jeune fille éclate en sanglots et raconte qu'elle a fait le trajet en auto-stop. Louis-Camille est embarrassé. Il n'aurait pas voulu qu'elle se présente subitement chez lui. Elle lui convenait bien quand il vivait en Colombie-Britannique, mais maintenant, il la voit d'un autre œil. À peine effleure-t-il sa joue en guise de baiser. Aujourd'hui, cette demoiselle ne lui dit plus rien.

Laura surveille la situation du coin de l'œil. La curiosité journalistique prenant le dessus, elle demande à la jeune fille si elle compte demeurer au Québec.

Cindy lui répond : « I don't know. Euh ! Euh ! Lewis ? What do you think about... ? »

Louis-Camille en profite pour lui expliquer qu'elle ne pourra loger au Trait-Carré, car la famille peut débarquer en tribu, d'un jour à l'autre. Il lui offre le gîte pour un soir ou deux, mais il ne pourra faire plus. Laura se détourne de la conversation et s'éloigne, pensant que ce nouveau problème ne la regarde pas.

Le jeune homme est mal à l'aise. Il n'aurait pas voulu que la belle Cindy se pointe ainsi sans crier gare. Il échafaude déjà un plan pour l'expédier.

Cindy reste pensive. Elle se rend bien compte qu'elle dérange. Laura lui offre à manger. La jeune fille accepte avec un sourire. L'hôtesse prépare une salade et lui sert des viandes froides. Cindy s'empiffre, comme si elle n'avait pas mangé depuis des jours.

Après qu'elle eut bien bouffé, Laura lui demande si elle veut prendre une douche. Cindy accepte. La maîtresse de maison la conduit à la salle de bains près de la chambre de son cousin. Laura lui assigne un endroit où elle pourra se reposer. La chambre de son arrière-grand-mère Georgina, qu'elle n'a jamais connue.

Une demi-heure plus tard, Laura ne voyant pas redescendre Cindy, monte pour voir ce qu'elle fabrique en haut. Elle frappe à la porte de la pièce qui lui a été assignée. Aucune réponse. Laura tourne la poignée et ouvre.

Elle aperçoit la jeune voyageuse enroulée dans un drap de bain. Allongée en travers du lit, elle semble profondément assoupie. Laura referme silencieusement la porte et descend rejoindre son cousin. « Ta blonde s'est endormie. Elle est sûrement fatiguée du voyage.

— Je n'aurais pas voulu qu'elle aboutisse ici. L'Ouest c'était l'Ouest. Ici, c'est ici. Je ne veux pas mélanger les deux choses. »

Laura ne dit plus un mot et retourne à la cuisine. Louca s'en va peindre son rebord de fenêtre laissé en plan. Mais intérieurement, il semble déstabilisé. Jacques, le père de Laura, qui refaisait les cadres de portes au pinceau, essaie de remettre les pendules à l'heure. « Mon homme ! C'est pas compliqué ton affaire. Reçois-la comme il faut, cette fille. Ne lui dis rien aujourd'hui. D'abord, je t'ai entendu lui parler que tu pouvais l'héberger une couple de jours. Respecte ta proposition. Dans quarante-huit heures, si elle ne parle pas de partir et si tu n'as pas envie plus que ça de la garder, tu lui diras qu'elle ne peut plus rester ici. Elle fera ce qu'elle voudra. Ne la laisse pas dans la rue, tout de même. Le moins que tu puisses faire, tu lui paieras un billet pour retourner chez elle. Tu es un gars bien élevé ? Ne la laisse pas ici dans la misère. »

Louis-Camille semble soulagé. La suggestion lui plaît. Il continue son travail. Il se sent plus encouragé.

Cindy dort jusqu'à six heures du soir. Lorsqu'elle descend pour rejoindre les autres sur la terrasse, elle affiche un air reposé et détendu. Elle sourit à ses hôtes. Laura lui rend son sourire. Quant à Louis-Camille, il demeure sérieux. Il lui semble difficile de dégager un sourire sur ses lèvres. Cette situation rend Cindy mal à l'aise. Elle réfléchit. Puis, sans crier gare, elle annonce en anglais : je vais chercher du travail dans votre ville et je me trouverai un petit logement par la suite. « Où vas-tu te percher en attendant le job et le logement ? – demande Louis-Camille.

35

— Bien ! pouvez-vous me garder ici ? Je paierais une pension.

— Il n'en est pas question, Cindy. Je te l'ai dit ce matin. Tu aurais dû appeler avant de venir ici.

— Peut-être Laura voudrait-elle me garder, elle ? »

Prise au dépourvu, Laura ne sait pas quoi répondre. Soudain, elle retombe sur ses pieds. « Écoute, Cindy, c'est avec Louca que tu sortais. Ici, il est aussi proprio que moi. Alors, je n'irai pas contre sa décision. »

La jeune fille se lève. Elle monte chercher son baluchon et sort en claquant la porte. Louis-Camille est abasourdi. Il semble même assommé. Est-ce le fait de s'être débarrassé aussi facilement de sa blonde, ou est-il attristé de son peu d'insistance à pensionner dans cette maison? Il ne saurait dire. Quant à Laura, elle reste bouche bée. « Ben ! Mon vieux ! Moi, je n'ai jamais vu une fille libérer un gars aussi vite ! Tu ne trouves pas ?

— Ouais… Je me demande où elle va aller. Elle n'a probablement pas d'argent.

— Veux-tu essayer de la rattraper ? Cours après. Elle ne doit pas être bien loin. »

Louis-Camille hésite… Puis, d'un bond, il se lève. Il sort en vitesse. Laura se retient pour ne pas éclater de rire. Son père n'ose pas intervenir. Il entame un autre sujet.

Une heure plus tard, le chercheur de la brebis perdue revient seul. Il semble inquiet. « Je ne sais pas où elle est passée. J'ai roulé dans tous les sens pour essayer de voir où elle pouvait être passée, je n'ai pu la retracer dans un aucun coin de la ville. Elle reviendra bien si elle est mal prise. N'y pensons plus. »

Trois jours ont passé depuis que Cindy est partie. Personne n'en a de nouvelles. Louis-Camille demeure un peu inquiet, mais

Laura a oublié la jeune fille. Elle est absorbée par son remue-ménage.

Laura pense aussi beaucoup à ses cours qui recommenceront jeudi prochain. Elle devra se rendre à Montréal une fois par semaine. Elle a hâte de revoir son professeur. Mais en même temps elle a peur. Cet homme commence à pâlir dans sa mémoire. Elle se demande si elle fait bien de continuer à suivre ce cours. Mais un désir plus fort que ses hésitations lui indique qu'elle sera encore là. Par contre, une compagne de la même salle de cours lui a déjà fait des confidences sur le caractère de ce professeur. Elle connaît ce type depuis quelques années. Chaque fin d'année académique, en été, il part et fait le mort durant tout le mois de juillet. Elle lui a laissé sous-entendre qu'il avait probablement une maîtresse quelque part. Néanmoins, Laura ne veut pas écouter ces racontars qui pourraient la décevoir. Elle balaie aussitôt ces idées. « Il a droit à des vacances – se dit-elle.- Le reste n'est pas de mes affaires ».

* * *

Laura est assise sur la terrasse en compagnie de son père et de son cousin. C'est demain matin que la jeune fille partira pour Montréal afin d'assister à son cours en début d'après-midi. Elle y réfléchit. « Je ne coucherai pas à Longueuil. Aussitôt le cours terminé, je reviens ici. » Laura fait connaître ses intentions à ses deux partenaires. Mais le père s'inquiète. « Tu ne penses pas que deux voyages dans la même journée, en plus de te taper un cours en psycho… je ne sais pas, mais ce n'est pas trop ?

— Je ne crois pas. J'ai déjà hâte de revenir.

— Tu ne penses pas que tu as assez suivi de cours ? Trouve-toi donc de l'emploi à Québec et si tu veux t'inscrire à des cours, tu le feras par ici. Il me semble que ce serait plus logique. »

Laura ne répond pas. Si ce n'était du professeur Serge Roussel, c'est bien ce qu'elle ferait.

Un accident à Longueuil

Ce vendredi, premier décembre 1989 restera gravé longtemps dans la mémoire de toute la famille Robin. Enfin, de tout ce qui en reste. Paul Godbout, le mari de Marylou quitte la maison tôt le matin pour aller dispenser ses cours au Cégep Edouard-Montpetit à Longueuil. Il fait beau soleil et le quinquagénaire décide de marcher au lieu de prendre son auto. Il emprunte le trottoir du Chemin Chambly jusque devant le collège. Calmement, il attend au feu de circulation. Dès que la lumière verte annonce son droit de passage, Paul s'engage dans la traverse des piétons. Toutefois, une auto roulant à haute vitesse vers le nord sur le Chemin Chambly ne ralentit aucunement et fonce vers le groupe des personnes en marche. Paul n'a pas le temps de se rendre de l'autre côté de la rue. Il se fait happer par la voiture, tombe à la renverse devant l'auto qui lui roule dessus.

Plusieurs témoins de l'accident se posent la question devant le fait que l'automobiliste ne s'est pas arrêté à la lumière rouge. Le conducteur fautif, un homme au début de la quarantaine, est sous le choc. Cet homme est un travailleur qui roulait exceptionnellement à cet endroit ce matin-là. Après l'accident, il déclare à un journaliste : « J'étais dans la lune ». Paul Godbout est mort sur le coup.

Deux policiers se présentent chez Marylou plus tard en avant-midi. En ouvrant, la Poule devient blanche. Elle croit qu'ils ont un mandat d'arrêt pour son fils. Dès que les agents lui annoncent que son mari a été frappé par une voiture, Marylou se sent tellement bouleversée qu'elle éclate en sanglots. « Pas mon Paul ! Pas mon Paul ! À quel hôpital est-il ?

— Chère madame, vous devez être forte- répond le constable senior. Le piéton qui a été durement cogné ne s'en est pas tiré vivant. Ce fut une tragédie. Il est mort sur le coup. »

Marylou se met à hurler. Elle veut le voir. Les policiers ont toutes les difficultés à la calmer et à la contrôler dans son désespoir.

Au Salon funéraire, quelques jours plus tard, Marylou répète à tout le monde : « J'ai perdu ma mère un premier décembre, en 1940. Et je perds mon mari un premier décembre en 1989 ». La Poule est dévastée par cet accident qui lui amène la mort de son mari d'une manière aussi subite.

Louis-Camille demeure aussi sous le choc. Son beau-père était un homme sévère, mais bon et juste. C'est ce que retiendra le jeune Louca. Il se colle à sa mère pendant les deux jours d'exposition du corps. Le matin des funérailles, Louis-Camille tient Marylou par le bras pour suivre le cercueil.

La Poule pleure toutes les larmes de son corps. Que fera-t-elle sans son Paul ? La famille Robin assiste à la célébration funéraire à l'église Saint-Antoine de Longueuil.

Après les funérailles, la famille et les amis sont invités pour un lunch au sous-sol de l'église. La veuve se sent bien entourée pour le moment. Sa sœur Marlène ne la quitte pas d'une semelle.

Plus tard en après-midi, les deux sœurs rentrent ensemble chez Marylou. La grande sœur ne veut pas laisser sa jeune sœur toute seule. La Poule désire se distraire un peu. Elle ouvre la télévision, alors que Louis-Camille vient de rentrer. Soudain, elles entendent un bulletin spécial. Un jeune de vingt-cinq ans a ouvert le feu sur vingt-huit personnes, tuant quatorze femmes à la Polytechnique de Montréal. Dix autres femmes et quatre hommes sont blessés. Le tueur fou, Marc Lépine, vient de faire tout ce ravage à l'aide d'un fusil semi-automatique.[1] « Mon Dieu que je vais m'en souvenir longtemps de l'enterrement de mon Paul.

---

[1] Internet : Marc Lépine, 6 décembre 1989

— Pauvre petite Marylou. On n'avait pas besoin de cela aujourd'hui. Tu as bien raison. Tu vas te souvenir de cette journée. »

Louis-Camille semble aussi impressionné que les deux femmes. Il s'assoit et, silencieux, il regarde la télé sans tourner les yeux. Marlène l'épie du coin de l'œil. « Pauvre garçon ! On dirait qu'il est né pour ne pas avoir de père, lui. Qu'est-ce que je pourrais bien faire pour l'aider ? »

Comme dans tous les foyers, Marylou et son fils gardent les yeux braqués sur la télé pendant toute la soirée.

Noël renaît au Trait-Carré

Voilà bien des années que Laura n'a pas passé Noël dans la vieille maison du Trait-Carré. Depuis l'époque de son grand-père. Cette année, elle ne veut pas vivre les fêtes à Longueuil. Elle désire festoyer près de son père. Ce dernier ne demande pas mieux que de vivre ce Noël avec sa fille aînée et la famille.

Aujourd'hui, c'est le vingt-trois décembre. Laura ne cesse de décorer. L'extérieur de la maison est tout illuminé. Louis-Camille et Jacques Leblanc accrochent des courants d'ampoules partout où Laura veut en placer. Le jeune homme est revenu seulement hier à Charlesbourg. Depuis la mort de son beau-père, il n'osait laisser sa mère seule. Enfin, c'est elle, Marylou, qui a libéré son fils en lui disant : « Je me sens capable de rester seule chez moi. »

Louca ne demandait pas mieux que de repartir. À l'intérieur de la maison, suivant la manière d'ornementer au temps du docteur Robin, la belle Laura reprend la tradition. Elle se sent heureuse. Cependant, il lui manque quelque chose. À Longueuil, son mystérieux professeur n'a pas fait un pas de plus vers elle. Il s'organise toujours pour être vu, mais ne s'avance pas plus. La journaliste essaie de vaquer à maintes occupations afin de ne pas trop y penser.

Marylou doit venir rejoindre son fils ce soir. La mère de Louis-Camille séjournera au Trait-Carré. Accompagnée de son petit garçon, Emma, quant à elle, prendra sa tante Marlène à Longueuil pour l'amener à Québec. Son mari, ne voulant rien savoir de fêter Noël à Charlesbourg, ira rester comme d'habitude chez sa mère. Une situation qu'Emma n'est plus capable de supporter.

Au Trait-Carré, on se partagera les visiteurs. Emma et son fils crécheront chez la tante Denise. Marlène ayant été invitée aux deux endroits, soit chez Denise et chez Laura, choisira de séjourner chez cette dernière. Elle ne veut pas exagérer. Sa sœur aînée reçoit déjà ses quatre enfants et leurs petits. Emma fera aussi partie de la famille de Denise. Marlène, quant à elle, n'a pas mis les pieds dans la maison de son père depuis la mort de ce dernier, voilà déjà une dizaine d'années.

* * *

La fête bat son plein. Le groupe se divise en deux. D'une part, il y a ceux et celles qui désirent assister à la messe de minuit, comme au bon vieux temps. D'autre part, il y a les jeunes qui ne veulent rien savoir de se montrer à l'église pour Noël. Marlène suggère de couper la poire en deux. « Denise m'a dit qu'il y a une messe à dix heures. Cela veut dire que tout le monde serait rassemblé vers les onze heures. Est-ce que ça ferait votre affaire, les jeunes ? Vous savez, Noël, c'est d'abord une fête chrétienne. Pas de naissance du Christ, pas de Noël.

— Ouais… – abonde en ce sens, Louis-Camille. – O.K. moi, je suis partant pour la messe de dix heures. Vous autres, qu'est-ce que vous en dîtes ? »

Tout le monde se range du côté de Louca. Comme le dit la tante Marlène : ils ont coupé la poire en deux.

Les filles Robin ont l'impression de remonter le temps. Même si l'on compte bien des disparus, la magie de Noël fait son œuvre. La famille pourrait se croire dans les bonnes années d'antan. Chacune des femmes a mis la main à la pâte. Il ne manque rien sur la table. La dinde, les tourtières, le ragoût de pattes. Soudain Marylou apporte un commentaire. « Qui a fait le ragoût ? Il est donc bien bon ! On dirait celui de grand-maman Robin.

— Ben là, tu m'insultes – réplique sèchement sa sœur Marlène. – Si j'avais pensé que je pouvais cuisiner comme Georgina, je ne toucherais pas à la cuisine.

— Brise pas ton Noël pour ça – renchérit Denise – Marylou veut te signifier que ton ragoût est bon. Rien de plus. Tout de même! Grand-maman était une cuisinière hors pair.

— Ben tant mieux pour vous autres. Moi je n'ai jamais été en mesure d'apprécier. Je n'avais pas droit au chapitre.

— Tu n'en manques pas une, hein, Marlène Robin ? Quand quelqu'un te fait un compliment, dis donc tout simplement : merci beaucoup! De même, tu n'assommeras pas le monde avec tes vieilles rancunes. »

Marlène ne répond pas à cette dernière remarque de sa sœur Idola. D'après Marlène, Idola est restée la bonne sœur Marie-Noëlle-de-la-Trinité qui dispense ses sermons à tout le monde.

La fête continue jusqu'aux petites heures du matin. Les jeunes jouent de la musique. Stéphane Campeau, fils de Marysol, gratte la guitare, Louis-Camille joue du piano par oreille. La fille d'Idola, sa petite dernière, Norma Pichot, chante à peu près tout ce que les cousins suggèrent. Idola a surnommé sa fille de dix-sept ans : « Mon petit mouton noir ».

À un moment donné, Louis-Camille s'empare du micro et annonce que sa cousine Laura, journaliste et poète, va réciter un poème. Pour l'accompagner, il apportera un fond de musique au piano. Laura s'approche du micro. Comme une grande comédienne, elle déclame sa poésie qu'elle sait par cœur. Un poème s'adressant à sa mère Fanny, morte quand Laura était enfant. Un petit chef-d'œuvre -, pensent les tantes.

Vers les trois heures du matin, ceux qui doivent coucher chez Denise quittent la maison en même temps que cette dernière. Shirley, veuve de Jean Robin, ramène Idola, son mari et Norma pour coucher chez elle. Marysol, Marylou et Marlène coucheront dans la vieille maison. Laura et Louis-Camille sont très heureux de garder des visiteurs pour dormir. Marysol gagne sa chambre, aussitôt que les autres sont partis. Dans la grande cuisine, il reste Marlène, Marylou, Louis-Camille, Stéphane et Laura. Devant un café ou un verre de lait pour certains, les couche-tard les plus endurcis parlent de choses et d'autres. Marlène écoute les jeunes étaler leurs misères. Elle les laisse se raconter. Marylou écoute aussi attentivement que sa sœur. Soudain Marlène demande : « Je remarque que vous avez beaucoup de réparations à entreprendre sur la maison. Comment ton père évalue-t-il cela, Laura ?

— Il trouve qu'on en a gros sur les bras ! Mais il est prêt à nous aider.

— Avez-vous suffisamment d'argent pour fonctionner ? »

Laura lève les épaules. Louis-Camille explique : « On a assez d'argent pour refaire la toiture. C'est à peu près tout.

— Est-ce que c'est urgent ? – s'informe Marylou.

— Très. Ça coule dans le grenier. »

La conversation se termine ainsi. Marlène et Marylou réfléchissent. « Bon. Allons dormir là-dessus. On s'en reparlera. – suggère Marlène. Marylou approuve d'un signe de tête.

Marlène éprouve de la difficulté à trouver le sommeil. Elle échafaude des plans pour aider les jeunes. « Je me demande pourquoi papa a agi ainsi. Quelle était son idée ? Il savait toujours bien que ses trois petits-enfants ne seraient jamais capables de gérer cet héritage-là. Pauvre papa ! Aide-moi à trouver une solution. Si tu m'entends, vois-y ! » Marlène s'endort enfin sur sa demande.

Dès neuf heures le lendemain matin, la quinquagénaire ouvre les yeux. N'ayant plus sommeil, elle se lève. « Après une bonne douche, je serai comme une neuve, je suppose. Heureusement que Jacques Leblanc nous a installé des douches. Dans le temps, on se faisait couler un bain. Ça faisait du bien, mais c'était plus long. Vive le modernisme. »

Lorsque Marlène se pointe à la cuisine, Marylou a déjà commencé son petit déjeuner. Marlène remarque que l'ambiance du Trait-Carré sied bien à sa jeune sœur. La Poule affiche un sourire, comme longtemps on n'a pas perçu dans son visage. Elle est restée triste de la mort si subite de son mari, c'est sûr. Mais elle recommence à sourire. « Tu as l'air reposée, Marlène. En forme ?

— Oui, la Poule. Je pense que j'ai une idée pour aider les jeunes. Si tu veux embarquer toi aussi, tant mieux. Au fond, j'ai deux idées.

— Moi aussi, j'ai mijoté des formes d'aide, grande sœur.

— C'est quoi ?

— Commence par me dire les tiennes, Marlène.

— J'ai d'abord pensé mettre de l'argent dans les réparations. Puis, je me suis dit que cela n'aidera peut-être pas, étant donné qu'ils seront toujours pris avec l'entretien. Ça ne finira plus. Alors, j'ai pensé que je pourrais racheter leurs parts. Le leur offrir en tout cas. Je rajouterais une clause spécifiant qu'ils auront toujours le droit de venir habiter la maison. À ma mort, elle leur reviendrait. En espérant que je ne meurs pas cette année, car ils seraient pris avec les mêmes problèmes. »

Marylou reste bouche bée devant les plans de sa grande sœur. Marlène se croirait revenue à l'époque où la Poule était enfant. Elle a envie de pouffer de rire. Elle s'empresse d'ajouter : « As-tu une meilleure idée ?

— Marlène Robin ! C'est comme ça que je pensais ! C'est fort. On dirait que tu as lu dans mes pensées. Ce doit être papa qui nous inspire. Quand, vas-tu en parler aux jeunes ?

— À la première occasion.

— Tu ne trouveras pas le secret trop lourd à garder ? Marlène, je reconnais ton grand cœur. Tu as toujours trouvé des solutions pour tout, toi.

— Tu sais, on ne sait pas si c'est une bonne solution. L'avenir nous le dira.

— Je suis certaine, moi, que c'est la bonne idée.

— On verra…

— J'ai hâte que tu leur en parles.

— Tu sais, Marylou, parfois on pense faire plaisir à des personnes, mais l'effet escompté nous démontre le contraire. Ne nous réjouissons pas trop vite. »

Deux jours plus tard, Emma vient faire un tour au Trait-Carré. Comme si les héritiers s'étaient donné le mot pour se rencontrer. Marylou parle de quitter Charlesbourg le lendemain pour la Beauce où elle visitera sa jumelle. Marlène pense que c'est en plein le bon moment d'apporter ses suggestions aux jeunes. Après le souper, tout le monde se rend au salon pour fraterniser. La tante profite de l'occasion. « Les jeunes j'ai des choses à vous dire. »

Silence complet. Les neveux et nièces connaissent la tante. Si elle a des choses à leur dire, ils sont mieux d'écouter, car elle ne répétera pas. Le message va sortir tout d'un trait. Elle n'a pas l'habitude de faire dans la dentelle, la tante Marlène. « Vous allez me dire comment vous vous sentez vis-à-vis l'héritage que votre grand-père vous a laissé. À tour de rôle. Emma, commence, toi.

— Euh… Euh… Je suis un peu embêtée. Je n'ai pas le temps de m'en occuper. Je trouve qu'il y aurait beaucoup d'argent à dépenser pour la remettre d'aplomb cette vieille maison. Surtout ces temps-ci, j'ai bien des chats à fouetter.
— O.K. Louis-Camille, toi, qu'est-ce que tu en penses ?
— Ce qu'Emma vient de dire, c'est juste… Je…
— Toi, tu penses quoi ? Avant qu'Emma parle, tu en pensais quoi ? »

Le jeune homme penche la tête et réfléchit. Il ne pourra pas s'en sortir, la tante ne le laissera pas aller comme ça. Aussi bien dire ce qu'il en pense. « Moi, j'ai l'impression de travailler, travailler et ça n'a jamais de fin. On dirait qu'on est toujours au même point.
— Et toi Laura ?
— Ben là… À entendre les deux autres, le découragement me prend. Y a-t-il juste moi qui suis attachée à cette maison ? Qu'est-ce que je peux faire toute seule ? »

Marylou croit bon d'intervenir. « Les deux autres n'ont pas dit qu'ils ne mettront pas la main à la pâte, Laura. Ils ont donné leurs impressions, c'est tout. »

Plus personne ne dit mot pendant quelques minutes. Marlène leur expose ses deux possibilités. D'abord, elle investit de l'argent pour les aider à continuer les rénovations. Marylou s'offre à investir le même montant que sa sœur. Pas un n'applaudit l'offre. C'est comme si on les forçait ainsi à travailler encore plus fort. Alors, Marlène apporte sa dernière offre. Elle achète le domaine du Trait-Carré. Le montant versé sera divisé en trois et chacun recevra sa part. De toute façon, il y avait une clause dans le testament de feu le docteur Robin qui disait que si jamais les jeunes vendaient la maison, ils devaient l'offrir à quelqu'un de la

49

famille d'abord. Alors, Marlène expose aux trois jeunes le fait qu'ils auront toujours leur place dans la maison. Ils garderont leur chambre.

Emma ne bronche pas. Marlène connaît Emma. « Ça prendrait tout un tremblement de terre pour la faire bouger celle-là. On ne peut jamais percevoir ses sentiments. » Cependant, la tante voit briller de la lumière dans les yeux de Laura et de Louis-Camille. « Cette deuxième offre fait l'affaire de ces deux jeunes. Ils vont se sentir libérés. »

— La semaine prochaine, nous allons établir la valeur marchande de la maison. Je vais vous offrir un prix que vous ne pourrez refuser.

— Chouette, ma tante ! Je suis bien content – s'exclame Louis-Camille – je vais pouvoir retourner dans ma Vallée de l'Okanagan.

— Ouais… c'est le fun pour moi, ça, Louca. Moi qui pensais que tu aimais travailler avec mon père et moi ?

— Oui. J'ai aimé ça. Mais là… Assez, c'est assez. On n'en voit pas la fin.

Seule Emma ne dit mot. Marlène étudie les comportements de ses neveux et nièces. Celui d'Emma l'inquiète.

Tôt après le souper, Louis-Camille et Laura sortent pour rencontrer leurs cousins. Ils se rendent au Manège militaire. Un fils de Denise détient un grade d'officier. Il a invité sa jeune parenté au Mess des officiers à la Citadelle de Québec. Emma retourne chez sa tante Denise au moment où les autres quittent la maison pour aller veiller. Marlène et Marylou restent seules devant un bon feu de foyer au salon. « Marylou, tu ne trouves pas qu'Emma affichait un comportement bizarre devant l'offre que je leur ai avancée ?

— Je comprends ! Pauvre petite Emma. Elle et son mari sont sur le point de divorcer.

— Hein !!!

— T'as bien entendu. Emma ne peut plus tolérer sa belle-mère. Cette vieille fatigante agit comme étant la reine de la ruche. Le mari d'Emma se comporte comme un petit garçon soumis devant sa maman.

— Ben… Dis-moi donc !

— Oui, Madame. Pourtant, Emma est une bonne pâte, tu le sais. Elle n'en peut plus. La belle-mère va chercher leur petit garçon quand elle le veut. C'est elle qui leur dit comment l'éduquer. Emma a demandé à son mari de choisir entre sa mère et sa femme. Ceci a déclenché une tempête épouvantable. Emma lui a dit qu'elle demandait le divorce. Quelques jours plus tard, elle est entrée à la maison pour retrouver l'endroit presque vide. Plus de mari. Plus de petit garçon. Plus de vêtements ni du mari ni du petit garçon. Emma s'est réfugiée chez Idola à Saint-Lambert. Dommage que Idola n'habite plus Brossard, Emma travaillant dans cette ville, ç'aurait été plus proche pour se rendre à son ouvrage.

— Brossard et Saint-Lambert sont deux villes collées, tu le sais. Emma n'a plus de maison ?

— Oui. Mais elle ne veut plus y mettre les pieds.

— Ben, dis-moi donc ! Je comprends son attitude de tout à l'heure. On ne rit plus.

— Non, on rit plus. »

Marlène reste pensive. Elle se demande comment aider Emma sans la heurter. Elle sait que sa nièce est orgueilleuse et indépendante. La tante se souvient de la mère d'Emma, Pierrette

Lafrance. Celle-ci avait la susceptibilité fragile. Les deux sœurs réfléchissent, chacune en silence.

Le lendemain, Marylou vient de partir pour la Beauce et Marlène téléphone à Emma pour l'inviter à venir la voir. La tante a donc le champ libre pour tenter d'approcher Emma. Cette dernière se pointe vers onze heures. Malgré le froid, il fait un soleil splendide. Ce qui aidera peut-être à la conversation, pense Marlène. Laura est à Montréal et Louis-Camille chez Shirley avec ses cousins. Le champ est libre.

Marlène commence par servir un café à sa nièce et lui offre des biscuits. Emma refuse. Elle n'accepte que la tasse de café. L'atmosphère est lourde à trancher au couteau. La tante voudrait bien détendre l'ambiance. « Emma, je ne te demanderai pas comment ça va dans ton ménage, je sais que ça ne va pas et tu peux me dire que ce ne sont pas de mes affaires. Mais dans la famille Robin, vois-tu on s'entraide. Tu fais partie de la famille et je veux t'aider. Je ne sais pas de quelle manière je peux le faire, mais je t'offre mon aide. C'est toi qui vas me dire comment je peux le faire.

— Tout est correct, ma tante. Vous n'aurez pas à m'aider. D'ailleurs, vous savez, dans un ménage, c'est l'affaire d'un couple. Alors, je me demande bien de quelle manière vous pourriez m'aider.

— Est-ce que ça t'ennuie que je rachète vos parts de la maison ?

— Bof...

— Bof quoi ?

— Ma tante Marlène, je vais vous dire une chose... Tout m'ennuie en ce moment. Je demande le divorce. Je ne suis plus capable d'endurer un mari qui a pour idole, sa mère. Remarquez, je n'ai rien contre le fait qu'un homme adore sa mère. Mais qu'elle le mène par le bout du nez et qu'elle vienne se fourrer dans la manière de décorer notre maison, de faire à manger, d'élever notre enfant... Là, je ne suis plus capable. Et mon mari m'accuse de jalousie morbide envers sa mère. Non. Plus capable ! »

Marlène la laisse parler un moment sans dire un mot. Emma semble attendre une réaction de la part de sa tante. Rien ne vient. Emma continue pendant une demi-heure. Elle en a gros sur le cœur. Quand le monologue devient redondant, la tante intervient. « Coudon, as-tu essayé d'en parler avec ton mari sans te fâcher ?
— Ma tante, je vous arrête. M'avez-vous déjà vue en colère ? Je ne suis jamais fâchée. Ni boudeuse. Je lui ai parlé, c'est-à-dire j'ai tenté de le faire. Chaque fois, il m'interrompt dès la première phrase en me disant de ne pas parler devant notre petit garçon, s'il est là. Et si ce n'est pas le cas, il m'arrête en me disant que je suis jalouse. Que voulez-vous, il est borné. Je lui ai dit que je demanderais le divorce. Il est devenu blanc. Il a habillé le petit et est parti chez sa mère. Il est revenu seul en soirée. Le petit était resté chez grand-maman. Le lendemain matin, je suis allée rencontrer une avocate. Elle m'a affirmé que c'était un cas désespéré. Tant que sa mère sera là, il ne démordra pas. Il restera le même. Voilà. Vous comprenez que la vente de cette maison me libère. En un autre moment, peut-être que j'aurais pensé autrement...
— Je te comprends. Où vas-tu aller avec ton petit garçon ?
— Je ne sais pas. Nous aurons sûrement une garde partagée. Aussi bien dire : « garde partagée » entre la grand-mère et moi. On verra.
— Est-ce que ça t'inquiète ?
— Oui. »

Marlène sent son cœur se serrer. Si Jean vivait… Qu'est-ce qu'il ferait ? Il aimait tellement sa fille. « Ah, ces enfants marqués par le destin ! Papa avait raison de s'inquiéter pour eux. Laura, comme sa mère, se fourre toujours dans des amours impossibles. Louis-Camille ne se trouve bien nulle part. Il m'inquiète celui-là. Et voilà maintenant Emma qui entre dans la mêlée. Je la croyais pourtant bien casée celle-là. Je me suis trompée. »

La docteure Emma Lafrance-Robin n'ajoute plus rien. Elle est ainsi bâtie. Jamais elle ne parle quand elle n'en a pas envie. Chaque mot sort au moment voulu. La nièce et la tante restent là, songeuses, durant de longues minutes. Enfin, la jeune femme se lève. « Bon. Je vais retourner chez tante Denise, moi. Je lui ai dit que je ne serais pas longtemps sortie. Merci pour votre accueil, tante Marlène. Quand on se reverra, je serai probablement installée seule dans un appartement. Ou je m'achèterai un condo. C'est la grande mode. J'ai l'impression d'entreprendre tout un contrat. Vous savez, se marier, c'est facile. Tout le monde est heureux. Mais divorcer, c'est pas mal plus compliqué et c'est surtout malheureux pour tout le monde. Quand il y a des enfants en cause, c'est encore plus déchirant.

— Je te comprends, Emma. Tu es courageuse, tu passeras bien au travers. Je ne veux pas te dire comment vivre les choses que tu as à vivre actuellement. Mais si tu prenais quelques mois de congé, ça ne t'aiderait pas ?

— Je verrai. Ne vous inquiétez pas. Comme vous le dites, je suis courageuse. Merci pour votre accueil. »

Emma a terminé sa visite. Elle n'a plus rien à dire et ne veut plus rien écouter. Tout a été mesuré. Est-ce qu'elle s'ouvrira davantage à sa tante Denise ? Marlène lève les épaules. Elle aurait voulu l'aider beaucoup plus. Mais comme elle se le répète souvent : « On ne force pas un âne à boire. »

Un amour qui commence ?

Aujourd'hui, Marlène, n'ayant rien de spécial en vue, songe à faire des courses. « Tiens. Pourquoi pas à la Place Laurier ? Ce serait bête de ne pas profiter des soldes annoncées. » Comme elle s'apprête à partir, la sonnerie du téléphone l'arrête dans son élan. Elle prend l'appel depuis l'appareil de la console, près de la sortie. Il est facile pour elle de reconnaître la voix du beau professeur avec son accent européen. « Puis-je parler à Laura?

— Je regrette, Monsieur, Laura n'est pas à Québec en ce moment. Elle est à Longueuil.

— Je suis Serge Roussel. Est-ce que je pourrais aller vous remettre un document ?

— Bon... À quel moment voulez-vous venir ?

— Maintenant ?

— Je vous attends. »

« Comment se fait-il que ce type débarque ici ce matin ? Il me semble que Laura a dû lui dire qu'elle serait à Longueuil. Et puis... peut-être pas. »

Vingt-cinq minutes plus tard, le professeur sonne à la porte. Marlène se compte heureuse de le voir arriver aussi tôt. Elle le reçoit avec un sourire. Serge Roussel ne la quitte pas des yeux. Marlène se sent mal à l'aise. La quinquagénaire se rend vite compte que le visiteur cherche à capter son regard. Comme elle veut demeurer polie, elle l'invite tout de même à entrer. Il enlève ses bottes dans le vestibule et suit Marlène jusqu'au petit salon. Elle l'invite à s'asseoir; l'intrus ne se laisse pas prier. Il s'installe dans la bergère près de la porte. Marlène se dirige vers le fauteuil voisin. « Vous avez des papiers à me remettre pour ma nièce ?

— Effectivement. Et pour vous aussi, si cela vous intéresse. Voici. C'est un prospectus de l'Université Laval qui annonce les cours de psychologie que je donnerai à partir de janvier.

— Ah... Je croyais que vous donniez des cours de psychanalyse ?

— Aussi. Mais ceux dont il est question ici, ce sont des cours de psychologie.

— Oui. Je vois. Pour ma part, je ne crois pas être intéressée par ces cours. Mais je remettrai tout ça à Laura. Vous êtes brave de faire le voyage Montréal-Québec chaque semaine. Avez-vous un pied-à- terre à Québec ?

— Pas du tout. On me paie mon billet d'autobus Montréal-Québec aller-retour, ainsi que mes déplacements.

— Vous ne trouverez pas ça un peu fatigant ?

— On verra.

— Vous êtes Français ?

— Non... Belge.

— Oh ! Avez-vous de la famille ici au pays ?

— Non.

— Je m'excuse. Je vous demande ça pour m'informer. C'est tout. »

En disant cela, Marlène se lève pour signifier à son visiteur que c'est terminé. « Je remettrai ces documents à ma nièce, Monsieur Roussel. »

L'une et l'autre se retrouvent dans le vestibule. Le professeur chausse ses bottes. En se relevant, il plonge encore une fois son regard dans celui de l'hôtesse. Sans rien ajouter, il se retourne, ouvre la porte et part. Marlène referme derrière lui. Elle s'empresse de verrouiller la porte intérieure, comme si elle voulait effacer toute trace du visiteur. « Coudon... Est-ce que je suis folle ? Ce bonhomme voulait me faire comprendre des choses. Voyons, Marlène. Tu fabules. Il ne te connaît même pas. Tu t'es figuré ça. »

Marlène saute dans son auto et se rend d'abord chez sa sœur. « Peut-être voudra-t-elle venir avec moi à Place Laurier ? » Elle entre chez Denise. Cette dernière est installée dans la salle à manger. Elle s'est organisée pour coudre de la courtepointe. Marlène s'esclaffe. « Tu en as grand d'entrepris ce matin. Moi qui venais te chercher pour aller fureter dans les magasins de Place Laurier.

— La courtepointe, c'est pour la tombola que nous aurons à la paroisse en mai.

— Ça ne te dirait pas de prendre congé ? Je viendrais t'aider à coudre une autre journée. »

Denise hésite, puis en conclut que c'est peut-être une bonne idée. Voilà trois jours qu'elle rassemble ses petits carrés de toutes les couleurs. Une tournée dans les magasins ne lui fera sûrement pas de tort. Et Marlène viendra l'aider un jour prochain. Elle sait qu'elle tiendra parole. « Bon. Donne-moi dix minutes. Sers-toi un thé pendant que je m'habille, puis on part.

— Je t'attends. »

Les deux sœurs montent dans la voiture de Marlène. Elles passent par le boulevard Henri-Bourassa en direction sud, pour aller emprunter l'embranchement de l'autoroute de la Capitale vers l'ouest. Elles continuent sur cette artère jusqu'au boulevard Henri IV, puis filent en direction sud. Elles prennent ensuite le boulevard Laurier. La circulation est clairsemée ce matin. Pendant le trajet, Marlène raconte à sa sœur la visite du professeur Roussel. Denise reste intriguée. L'aspect du visage de ce Serge Roussel ne veut pas sortir de la tête de Marlène. Elle ne saurait dire pourquoi elle ressent ce malaise. Est-ce parce qu'elle se trouve scandalisée devant cet énergumène qui fait marcher sa nièce et en flirte une autre ? Ou bien se sentirait-elle coupable d'éprouver une sorte d'attirance envers le beau psychologue ? « Mon Dieu ! Pauvre petite Laura. Jamais ! Il ne faut pas. Je me souviens combien j'ai eu mal quand Marylou m'a fait le coup à l'époque, avec Damien Martineau. Non. » Comme si Denise lisait dans les pensées de sa sœur, en garant l'auto dans le stationnement. Marlène l'entend lui demander :

— Comment tu te sens ?

— Je ne sais trop. Mal, parce que je sais combien Laura est folle de lui. Et de voir qu'il drague sa tante… Je ne veux plus le voir à la maison. Quand nous serons allés chez le notaire pour le contrat, si l'achat se concrétise, je serai plus en mesure de dire à Laura que je ne souhaite pas le rencontrer.

— Tu penses que ça ira ?

— Comment, « tu penses ». Crois-tu que j'ai l'intention de lui voler son amoureux ?

— Ce n'est pas ce que j'ai voulu dire. Je voulais dire « tu penses que Laura s'en tiendra à tes vœux ? »

Elles entrent dans le Centre commercial. Distraites par le va-et-vient, elles changent de propos. Marlène achète de belles pièces de porcelaine annoncées en solde. Au cas où elle se verrait obligée de recevoir le professeur… Des serviettes d'invités… une belle nappe blanche, toujours pour la même raison. Sans s'en rendre compte, elle se sent motivée dans ses achats par une nouvelle muse. Elle essaie de chasser l'image de l'intrus, mais c'est peine perdue. Il occupe sa pensée tout entière. Une fois rendue à l'acquisition d'un beau chandelier à trois branches, Denise intervient. « Coudon… Toi qui es la mieux équipée de la famille, on dirait que tu t'installes pour la première fois.

— Tu as bien raison. Comme si je voulais repartir à neuf. Mes choses sont encore presque toutes à Longueuil.
— Tu mets la charrue devant les bœufs, il me semble. Tu n'as pas encore acheté la maison.
— C'est vrai. Après les chandeliers, j'arrête. On s'en va manger. As-tu faim ?
— Oui. Je commence à avoir l'estomac dans les talons. Où veux-tu dîner ?
— N'importe où. Un restaurant du Centre. Nous serons plus près pour continuer à fureter. »

Elles optent pour le premier resto qu'elles aperçoivent. Marlène se rend compte qu'elle ne pense qu'à son visiteur du matin. Est-ce parce qu'elle est demeurée intriguée par le comportement de ce monsieur ? « C'est sûrement ça. Il va sortir de mon esprit. » Quelques minutes plus tard, elle demande à sa sœur : « As-tu une idée de ce que je dois dire à Laura ?
— Dire… ?
— Ce que je pense de son beau prof.
— Non. Non ! Laisse venir les choses. Ne va pas au-devant des coups, tu vas devenir le bouc-émissaire dans cette affaire-là. Quel âge il a, ce type ?
— Mon âge, j'en suis certaine.
— Hein ! Mais elle est folle, la Laura.
— Pauvre petite.
— Ben, voyons donc ! Eh ! qu'il y a de la Fanny Robin dans cette fille-là.
— Bien sûr, elle est sa fille. »

Marlène ne dit plus un mot sur le sujet. Elle éprouve du chagrin pour la belle Laura qui n'est pas tellement chanceuse en amour. « Enfin, peut-être que comme sa mère, elle court après le malheur. »

Voilà à peine cinq minutes que Marlène est de retour. Le téléphone se remet à sonner. Elle s'empresse de répondre, croyant que c'est peut-être Laura. Elle a beau crier allo à plusieurs reprises en augmentant le débit chaque fois, on ne dit mot à l'autre bout. Enfin, elle raccroche. Le cœur de Marlène bat à tout rompre. « Mais qu'est-ce que c'est que cette affaire-là ? Je demanderai aux jeunes si c'est habituel. » Elle essaie de se fabriquer une idée sur l'auteur ou l'auteure du coup de téléphone. « Peut-être un copain de Louis-Camille. Ce qui ne serait pas rassurant. Ou bien… le beau professeur… Ne sait-on jamais ? Pas plus rassurée, quant à ce comportement, elle se rend à la cuisine et se concocte un martini qu'elle rapporte dans le petit salon. Le téléphone sonne de nouveau. Elle ne sait plus si elle doit répondre. Enfin, la curiosité l'emporte sur la peur. Cette fois, une copine voulait parler à Laura. Marlène reprend ses esprits.

Une heure plus tard, Laura arrive de Longueuil. La tante se sent rassurée de la voir rentrer. La nièce est volubile. Elle raconte ses deux jours passés sur la Rive-Sud de Montréal. En soupant, Marlène lui remet l'enveloppe que le professeur a laissée pour son étudiante. « Ah, ça alors ! Il est venu porter ça ? Je lui avais dit que je ne reviendrais que ce soir.

— Je pense qu'il n'avait pas le temps d'attendre. À ce qu'il m'a dit… il me semble, en tout cas.

— Ah, c'est bien correct. Avait-il l'air de bonne humeur ?

— Si tu veux savoir s'il riait aux éclats, non. Je ne pense pas que ce soit le genre. »

Laura rit de bon cœur. Elle s'informe auprès de sa tante à quel moment elle voudra passer chez le notaire pour la vente de la maison. Marlène remarque que la jeune fille semble inquiète.

Peut-être a-t-elle peur que sa tante change d'idée. Elle la rassure. Pas question de reculer. Laura devrait savoir que la tante Marlène n'est pas une personne qui ne tient pas ses promesses. À la fin de janvier, tout sera réglé. « Pourquoi sembles-tu si pressée, Laura ? Est-ce parce que tu veux retourner à Longueuil ?

— Pas du tout. J'ai simplement hâte que ce poids s'enlève complètement de mes épaules. J'ai hâte. C'est tout. Pour retourner à Longueuil ? Si j'écoutais mon beau prof, je retournerais dans la région de Montréal. Il me dit que c'est loin Québec, qu'il ne pourrait pas rester à Québec. Il s'ennuierait.

— Ah, bon... Curieux qu'il y vienne pour dispenser des cours, tu ne trouves pas ?

— Oui, mais il n'habitera pas à Québec. Il voyagera chaque semaine. Moi, j'emménage ici. C'est sûr que je vais pouvoir habiter avec toi ? Tu ne changes pas d'idée, hein ?

— Eh, que tu es inquiète ! Je t'ai dit oui. Arrête de penser à cela, grande énervée. »

Les deux femmes changent de sujet. En soirée, elles regardent un film à la télé. Assises toutes les deux tranquilles dans la mezzanine. Louis-Camille n'est pas revenu de chez sa mère où il est allé passer quelques jours. Il a l'intention de partir pour l'Ouest canadien à la fin de janvier, après la vente de la maison du Trait-Carré. Sa mère s'inquiète moins que la première fois où il l'avait quittée. Le jeune homme s'est assagi. Il ne présente plus aucun signe de délinquance. Marylou s'en trouve réconfortée.

Par contre, Laura a peur pour son cousin. Après réflexion, elle se risque d'en parler à sa tante. « Avais-tu déjà remarqué que Louca était bizarre ? J'entends... quand il était petit ?

— Bizarre dans quel genre ?

61

— Ben… je ne sais pas comment le qualifier… Quand il se pense seul, il engueule du monde. Il parle à des gens. Ça fait curieux.

— Hein ? Bien, voyons donc. Raconte-m'en plus. Je ne comprends pas.

— Un soir, vers dix heures, je rentre d'une sortie. Je ne fais pas de bruit, car je pense Louca couché. Je n'ouvre pas de lumière. J'enlève mes chaussures. Je monte à ma chambre. De l'escalier, j'entends mon cousin engueuler quelqu'un. Je l'entends dire : « Ne mets plus jamais les pieds ici, parce que je vais te tuer. » Je me retourne en plein milieu de l'escalier. J'aperçois Louca dans la mezzanine. Il fait de grands sparages. Il est seul, mais il parle à quelqu'un qui semble devant lui. Mais, je ne vois personne d'autre. La peur me paralyse sur place. Je ne sais plus quoi faire. Est-ce que je lui parle ou si je me sauve ? Est-il soul ou drogué ? Je prends mon courage à deux mains et je lui crie : « Louca, Louca… » Il ne m'entend pas. Je monte à la course le reste des marches et je contourne la rampe pour me diriger vers lui. Là, je lui crie à tue-tête : « Louis-Camille ! » Il sursaute et se retourne vers moi. Sa figure s'éclaire soudain. « Ah ! Laura ! Excuse-moi, j'étais dans la lune. Ça va aller. Tout est sous contrôle, maintenant. » Je crois qu'il a lu la peur dans mes yeux. Je lui demande : « Veux-tu bien me dire à qui tu parlais ? - Il a l'air de chercher.

— J'étais dans la lune, je pense bien… Je ne sais pas trop. »

Marlène reste bouché bée. « Il est sûrement malade, Laura. Ho, si ton oncle Jean vivait, il saurait l'aider. Coudon, si tu en parlais à ton cousin, Laurent Robin ? Oui, Laura. Je pense que c'est une bonne idée. Il est psychiatre, il saurait le soumettre à un diagnostic.

— Il me gêne, Laurent. Tu sais les gars de mon oncle Jean, je ne les connais pas tant que ça. Sauf Michel que je vois un peu plus, car il me court après.

— Oui, mais Michel, c'est un administrateur, il n'est pas médecin. Laura, il faut faire quelque chose. Je vais lui en parler, moi. Tu veux bien ?

— Peut-être. Tu n'aimerais pas mieux en parler à Marylou, d'abord.

— Jamais de la vie. La Poule va dire n'importe quoi pour s'en sortir. Elle va penser qu'on veut accuser son fils. On va voir Laurent d'abord. Suite à ce que Laurent nous dira, on en parlera à Marylou après, si on juge à propos.

— Ben… Elle est quand même sa mère.

— Je sais bien Laura. Mais je ne veux pas tout faire avorter. Commençons par le commencement. Tu sais, Louis-Camille n'est plus un bébé. Il n'a pas besoin que sa mère le tienne par la main. Peut-être qu'elle lui nuirait. Il faut penser à cela. »

La tante et la nièce changent de propos. Mais le comportement de Louis-Camille ne quitte la pensée chez ni l'une ni l'autre. Marlène cherche à comprendre s'il n'y aurait pas eu un membre de sa famille qui affichait un tel comportement. « Au cas où il y aurait des gènes de ce genre. Georges ? Mais non. Georges était homosexuel. Ça n'a rien à voir. » Elle ne trouve pas. « La seule personne de la famille qu'on a essayé de faire interner, c'est moi. Mais je ne parlais pas toute seule. C'était une machination venant d'une personne tordue. » Marlène se garde bien de raconter cet épisode à sa nièce.

Vers minuit, Laura descend à la cuisine afin de préparer un petit gueuleton pour elle et sa tante. Elle remonte peu de temps après avec un cabaret plein de morceaux de fromages, des biscottes et deux verres de lait. « Wow… On se tire en l'air, la nièce. Veux-tu faire crever ta vieille tante ? »

Laura s'esclaffe. Elle aime bien l'humour de sa tante. La nièce considère Marlène comme une amie plutôt qu'une tante. Elle se trouve chanceuse d'habiter avec elle.

La Docteure Emma Lafrance Robin

L'hiver a passé à la vitesse de l'éclair. Le printemps s'est pointé, voilà quelques jours à peine, et le soleil achève de fondre les bancs de neige devant la maison des Robin.

Marlène profite de son séjour à Longueuil à la préparation de son déménagement. Dès lors, elle invite Emma au restaurant. La nièce hésite. Mais devant l'insistance de sa tante, elle finit par accepter. Les deux partenaires dînent chez Pinocchio, une antique salle à manger de style italien, située sur la rue Saint-Charles. Marlène, connaissant les goûts de sa nièce, a cru bon, pour lui mettre l'eau à la bouche, de choisir un restaurant à son goût.

La tante remarque les joues roses de la belle Emma, et surtout ses yeux pétillants. « Je ne serais pas étonnée qu'elle soit amoureuse, celle-là ».
— Et puis… Qu'est-ce qu'on fait de bon ?
— Rien de spécial. Le travail ne manque pas.
— Et les amours ?

Cela dit avec un sourire en coin, le visage de la nièce s'empourpre.
— Bof… Rien à signaler.
— Ben, voyons donc ! Il est beau ?

Emma éclate de rire. « Vous êtes aussi pire que ma tante la Poule… »

Au tour de Marlène de s'esclaffer. « Tu sais, il n'y a pas de honte à tomber amoureuse de quelqu'un. Remarque que ce n'est pas de mes affaires. Mais si tu avais un peu du sang de Marlène Robin dans les veines, tu voudrais crier au monde entier que tu es amoureuse.

— Ce n'est pourtant pas ce que vous avez fait, lorsque vous avez fréquenté pendant des années votre beau curé.

— Non. Tu as raison. Et c'est peut-être ce silence qui a fini par tuer notre amour. Je suis restée trop longtemps sa femme de l'ombre. Cet homme-là a été l'amour de ma vie, Emma. Toi, vas-tu chercher ton petit garçon une fin de semaine sur deux ?

Silence. Emma ne répond pas tout de suite. Marlène attend. Elle connaît sa nièce. Surtout, il ne faut rien brusquer. Enfin, Emma finit par ouvrir la bouche. « Je le vois à peu près une fois par mois. Parfois pas. Et c'est correct comme ça.

— Comment, c'est correct comme ça ? Tu ne t'ennuies pas de ton enfant ?

— Non. Loin des yeux, loin du cœur.

— Ah… C'est ça, la phrase magique ? C'était peut-être la même phrase que ta mère se répétait quand tu étais petite alors qu'elle te voyait deux fois par année.

— Peut-être.

— Emma, je ne te crois pas. Dis-moi pourquoi tu ne vas pas chercher ton enfant une fin de semaine sur deux.

— Mon fils ne m'aime pas. Il pleure chaque fois que je vais le chercher. Je suis tannée de l'entendre hurler. Tout le temps qu'il est avec moi, il me répète : « Mamie va venir, hein ? » Il devient fou de joie lorsqu'il retrouve sa grand-mère. »

La tante reste un moment sans parler. Elle ne sait plus si elle doit blâmer sa nièce ou approuver son comportement. Cette manière de faire lui rappelle celle de la mère d'Emma, Pierrette Lafrance, lorsqu'elle évitait d'amener sa fille en vacances chez elle, avec sa famille. « Peut-être Emma a-t-elle hérité des mêmes gènes que sa mère ? Loin des yeux loin du cœur. »

Les deux femmes terminent leur dîner. Avant de sortir, Emma hésite un moment avant d'annoncer à sa tante : « Je vais habiter avec mon nouvel ami. Il travaille dans la même clinique que moi. C'est un orthopédiste. »

Après une pause, elle ajoute. « Il a mon âge et est beau comme un cœur. Et quant à faire, aussi bien te l'annoncer, je suis enceinte. »Marlène ne se peut plus. « Incroyable cette fille ! Le même tracé que sa mère. »

— Eh, bien ! Si tu voulais me surprendre, tu n'as pas manqué ton coup. Il ne te reste plus qu'à te chercher un logement minable dans Montréal. Comme ta mère, tu deviendras peut-être la vedette ou la reine de ta rue.

Emma sent soudain à quel point elle déteste sa tante. « Une bitch frustrée d'avoir raté sa vie. »

— Tante Marlène, vous êtes une snob qui a eu tout rôti dans le bec dans votre vie. Et vous n'avez jamais rien réussi. Ce n'est pas mon cas. Mêlez-vous de vos affaires.
— Pour affirmer que je n'ai jamais rien réussi, ma fille, je crois que tu en as manqué un bout. Pendant que j'aidais d'autres à réussir, peut-être que j'ai loupé des réussites pour moi-même, mais vois-tu, pendant que je n'étais pas centrée sur moi, toi, tu n'as rien vu passer. O.K. ? Je me mêle de mes affaires, mais ne viens jamais te plaindre, ma fille.
— Plutôt crever…

Le déménagement

Ce matin, Laura attend sa tante Marlène qui emménage à la maison du Trait-Carré. Depuis la signature de l'offre d'achat acceptée à la fin janvier, Marlène emballe et transporte du stock depuis sa maison de Longueuil à celle de Charlesbourg. Elle quitte les lieux définitivement, car la propriété vendue doit être livrée à l'acheteur dans une semaine. Hier, les deux parties prenantes sont passées chez le notaire pour signer l'acte de vente.

Curieusement, la quinquagénaire n'éprouve aucun sentiment désagréable en laissant sa demeure. « Il me semble pourtant que j'ai été heureuse ici, du moins du temps où Mario vivait. Depuis qu'il est décédé, je n'y trouve plus d'attaches. » La transfuge quitte sa ville d'adoption sans regret. « Avec une année sabbatique à vivre, j'aurai de quoi m'occuper. » Elle demandera ensuite son transfert pour retourner travailler au Ministère de l'Éducation de Québec.

Ce matin, Laura garde le nez collé à la fenêtre du petit salon depuis près d'une heure. Elle attend le camion de déménagement. Elle se sent fébrile de voir arriver Marlène. Une tante qu'elle considère plutôt comme une mère. En ce moment, Laura se sent un peu seule dans la grande maison. Louis-Camille a quitté le Trait-Carré à la fin de février pour la Vallée de l'Okanagan en Colombie-Britannique. Elle se sent triste du départ de son cousin préféré. Surtout qu'elle ne le trouvait pas très bien de sa santé pendant les derniers jours qu'il avait passés à la maison. Elle l'a entendu crier souvent et frapper dans les murs de sa chambre. La jeune fille ne garde pas de bons souvenirs de ses derniers moments avec lui. Elle a eu peur et a peu dormi. Comme elle se sent heureuse du retour de Marlène !

Le docteur Laurent Robin, psychiatre, fils du regretté Jean Robin et petit-fils de feu le docteur Camille Robin, a évalué comme il a pu la maladie de Louis-Camille. Une schizophrénie, a-t-il diagnostiqué. Le verdict est tombé comme un couperet. Marylou a pleuré toutes les larmes de son corps lorsqu'elle a appris la nouvelle. Louis-Camille a refusé de se faire traiter et Marylou, sa mère, s'est sentie incapable d'aller à la cour pour lever une injonction, afin de le faire admettre à l'hôpital. Elle aurait eu l'impression de livrer son fils à des malfaiteurs. Personne ne lui a adressé de reproches. Quel soulagement quand elle a su que son fils partait pour la Colombie-Britannique. Comme s'il allait s'éloigner de son mal. Laurent a essayé de lui faire comprendre que Louis-Camille emportait sa maladie avec lui; que là-bas, les autorités se chargeraient probablement de le faire traiter et que sa mère serait trop loin pour lui mettre les bâtons dans les roues.

Laura sort de la lune. L'auto de Marlène s'arrête devant la maison. La jeune fille court à la porte. En entrant, la tante, toute souriante, embrasse sa nièce en lui disant. « Viens m'aider à décharger, ma Chouette. J'ai pas mal de stock. Le camion n'arrivera pas avant une bonne heure. Les déménageurs s se sont arrêtés à Drummondville pour manger.

— Que je suis contente que tu arrives ! Je trouvais la maison grande. Fiou !

— Moi aussi, je suis heureuse de rentrer. Emménager, c'est le fun. Mais fermer une maison, c'est triste. Tu gardes l'impression de verrouiller la porte sur un pan de ta vie.

— Je te comprends. »

Les deux femmes ont à peine le temps de ranger tout le déchargement de la voiture que le camion se pointe avec les gros meubles à bord. Jacques Leblanc, le père de Laura, est venu donner un coup de main, afin de superviser et diriger les déménageurs à la meilleure disposition des choses.

À quatre heures de l'après-midi, les transporteurs repartent avec le camion vide. Tout semble convenablement bien placé dans la maison. Marlène veut garder Jacques à souper. Elle lui demande d'appeler sa femme afin qu'elle vienne les rejoindre pour le repas. Laura s'offre à aller la chercher. Jacques n'ose refuser cette proposition, du moment où son épouse se montre d'accord avec cette idée. Laura part à l'instant même vers le quartier Saint-Jean-Baptiste de Québec, pour aller quérir sa belle-mère.

Une heure plus tard, Marlène, Laura et leurs invités prennent l'apéro dans le grand salon. Autant Marlène détestait son beau-frère quand il était le mari de sa sœur Fanny, autant elle l'apprécie aujourd'hui. Elle se prend même à penser qu'il remplacera un peu son frère Jean. Elle le considère même plus utile que Jean, puisqu'il se montre plus habile manuellement dans une maison. « Il peut tout faire, cet homme-là. C'est vraiment un gars précieux. Si c'est possible, je ferai appel à ses services autant que je pourrai et je le paierai convenablement. » De son côté, Jacques apprécie beaucoup Marlène. Lui aussi découvre chez elle des qualités qu'il ne lui connaissait pas. Il apprécie sa générosité exceptionnelle. Il admire sa grande patience et sa bonne humeur. Un soleil dans une maison, pense-t-il. Cependant, il sait bien qu'elle n'a pas dû perdre son franc-parler. Mais il attribue cette sorte de liberté à sa droiture d'esprit.

Il est près de minuit quand les Leblanc, Jacques et son épouse quittent la maison du Trait-Carré. Après cette journée de grand branle-bas, Marlène se sent fourbue. Le voyage de Longueuil à Québec, le rangement des choses et le souper ont eu raison de ses forces, même si le repas fut servi très simplement. Quant à Laura, elle pense qu'avec Marlène, c'est toujours raffiné. Et comme le répète souvent Denise, « Marlène, c'est Marlène ! Faut faire avec ! »

La tante et la nièce demeurent seules après le départ de leurs invités. Laura se passerait bien de ramasser la vaisselle. Pour elle, des assiettes abandonnées sales durant trois jours, c'est jeune. Tandis que la tante n'irait jamais se coucher en laissant un verre traîner sur le comptoir. La tante invite sa nièce à aller dormir si elle le veut. De son côté, elle préférerait replacer la cuisine sans aucune aide. Laura se sent un peu honteuse de laisser sa tante avec tout l'ouvrage sur les bras. Elle ne dit mot; enlève ses chaussures; se met à la tâche auprès de Marlène. Une heure plus tard, la vaisselle est lavée, essuyée et rangée au bon endroit. Les deux femmes regagnent chacune leur chambre. En montant l'escalier, Marlène raconte à Laura son repas pris au restaurant avec Emma. Elle ne lui dit pas que la belle Emma a un nouveau copain. Surtout pas qu'elle est enceinte.

Marlène se sent à l'aise ainsi plongée dans son année sabbatique. Pour elle, cela fait miroiter un avant-goût de la retraite. Ce n'est pas l'occupation qui manque à la maison. De gros travaux ont été planifiés pour les saisons à venir. Le toit à remplacer; le vieux muret de ciment à enlever; la façade de briques à réparer; les colonnes de ciment à solidifier. Marlène ne finit plus de découvrir des urgences à respecter. Jacques Leblanc devient son homme de confiance. C'est lui qui embauche les entrepreneurs nécessaires pour les travaux à exécuter. Ainsi, la tante et la nièce dorment tranquilles.

La quinquagénaire se lie d'amitié avec sa sœur Denise. Les deux femmes se redécouvrent amies et tissent des liens qu'elles n'auraient pas crus possibles il y a quelques années. Elles ne se sont jamais senties aussi proches l'une de l'autre. Elles se rendent compte qu'elles ont beaucoup de points en commun. Ayant été élevées séparément, il leur aurait été difficile de se découvrir mutuellement avec des qualités qui se ressemblent.

Avec l'aide de Marlène, Denise a terminé sa courtepointe. Cette dernière se sent très satisfaite de l'habileté de sa sœur dans l'exécution de cette œuvre qui, à ses yeux, reste la plus belle pièce qu'elle ait réalisée jusqu'ici.

Laura commence à ressentir du bonheur dans cette maison qui fourmille de vie. Les visiteurs, les ouvriers, les femmes de ménage se croisent du matin au soir. C'est un feu roulant tout au long des jours. Si ce n'était de l'inquiétude qu'elle ressent envers son cousin Louis-Camille et la froideur de son beau professeur, ce serait le bonheur parfait.

Ce matin, elle a un cours à suivre, selon le programme de Serge. Elle se rend à l'université bien avant tous les autres étudiants inscrits à cette matière. Quand Serge se pointe dans son local de classe, Laura est déjà là assise. Le professeur s'étonne de la voir déjà la première arrivée. Comme à son habitude, il demeure fuyant. Alors, Laura ne court pas le risque de perdre la chance de lui adresser la parole. Elle plonge dans le vif de son projet. « Serge ! Je suis arrivée plus tôt ce matin, parce que je veux t'inviter à la maison pour prendre un repas. Indique-moi un soir qui te convient. »

Aussitôt, elle remarque de la lumière dans le regard de son professeur. « Je pense que je tombe pile – pense-t-elle.- Il a l'air heureux. »

— Ça dépend quand tu veux m'inviter et où exactement- répond le professeur. - Si c'est à Longueuil, j'ai beaucoup plus de choix. Si c'est à Québec, c'est plus compliqué. Donne-moi une date et je regarderai à mon agenda.

— C'est à Charlesbourg. Ce pourrait être un soir après le cours. Et comme tu ne peux reprendre la route en fin de soirée, nous t'offrons le gîte, Marlène et moi.

Laura distingue à son visage une expression de joie. « Je pense qu'il s'attendait à ce que je l'invite depuis longtemps. » Elle ne se demande aucunement si c'est bien elle qu'il désire rencontrer.

Serge sort son agenda. « Le jeudi 6 avril, est-ce que ça t'irait ?

— Pas de problèmes !

— Je note. »

Laura éprouve un grand bonheur. Maintenant, elle devra en parler à sa tante; c'est-à-dire, annoncer la nouvelle à Marlène qui n'est au courant de rien. Pour Laura, c'est le dernier de ses tracas. Une fois la surprise passée, la tante ne demandera pas mieux que de prendre toutes les dispositions nécessaires.

Ce fameux jeudi soir, dès qu'elle met le pied dans la maison, la journaliste se précipite à la cuisine. Malchanceuse, Marlène n'y est pas. Où est-elle passée ? La tante n'est nulle part. « Tant pis. Je lui annoncerai la grande nouvelle dès qu'elle rentrera. »

Soudain, elle trouve une note laissée sur le guéridon de l'entrée. « Comment se fait-il que je ne l'aie pas vue en arrivant ? » *Laura, je soupe avec Denise. Elle reçoit le personnel pastoral de sa paroisse. Je l'aide pour sa réception. Je n'entrerai pas tard. Vers les onze heures, je suppose. Bonne soirée. Marlène.*

« Eh, bien ! Ma grande nouvelle, ce sera pour demain. »

Pendant que Laura endosse son pyjama pour être prête à voir un film à la télé, Marlène soupe avec l'équipe pastorale de la paroisse. Elle est tout étonnée devant l'attitude quelque peu mondaine de cette classe de gens. Elle n'aurait jamais pensé que ce monde-là pouvait se payer autant de plaisir. La quinquagénaire n'imaginait pas qu'une équipe pastorale ait pu changer à ce point. Il est vrai qu'elle ne fréquente pas beaucoup les lieux saints, comme elle le dit souvent. « Mais tout de même ! Le beau pasteur, pour ne pas dire le « bon pasteur », ne semble aucunement gêné d'embrasser les femmes. « On rit plus ! Ils ont le droit ?...» Parfois le fou rire assaille Marlène. Elle prend un repas agréable auquel elle ne s'attendait pas d'être invitée. À onze heures, l'équipe des ecclésiastiques (comme elle surnomme ce groupe) quitte la maison de Denise. Les deux sœurs s'affairent à remettre tout en place. « Puis ? - demande Denise à Marlène.

— Puis... quoi ?
— Puis... comment tu as trouvé ça ?
— Comment j'ai trouvé ça... Comment j'ai trouvé ça... Je ne sais pas quoi te dire. Ils sont tous gentils. Coudon, cela semble une mode de se becqueter comme ce soir ?
— Non. Quand l'occasion se présente comme cet après-midi, c'est tout. C'est du monde comme toi et moi, après tout.
— Je n'ai jamais rencontré cela avant.
— Ah... c'est un monde chaleureux, tu sais... Ils sont tous si gentils. C'est ça être humain, Marlène. »

Marlène éclate de rire. Elle n'a pas à juger ce comportement. Il ne lui est pas coutumier, c'est tout. « Je ne connais pas ce genre de monde. On s'habitue, j'imagine. Denise n'a pas l'air de s'en formaliser, elle. Pourtant, elle n'est pas la plus chaleureuse de la famille. Probablement que cela lui fait du bien. »

— En tout cas, Denise, je peux dire une chose, si tout le clergé est comme ton curé, il me semble que ce doit être plus agréable pour un jeune homme de choisir cette voie. Tu te souviens comme c'était austère à l'époque de notre jeunesse.
— Peut-être... Je ne me souviens plus tellement. Tu sais je ne suis jamais débarquée, moi; j'ai toujours fréquenté l'église. Alors, je vois moins le changement. Cela a dû se

faire graduellement, je suppose. J'ai évolué en même temps qu'eux.

— C'est le jour et la nuit, ma vieille ! Ça ne se compare pas.

— Ah, bon… Je pense que les gens qui ont décroché depuis une vingtaine d'années croient que c'est toujours la même Église sévère et ennuyante des années 40-50. Mais non, je crois que l'Église évolue en même temps que tout le monde et c'est normal.

— Tant mieux… En tout cas, il faudrait être borné pour ne pas constater le changement.

Minuit sonne à la grande horloge de la salle à manger quand Marlène rentre à la maison. Le son de la télé lui parvient depuis la mezzanine. « Laura a dû s'endormir sur son film. »

— C'est toi, tante Marlène ?

— Qui veux-tu que ce soit ?

— Sais pas. Des revenants, peut-être…

— Non. C'est bien moi. Et puis, ton cours, comment ça s'est passé ?

— Très bien. Euh… Je ne sais pas si cela va t'embêter, mais j'ai invité Serge à souper ici au mois d'avril…

Le cœur de Marlène fait un bond. Elle tourne le dos à sa nièce afin que cette dernière ne se rende pas compte de la rougeur soudaine qui lui monte au front. Elle finit par reprendre ses esprits. « Tu aurais pu m'en parler avant de l'inviter, il me semble.

— Ce n'était pas prémédité. Je m'excuse. Cela m'est venu comme ça. Et comme tu me dis toujours de me sentir chez moi, j'ai pensé…

— C'est bien sûr Laura que tu es chez toi. Mais tu sais, dans

76

une famille, on doit tenir compte des autres. Moi, je n'inviterai personne sans te faire part de mon intention avant. C'est une question de respect des gens qui vivent sous le même toit. Si tu avais habité chez ton père, est-ce que tu aurais fait cela de la même manière ? »

Laura baisse la tête, un peu gênée. « Tu as raison. Je m'excuse. Je n'ai vraiment pas vu la chose sous cet angle-là. Je pense que je vais annuler, car je lui ai même offert le coucher, vu qu'il ne pourrait pas retourner à Montréal après la soirée. »

Marlène reste la bouche ouverte. « La petite maudite ! Je croirais entendre Fanny. Elle nous met devant le fait accompli! »

— Incroyable, Laura ! Absolument incroyable !

Laura se ronge les ongles. Une mèche de cheveux dans l'œil, elle ne sait plus sur quel pied danser. Marlène reprend ses sens plus rapidement que sa nièce. « Écoute… Comme tout est orchestré, on va embarquer dans la fanfare et on va faire avec. Mais c'est la dernière fois. Penses-y à l'avenir. Pour le moment, tu t'organises avec ton invitation. Moi j'irai souper et coucher chez Denise ou chez Shirley.

— Non ! Je ne sais pas faire à manger… Je pensais que tu aurais pu nous fricoter un beau souper, comme toi seule sais si bien le faire…

— Ah, non ! Ah, non ! Ah, non ! Rien de trop beau, hein ? Tu crois que je vais rester ici à vous chaperonner ? Non, Mamselle ! Je vais faire le repas et tu n'auras qu'à le faire réchauffer. Si tu penses que je vais rester ici comme une dinde. Wow !

77

— Ben... Tu pourrais inviter tante Denise à souper. Comme ça, tu ne serais pas seule.

— Laura ! Je ne te comprends pas. Tu n'aimerais pas mieux rester seule avec ton amoureux ?

— Euh... c'est pas mon amoureux. C'est un beau gars que je voudrais avoir, mais qui ne veut pas de moi.

— Alors, pourquoi il répond à ton invitation ?

— Euh... parce que ça lui fait un endroit où aller manger... »

Laura lève les épaules. Elle ne sait plus quoi dire. La tante non plus.

Le lendemain matin, dès que sa nièce sort de la maison, Marlène téléphone à Denise pour lui raconter les derniers développements concernant le psy. Denise n'en croit pas ses oreilles. « Ha, ha, ha ! La réincarnation de sa mère. Incroyable ! Cela doit te rappeler des souvenirs.

— Si tu veux venir souper, Denise, je t'invite. Si tu ne viens pas, je ne resterai pas à la maison.

— Tu parles si j'accepte. Hey, j'ai hâte de le rencontrer ce beau gars qui est capable d'enjôler deux générations de femmes.

— Moque-toi, moque-toi... Comme ça, je compte sur toi ?

— Oui, ma chère ! »

Marlène se sent soulagée de ne pas penser à tenir la conversation avec l'idole de Laura. Les paroles de sa nièce lui reviennent à l'esprit, quand elle a dit que son prof n'était pas son amoureux, puisqu'il semble indifférent à ses avances. « Pauvre petite Laura ! »

Les semaines et les jours passent vite au Trait-Carré. Marlène cuisine pour la venue de monsieur Roussel. Comme si l'invité devait séjourner à la maison pendant un mois. Elle prépare un menu, change d'idée, en prépare un autre. Le jour J approche. C'est demain que le Belge viendra manger et dormir.

Huit heures du matin, Denise sonne à la porte. Elle vient aider sa cadette pour les derniers préparatifs de la réception. Quand Marlène lui ouvre, sa grande sœur éclate de rire. La maîtresse des lieux l'accueille, en robe de coton recouverte d'un tablier rouge saupoudré de farine, un sourire fendu jusqu'aux oreilles. « Entre. Je suis contente que tu arrives si tôt. Je suis dans le jus par-dessus la tête.

— Coudon… Reçois-tu un haut dignitaire ?
— Quasiment. Quasiment, ma sœur. Viens. »

La table est déjà dressée dans la salle à manger. Denise n'en croit pas ses yeux. Elle porte la main à sa bouche, comme pour étouffer un cri. On dirait bien que sa sœur reçoit pour un banquet. « Ma foi du Bon Dieu! Est-ce que c'est ma sœur qui est amoureuse, ou Laura ? murmure-t-elle pour elle-même. »

— Est-ce que c'est Laura qui a mis la table ?
— Ben, voyons donc… c'est moi. Pourquoi tu demandes ça ?
— Heu… Parce que ce serait normal qu'elle t'aide un peu, il me semble.
— Comment veux-tu qu'elle sache monter une table ? Pauvre petite, elle n'a pas le temps de ça, tu sais bien.
— Quant à ça…

Denise n'en rajoute pas. Elle remarque qu'un immense bouquet d'iris jaunes trône au centre de la table. « Non, mais… dans quoi elle s'embarque ma sœur ? *Le Festin de Babette* ! Si Laura devine les sentiments de sa tante, elle ne fera pas long feu au Trait-Carré, la jeune. Pauvre Marlène ! »

Les deux femmes s'affairent à la cuisine. Elles n'en finissent plus de préparer des mets. En après-midi, elles garnissent des canapés. Soudain Denise éclate de rire. « Est-ce un souper de canapés pour dix personnes que tu serviras ?

— Aie… S'il en reste, on congèlera. On en sortira un peu à la fois. »

Plus un mot. Le travail se poursuit. Le potage aux poireaux est prêt. Marlène se montre satisfaite. Denise est imbattable dans l'exécution des desserts. La grande sœur lui laisse carte blanche. L'aînée se fait donc pâtissière et exécute un gâteau forêt-noire, digne des grands maîtres queux du restaurant Chez Kerhulu dans ses belles années.

Lorsque Laura se pointe dans la cuisine à onze heures pile, les deux tantes sont en train de nettoyer la place. La journaliste reste étonnée devant tant de nourriture pour quatre personnes. Denise vient à la défense de sa sœur. « Ta tante Marlène en a profité pour préparer des choses pour toutes ses fêtes du printemps et de l'été.

— Ah… C'est pour ça que ça semble si énorme. C'est une bonne idée. »

Marlène ne dit mot. Denise demande à Laura de débarrasser la cuisine en spécifiant que les vieilles ont fait leur part. La nièce considère qu'en effet, les tantes ont apporté plus que leur contribution.

Les femmes attendent l'invité de marque pour six heures, s'il n'est pas en retard. « Dix-huit heures » avait répété l'Européen. Il n'est que trois heures. Elles ont le temps d'aller se détendre dans la piscine remise à flot. Une heure plus tard, les deux sœurs sortent de l'eau. Elles se sentent fraîches et disposes, comme si elles avaient bénéficié d'une nuit de sommeil. « Et dire que je voulais me débarrasser de cette piscine. Jamais. C'est bien trop commode comme c'est là. Quelle bêtise j'aurais faite là ! »

Six heures juste. Le carillon de la porte se fait entendre. Laura se hâte d'aller ouvrir. Les deux tantes restent assises au salon. Marlène s'est mise sur son trente-et-un, comme l'a fait remarquer sa nièce, voilà à peine cinq minutes. Laura a gardé ses jeans, mais les a agrémentés d'une blouse noire de chiffon et transparente laissant apercevoir un soutien-gorge sombre. Marlène remarque que la nièce n'a pas besoin de plus d'artifices pour paraître séduisante, elle possède la jeunesse.

Quand Laura revient au salon accompagnée de son invité, elle rayonne de bonheur. Serge Roussel salue les deux femmes et les embrasse sur les deux joues, en commençant par Marlène. Un frisson parcourt les épaules de l'hôtesse. Quand il s'arrête devant Denise, le professeur verse son regard dans les grands yeux noirs de la brune madame Lavoie. Cette dernière se sent soudain aussi mal à l'aise que sa cadette. Laura sourit et ne semble rien remarquer de l'embarras qui accable ses deux tantes. Du moins, elle ne le laisse pas voir. Le Belge retient longtemps la main de Denise soudée dans la sienne comme dans un étau. Rien n'échappe à Marlène cependant. « Non, mais va-t-il la lâcher ? » Ça y est, sa soirée vient de basculer. Ce n'est vraiment pas ce à quoi elle s'attendait. « Qu'est-ce que j'ai pensé de l'inviter, elle. On dirait que je me suis cherché un plat où me mettre les pieds et je n'ai pas pris de temps à le trouver. » Enfin, Laura invite Serge à s'asseoir. Ce dernier choisit une bergère près du piano à queue. Marlène offre à boire. L'invité de sa nièce opte pour un whisky sur glace. Denise choisit un verre de vin blanc et Laura une bière.

Marlène aime s'isoler à la cuisine pour quelques minutes, histoire d'essayer de reprendre ses esprits. « Qu'est-ce qui m'arrive ? Je n'ai jamais ressenti rien de semblable pour aucun homme avant aujourd'hui. » Quand Denise se pointe cinq minutes plus tard pour aider sa sœur, Marlène n'a même pas commencé à préparer les consommations attendues dans le grand salon. « Mon Dieu... ça ne roule pas vite, ici, ma petite soeur. Qu'est-ce que tu attends ?

— Sais-tu, je ne file pas trop. On dirait que je ne digère pas.

— T'es trop fatiguée. Assieds-toi un peu. »

Marlène obéit à sa sœur et s'assoit au bout de la table. Elle a envie de pleurer. En un tournemain, Denise termine de préparer les verres. « Tiens. Te sens-tu capable de porter le cabaret ? T'es rouge comme une pivoine.

— La pression, je suppose... Oui, je suis capable. »

Elle commence par servir Denise, puis Laura. « Bien oui, les femmes d'abord, mosus ». Puis, elle arrive à Serge. L'invité prend son verre et remercie d'un signe de tête. Marlène retire le sien à son tour. Elle dépose le cabaret sur une petite table d'appoint et reste debout pour saluer. « À notre invité spécial, nous souhaitons la bienvenue. Merci à Laura de nous l'avoir présenté. Bonne soirée à nous tous et bon appétit. »

Chacun lève son verre. Serge regarde chacune dans les yeux et lève légèrement son verre chaque fois qu'il arrête son regard dans les yeux d'une femme.

Denise retourne à la cuisine pour revenir avec une variété de canapés. Laura éclate de rire. « Oh ! Directement de la manufacture de tante Marlène, voici un mince échantillonnage du lot de hors-d'œuvre fabriqués pendant des jours pour ne pas dire des semaines. »

Denise s'esclaffe. Serge ne comprend pas ce que veut évoquer Laura. Marlène retient une envie de pleurer. Elle regarde les petits canapés décorés avec amour qui s'envolent à une vitesse vertigineuse.

« Je suis donc bien niaiseuse, moi. Pourquoi j'en fais tant pour du monde qui n'apprécie même pas ? C'est la dernière fois que Laura amène un homme ici. Si elle n'est pas contente, elle ira crécher ailleurs. »

Denise et Laura ont l'air de s'amuser. « Moi…Peut-être que je vieillis. Je ne trouve rien d'agréable ici, ce soir. »

Serge annonce qu'il ne couchera pas au Trait-Carré ce soir. Un ami viendra le chercher au milieu de la soirée pour l'amener chez lui à L'Isle-Verte. Marlène reste bouche bée. Elle met quelques secondes à réagir. « Mais ce n'est pas la porte à côté, ça…

— Non. C'est pourquoi je ne vous quitterai pas très tard.

— Alors, nous allons passer à table, si vous voulez prendre le temps de souper. »

Marlène se sent soudain libérée. Comme si on lui avait enlevé un fardeau sur les épaules. Elle regarde sa nièce qui n'a pas l'air d'être contrariée « Qu'est-ce qu'elle a dans le cœur ? ».

Le souper se déroule agréable pour tout le monde. Ce sont surtout les femmes qui parlent le plus. Après quelques verres de vin, Marlène se transforme en l'hôtesse parfaite qu'elle a toujours été. Même qu'elle en remet un peu plus.

Serge devient, lui aussi, plus volubile. Il explique ses voyages antérieurs faits à L'Isle-Verte.

« Mon ami Jacques est gardien de phare à L'Isle-Verte, dans l'estuaire du fleuve, près de Cacouna. La première fois qu'il m'a amené à l'île, j'ai compris que mon ami était lui-même un phare. Pour moi, en tout cas. En sa présence, je ne parle plus. Nous restons des heures sans dire un mot. Nous nous comprenons. Nous nous émerveillons chaque soir rien qu'à suivre le feu de signalisation qui balaie le fleuve à cet endroit depuis deux cents ans. En été, parfois, nous traversons à pied depuis la terre ferme 'à l'ile. Nous empruntons le sentier de la bouette, lequel, à marée baissante devient presque à sec. Nous devenons notre tour les « bouetteux » qui marchent pendant quatre kilomètres pour se rendre à l'île. Je repars chaque fois de cette oasis de silence, les poumons gorgés d'air salin et le cœur débordant d'une énergie que je ne possède pas à mon arrivée dans l'île des Verdoyants[2]. »

— Vraiment intéressant ! », admettent les tantes.

Serge reste volubile tout le temps du repas. « Est-ce dû aux consommations ingurgitées ou bien se sent-il soudain à l'aise avec nous ? » se demande la maîtresse de maison.

Le dessert vient à peine d'être servi qu'on entend la musique du carillon de la porte. Marlène se lève pour aller ouvrir.

Un homme, à peu près du même âge que Serge, annonce qu'il vient chercher son ami et qu'il l'attendra dans la voiture. Marlène reste étonnée. « Ils ne savent pas vivre ces profs ».

Serge termine son café; s'excuse, fait sa tournée de bisous et se rend dans l'entrée pour reprendre son imperméable. Remerciant ses hôtesses, il part. Les réflexions se font entendre après son départ. « C'est fort ! C'est tout un chum que tu as là, ma Laura, hein ? Quoi… C'est correct de même. Il couchera une autre fois, c'est tout. »

---

[2] Habitants de L'Isle-Verte

Fin de soirée de grigris

Marlène éteint la radio. Terminée la soirée de grande musique. En silence, les trois femmes débarrassent la table. Une heure plus tard, la propriétaire des lieux respire enfin.

« On ne finira pas notre soirée abruptement comme ça, c'est pas vrai. Denise, j'aimerais que tu couches ici. Tout est propre et bien rangé, la vaisselle est en train de se laver. On ne s'est pas mis sur notre trente-et-un pour rien. On se sert un verre et on monte dans la mezzanine pour placoter. Comme dans le bon vieux temps, on va danser la séguedille sur la table. Le bal des Robin va commencer. »

Laura attrape une bière dans le frigo; Marlène se verse un ballon de cognac; Denise reste avec sa coupe de rouge déjà commencée. Toutes les trois en riant montent à l'étage. Laura enlève ses chaussures et, selon son habitude, du bout du pied lance un soulier loin vers la gauche et l'autre du côté opposé. Elle allonge ses grandes jambes et dépose ses pieds sur la table de service devant son fauteuil. Marlène remarque une chaîne d'argent entourant sa cheville gauche. « Wow... Tu l'as la breloque, la fille. . C'est quoi ? Un cœur ?

— C'était à ma mère. Un cœur en vieil argent. Il s'ouvre, en plus. J'ai sa photo à l'intérieur. C'est mon grigri. Tu vois, Fanny me tient par la cheville. Chaque fois que je le porte, j'ai de la chance.

— On voit ça... Ton chum a levé l'ancre à neuf heures. C'est elle qui t'a arrangé cela ?

— Ce n'est pas important, ça, tante Marlène. »

Denise ajoute son grain de sel en annonçant qu'elle aussi croit à son fétiche. « Hein ? T'as un fétiche, toi ! C'est quoi ?

— C'est la croix de chapelet de papa. Un jour où j'étais

85

venue lui rendre visite, je rangeais sa chambre comme je le faisais souvent, quand tout à coup je trouve son chapelet dans le tiroir de la table de chevet et la croix détachée mangeait la poussière dans le cendrier sur la table. J'ai glissé la croix dans ma poche. C'est devenu mon fétiche.

— Tu la traînes avec toi, cette croix ?

— Ben non, Marlène. Je la laisse dans ma poche de robe de chambre en chenille jaune. De temps à autre, la croix fait un tour de laveuse, parce que j'oublie de l'enlever. Elle ne change même pas. Sauf, qu'à force de la tripoter, j'ai fini par décrocher le Christ de son appui-tête.

— Tant mieux pour lui…, s'exclame Laura.

— Toi, Marlène, as-tu un grigri ?

— Ouais… Si on veut.

— Hein ! – lancent en même temps, les deux autres – C'est quoi ? »

Marlène tend la main gauche et affiche avec fierté, une bague en vieil argent, sertie d'une améthyste qui brille de tous ses feux violet. Denise s'étonne. « Un cadeau de Damien Martineau, je présume…

— Jamais de la vie. Tu devines mal. Grand-maman Desnoyers me l'a remise alors que j'avais dix-sept ans. Le lendemain de tes premières fiançailles, Denise.

— Bien, dis donc ! Je ne l'ai jamais vue.

— Pourtant, je la porte depuis ce temps. C'était un cadeau offert à maman par son premier chum. C'est mon fétiche. Elle m'a toujours apporté la chance. Le seul moment où je ne l'avais pas à mon doigt, c'est lors de mon premier voyage en France. Ce fut le malheur de ma vie. Quand je suis revenue, j'avais perdu mon amour. »

Denise en reste bouche bée. « Si je m'écoutais, j'éclaterais de rire. Pauvre Marlène ! Son amour de curé qu'elle traitait comme du poisson pourri. Je ne sais pas si elle croit tout ce qu'elle dit ». La jeune journaliste, pour sa part, anticipe une primeur. « Est-il mort ?

— En quelque sorte, oui.

— Est-ce qu'on meurt en quelque sorte, ou on meurt, point ?

— Il est mort, point.

— Ah …

— Cinq ans plus tard.

— Là, je comprends plus.

— C'est mieux comme ça, Laura. On ne ressort pas les vieilles affaires enterrées depuis vingt-cinq ans. »

Les trois femmes restent un instant sans parler. Marlène croit le moment opportun pour inventorier toutes ses reliques. « À la tête de mon lit, vous irez voir, j'y ai accroché un anneau. C'est un capteur de rêves. »

Marlène explique que dans la culture amérindienne, un capteur de rêves est un objet artisanal qu'on appelle *asubakatchin*. Il est fabriqué d'un anneau de bois, souvent en saule, et d'un filet lâche qui représente une toile d'araignée. Les décorations sont différentes pour chaque capteur. Selon une croyance populaire, le capteur de rêves est censé empêcher les mauvais rêves d'envahir le sommeil de son détenteur. Le grigri conserve les belles images de la nuit et brûle les mauvaises aux premières lueurs du jour. On devrait toujours l'installer près d'une fenêtre du côté est, afin que le soleil levant brûle les mauvais rêves[3]. « Mon capteur de rêves est orné de plumes, de perles, de bouts de bois et de cuir.

---

[3] Internet : Description Attrapeur de rêves

— Oh ! Elle est cultivée, la madame – dit Laura, ébahie. – On aurait dû en suspendre un dans la fenêtre de chambre de Louis-Camille, pauvre gars, il n'aurait peut-être pas vu ses monstres.

— Non, Laura, Louis-Camille est schizophrène. C'est une maladie mentale, ce n'est pas pareil.

— Ça m'arrive de rêver à lui. Pauvre petit !

— Ben oui… Comment peut-on l'aider ? il ne veut pas recevoir de soins. Pour revenir aux grigris, savez-vous, les filles, que papa avait ses porte-bonheur, lui aussi ? Ses grigris… Mais oui, Laura. Ton grand-père était superstitieux à ses heures. »

Denise et Laura attendent la suite. Marlène continue sur sa lancée. « Tous les ans, au mois de janvier, papa achetait des petits pains de Sainte-Geneviève. Vous savez les petits pains pas plus gros que des raisins ? »

Marlène raconte que ces pains sont fabriqués par le Cercle des Fermières de Sainte-Foy. Chaque année, ces femmes en cuisent dix mille. C'est la paroisse Notre-Dame-des-Victoires qui commande ces pains et les paroissiens les distribuent le 3 janvier. Les petits pains sont vendus et l'argent va aux bonnes œuvres. Cette histoire a commencé à Paris, en l'an 451. Il n'y avait plus rien à manger dans un Paris assiégé. C'était la famine. Une femme, prénommée Geneviève a récupéré toute la farine qu'elle a pu, un peu partout, puis, avec d'autres femmes, elle a fabriqué ces pains minuscules pour faire manger la population. Après sa mort, elle a été canonisée. C'est depuis ce temps-là que Sainte-Geneviève est la patronne de Paris. Sa fête est le 3 janvier. On a appelé les petits pains, les pains de Sainte-Geneviève. Plus tard, les colons français ont apporté ici cette coutume. Et comme Notre-Dame-des-Victoires est la première église de la Nouvelle-

France, on y a conservé la coutume. [4] À ce qu'il paraît, si l'on garde un petit pain au fond de sa poche, on ne manquera jamais de nourriture. « Papa respectait cette coutume et grand-papa avant lui, aussi. Les petits pains sont devenus leurs grigris.

— Moi, avec tante Marlène à mes côtés, je vais tellement savoir de choses que je vais être prête à écrire mon livre en dedans d'un an.

— Il faudrait peut-être que tu arrêtes d'en parler et que tu commences à l'écrire – rétorque Denise.

— Ouais. Je suis à la veille, là. J'essaie, mais je suis pognée avec le syndrome de la page blanche.

— Ah ! Ah ! Ah ! … avant de commencer ? C'est tout un début, ça ! »

Le carillon de la porte fait sursauter les trois femmes. Minuit et demi. La panique s'installe. « Qui ça peut être, à cette heure-ci ? – s'inquiète Marlène.

— J'aurais donc dû m'en aller coucher chez nous, moi !

— C'est fin ça, Denise Robin… Beau soutien…

Clap ! Un volet de la fenêtre dans la mezzanine tape contre le mur extérieur en même temps qu'une autre sonnerie de la porte fait sursauter encore les trois femmes. « On insiste à part ça. Descendons ensemble, pour répondre à trois, il me semble que c'est plus sécuritaire » – suggère Marlène.

La maîtresse des lieux ouvre toute grande la porte. Elle s'apprête à affronter vertement l'intrus quand elle entend sa sœur s'écrier : « Ma pauvre petite Emma ! comment se fait-il, à minuit et demi ?

---

[4] Internet,: Les petits pains de Sainte-Geneviève

— Bien oui, ma tante. Je m'excuse. J'ai essayé de vous appeler avant de partir de Montréal, mais vous ne répondiez pas. Je me suis dit que vous étiez sortie pour peu de temps. Je suis venue voir ici. Mon petit garçon dort dans la voiture…

— Bien ma fille, tu as eu une bonne idée de passer par ici. Tu n'as pas ta clé ?

— Bien non. Je croyais l'avoir avec moi. J'ai changé de sacoche et je n'ai pas fait le transfert.

— Je vais te passer la mienne, va t'installer et je te suis.

— Pourquoi tu ne coucherais pas ici, Emma ? Rentre ton petit garçon.

— Non, tante Marlène, merci beaucoup, je vais être obligée de tout chambarder demain matin, je passe quelques jours chez tante Denise. Je reviendrai vous voir. J'y vais. Bonsoir Laura. On se revoit.

— Ciao… »

Emma n'est pas sitôt sortie que Denise enfile son manteau. Elle semble tellement heureuse de quitter cette maison, que Marlène pouffe de rire. « Ben… tu te reprendras, ma sœur, hein ? Je ne pensais pas que tu partirais aussi vite !

— Ben oui. Ben oui. Merci pour le bon souper. Verrouillez bien vos portes. Salut. »

Vlan. Elle est partie. Marlène ferme à double tour. Comme elle quitte le vestibule, soudain, la sonnerie du téléphone se fait entendre. « Ben, voyons donc ! Quelle sorte de soirée on passe, là ? »

Laura répond. Marlène n'entend plus que des hum hum et des non. « Ça, c'est son chum ». Elle monte à sa chambre et enfile son pyjama. Soudain Marlène entend des coups timides à sa porte. Elle signifie à sa nièce d'entrer. La jeune fille, de ses grands yeux tristes, regarde sa tante. « Serge et son ami ont eu un accident de voiture sur la route.

— Hein !

— Eh, oui. Ils sont hospitalisés à l'Hôtel-Dieu de Montmagny. Serge n'a rien, sauf un choc nerveux, je pense bien. On le gardera quand même en observation toute la nuit. Son ami est plus amoché. Un bras cassé et des côtes renfoncées, ainsi que plusieurs coupures ici et là.

— Eh ben ! Heureusement que ton copain n'a pas l'air trop abîmé... Tu sembles inquiète. Tu crains que ce ne soit plus grave ?

— Non... Je dois aller le chercher demain matin. J'attendrai son appel avant de partir. Il ne sait pas à quelle heure il aura son congé... C'est compliqué pour aller à Montmagny ?

— Absolument pas. Une fois le pont traversé, tu suivras les indications pour Rivière-du-Loup. Préfères-tu que je t'accompagne ?

— Non. Je serai capable toute seule. »

Marlène n'en ajoute pas. Laura a raison. C'est à elle d'aller chercher son ami. Au fond, la quinquagénaire se sent soulagée de ne pas avoir à se déplacer jusqu'à Montmagny avec sa nièce. Qu'est-ce qu'elle irait faire là ? Laura se retire à son tour. Marlène peut éteindre. La quinquagénaire se couche exténuée de cette journée. « Enfin, la paix ! La sainte paix ! » Elle s'imagine dans un canot, seule, sur un lac tranquille. Des palmiers montent la garde en bordure de l'eau. Elle s'endort immédiatement sur ce rêve.

La sonnerie du téléphone réveille Marlène à dix heures du matin. Denise l'appelle pour s'excuser d'être partie un peu à la hâte en leur faussant compagnie. Sa cadette la rassure et lui raconte les dernières nouvelles. Denise reste éberluée. Un long moment sans paroles inquiète Marlène. « Coudon, es-tu encore là ?

— Oui, oui. C'est parce que je suis tombée en bas de ma chaise en entendant ta nouvelle. »

Marlène se demande soudain si Laura est déjà partie pour Montmagny. Il lui semble ne pas avoir entendu plus tôt la sonnerie du téléphone.

La tante frappe doucement à la porte de chambre de sa nièce. Pas de réponse. Elle tourne la poignée et ouvre. Laura dort. Marlène referme délicatement.

La maîtresse des lieux se rend à la cuisine pour déjeuner. Elle mange seule et apprécie ce moment de tranquillité. Elle s'enfuit dans l'embarcation sur son lac de rêve. Son repas terminé, elle se met en train de vider le lave-vaisselle de la veille. « Quand bien même j'attendrais après la jeune… elle doit avoir son lot d'inquiétudes pour le moment. Je n'en rajouterai pas ». À onze heures, Laura se pointe à la porte de la cuisine. « Tiens… bien dormi, fifille ?

— Bah.

— Serge ne t'a pas téléphoné pour aller le chercher ?

— Oui. Il a appelé à huit heures moins quart. Il aura son congé au début de l'après-midi. Je vais aller le chercher à deux heures. – La jeune fille reste un moment sans parler. Comme si elle hésitait à continuer la conversation. – Il m'a dit que je serais mieux de t'amener avec moi, car c'est mélangeant en entrant dans Montmagny.

— Ben… Voyons donc ! Montmagny, ce n'est toujours pas Montréal. Depuis la route 20, tu sors à Berthier-sur-Mer pour ne pas louper l'entrée dans Montmagny et tu n'as qu'à suivre les indications.

— Je sais, mais il dit que pour trouver l'hôpital, on ne sera trop de deux.

— Comment il fait pour savoir ça, lui ? Il est entré là en ambulance, tard hier soir.

— C'est son copain qui lui a dit ça. Serge a peur que j'aie des problèmes.

— O.K. ma belle, t'en fais pas, je vais t'accompagner. »

Au fond d'elle-même, Marlène se sent heureuse de répondre au désir de Serge. Son cœur ressent quelques secousses. Il a pensé à elle ! Elle pourrait l'accueillir dans son canot sur son lac imaginaire. Très vite, elle retombe sur ses pieds et éloigne de son esprit ces pensées malsaines. « Toi, Laura, tu préférais y aller seule ? Tu ne dois pas aimer tant que ça que je t'accompagne.

— Non, ce n'est pas ça. C'est que tu t'es démenée pour faire une fête du tonnerre, alors que mon chum brise la soirée en repartant à neuf heures. Tu as tout fait cela pour rien. Je commence à être gênée de ce copain qui chambarde tout sur son passage.

— Ah ! pour chambarder, il chambarde ! Mais on va faire avec, t'inquiète pas. On va aller le chercher. Puis, c'est avec ma voiture qu'on va se rendre à Montmagny. Avec ses grandes jambes dans ta petite auto, on va achever de le désarticuler, si l'accident n'a pas réussi à le faire. »

Laura éclate de rire. Elle devient plus à l'aise. Marlène aussi commence à en avoir assez de ce type compliqué. Ou bien, si peu compliqué. Après tout, il ne demande rien sinon le service d'aller le chercher à Montmagny. Comment refuser ?

Vers midi, les deux femmes quittent la maison dans la récente Volvo de la tante. Cette dernière n'a pas oublié de jeter un oreiller moelleux sur le siège arrière.

Tout au long de la route, les voyageuses causent de choses et d'autres. En un rien de temps elles sont rendues à Montmagny. Et facilement, elles repèrent l'Hôtel-Dieu. Après avoir garé la voiture, elles s'engagent à pied dans l'allée qui mène à l'établissement. Soudain, elles aperçoivent Serge tenant sa petite valise brune de la main gauche et une cigarette allumée à la bouche. Quand il voit s'approcher ses deux secouristes, il éteint rapidement dans le cendrier de ciment placé confortablement à côté de lui et marche au-devant des deux femmes. « Merci beaucoup. C'est gentil de vous être déplacées pour moi. Comme je l'ai dit à Laura, j'aurais très bien pu prendre l'autobus. »

« La petite vlimeuse ! Elle est bâtie tout en menteries, cette fille-là. Elle ment comme elle respire. Qu'est-ce que je devrais savoir et que je ne sais pas encore ? » Elle ne tarde pas à l'apprendre. « J'ai dit à Laura que c'était facile d'entrer dans Montmagny, qu'elle n'avait pas besoin de vous déranger. L'hôpital est assez gros pour être vu. Elle tenait à ce que vous soyez là avec votre voiture plus confortable que la sienne. L'autobus aurait fait mon affaire. »

« La petite maudite ! » murmure Marlène pour elle-même. Elle reste de glace, mais fulmine à l'intérieur. Laura se mord la lèvre inférieure. Elle descend sur ses yeux sa casquette en velours côtelé. La tante lui jette un regard noir qui en dit long. Une fois rendue à la voiture, la conductrice ouvre la portière arrière. Laura monte la première. La tante ne comprend plus. « Alors, montez à l'avant avec moi, Serge. Vous aurez plus de place pour étirer vos jambes.

— Mais non, mais non. Laura, tu devrais t'asseoir à l'avant avec ta tante, je vais m'organiser à l'arrière. »

94

Laura ne sait plus que faire. Elle n'ose pas dire qu'elle voudrait que son amoureux s'installe à ses côtés. Elle n'exprime jamais ses désirs, Laura. Serge monte à l'avant au côté de Marlène. « Bien bon pour toi, Laura Leblanc. Tiens. Ça t'apprendra à manigancer dans mon dos ». D'un geste sec, Marlène retire l'oreiller du siège arrière et le laisse tomber sur les genoux de l'accidenté.

— Tenez. Vous l'utiliserez à votre convenance. »

La conductrice contourne l'auto et monte s'asseoir derrière le volant. « All aboard…Tout le monde est bien installé ?

— Ça va – répond le passager du siège avant. »

Laura ne dit rien. Serge raconte à Marlène les détails de son accident. Il parle de son ami blessé. Ils auraient pu y laisser leur peau. Le chemin du retour passe comme un éclair. Une heure plus tard, les voilà arrivés sur le boulevard Laurier. Soudain, Laura sort de son mutisme. « Je vais descendre au terminus avec Serge. De là, j'irai faire une visite à mon père. Je peux y aller à pied. Je retournerai à la maison en autobus, ce soir.

— Ne descends pas à la gare pour m'accompagner, Laura. Je suis capable de prendre le bus tout seul. Je ne suis pas à l'article de la mort.

— Je le sais. Je veux aller chez mon père. »

Marlène ne répond pas. Elle sait que Laura veut éviter ses remarques. La jeune ne veut pas avoir à justifier ses manigances et ses mensonges. Ainsi, elle pense que la tante oubliera avec les heures qui passeront.

Laura sort la première. Serge plonge son regard dans les yeux de Marlène. Il lui serre la main pendant un long moment et ne la quitte pas des yeux. La quinquagénaire sent ses genoux qui tremblent et ne trouve plus le courage de parler. Son cœur bat à tout rompre. « Merci, Marlène. Je vous trouve très gentille et généreuse... Et... vous êtes vraiment très belle ! »

Il ne fait qu'un murmure de sa dernière phrase. Marlène se demande si elle a rêvé ou s'il a réellement dit ces mots-là. Le blessé s'étire et embrasse sa conductrice sur les deux joues. En se retournant trop vers la portière pour sortir, il échappe une plainte. « Aïe !

— Attention... »

Serge sourit et se hâte de descendre. Laura l'attend derrière la voiture. Elle tient la valise brune du voyageur. Elle affiche une allure si triste que Marlène l'apercevant par le rétroviseur se sent émue. Serge entoure la journaliste de son bras droit et la serre contre lui. La jeune fille reprend son sourire, mais garde la tristesse au fond de ses grands yeux. Marlène les regarde aller. « Pauvre petite ! La réincarnation de Fanny. Quand on la grondait, elle se repliait sur elle-même, gardait un sourire mitigé et fonçait quand même droit sur le mur pour s'assommer ! Comme sa mère avant elle, j'aime la petite comme si elle était ma fille. »

Marlène essuie une larme et fait demi-tour pour rentrer à la maison. Une fois arrivée dans Charlesbourg, elle change d'idée et bifurque vers la droite à la croisée des chemins. Elle emprunte le boulevard Henri-Bourassa pour se rendre chez sa sœur aînée. Cinq minutes plus tard, elle sonne à la porte. C'est Emma qui vient lui ouvrir. Elle appelle aussitôt sa tante Denise. Cette dernière, joyeuse, embrasse sa sœur. « Puis ? Arrives-tu de Montmagny ?

— En plein dans le mille, ma sœur. J'ai laissé Laura avec son chum au débarcadère d'autobus à Sainte-Foy. Elle ira passer le reste de la journée chez son père. Enfin... c'est ce qu'elle m'a dit. »

Marlène change de sujet. Elle s'amuse un peu avec le petit garçon de sa nièce, le cajole. Se sentant heureuse que la belle Emma ait amené son fils à Québec, elle se rend compte que sa nièce ne semble pas lui en vouloir à cause de leur dernière dispute à Longueuil. Debout, elle s'apprête à repartir. Denise hésite un moment, puis se lance pour faire une suggestion. « Ça ne te dirait pas de m'accompagner ce soir, pour une soirée-bénéfice à la paroisse ?

— Ah, moi, les soirées de paroisse-là, c'est pas ma tasse de thé.

— Pour une fois, tout de même… Tu n'en mourras pas. »

Marlène réfléchit. « C'est où et à quelle heure ? J'espère que ce n'est pas un bingo !

— Jamais de la vie. On ne fait pas de bingo à notre paroisse. C'est un concert donné par la chorale de notre patelin. Je suis certaine que tu vas reconnaître des choristes. C'est tout du monde de la place. Des gens de notre génération. »

L'idée commence à sourire à Marlène. « Pourquoi pas ! À quelle heure, tu as dit ?

— À sept heures et demie. Je te prends à sept heures. On ira à pied. Le concert aura lieu dans l'église. Et après, il y aura un lunch et du vin servis dans la sacristie.

— Waw ! On n'a plus les paroisses qu'on avait.

— Non madame ! Rien de trop beau. On s'est humanisés. La communauté vivante se rassemble.

— On s'assoit où ? Dans les confessionnaux ?

— Non. Les confessionnaux, c'est là qu'on range notre stock. Ce doit être partout de même, j'imagine. On s'assoit dans les bancs de l'église pour le concert et sur des chaises dans la sacristie.

— Eh, ben ! À ce soir. »

Marlène quitte la maison de sa sœur. Elle désire se reposer un peu avant la soirée. En entrant chez elle, elle fait chauffer de l'eau et prépare du thé vert, son breuvage préféré. Portant sa tasse dans le boudoir, elle ouvre la radio à son poste favori. Ne voulant rien entendre de parlotte, mais seulement de la musique, elle s'installe dans la bergère de velours cendre de rose et commence à déguster son breuvage. La quinquagénaire pose sa tasse sur le guéridon, à sa droite, enlève ses chaussures et met ses pieds sur le tabouret assorti au fauteuil. L'imaginaire de Marlène se met en marche. Elle se réfugie dans le canot sur son lac préféré. Où est-il situé… ce lac ?

À son réveil, le thé a refroidi. La radio annonce les nouvelles de cinq heures. « Hein ! J'ai donc bien dormi longtemps, moi. J'ai juste le temps de me préparer quelque chose à souper et me changer pour ce soir. Que je suis donc bien ainsi, tranquille, toute seule chez moi ! Je n'aurais jamais dû accepter cette invitation pour le concert. »

Un peu à reculons, Marlène mange, débarrasse la table et monte à l'étage afin de prendre une bonne douche, pour effacer sa journée mouvementée. Que va-t-elle bien porter, un beau soir de printemps comme ça ? « Mon tailleur marine avec un chemisier blanc fera l'affaire. Bien oui. Je ne connais personne ».

Sept heures pile, le carillon de la porte sort Marlène de sa promenade sur son lac de rêve. « Pas déjà ! » Eh, oui. Denise, sourire aux lèvres se hâte d'entrer dès que sa sœur ouvre. Marlène remarque l'élégance de Denise Robin-Lavoie. « Curieux… on dirait qu'elle est en amour, elle… Ou bien je ne connais pas ma sœur. »

L'intérieur de l'église brille de tous ses feux. Marlène ressasse ses souvenirs. L'atmosphère la transporte à l'opéra de Paris. Elle s'en souvient comme si c'était hier. Elle était restée si émerveillée par l'ambiance, que les larmes coulaient sur ses joues et son cœur voulait éclater.

C'était il y a bien longtemps. La quinquagénaire se rappelle qu'elle était alors amoureuse de son Yves, un compagnon de travail. Elle se préparait à quitter Damien, pourtant toujours considéré, encore aujourd'hui, comme le grand amour de sa vie. La jeune femme de l'époque avait planifié le voyage en France pour réfléchir à sa situation. Dans l'avion qui l'avait conduite trois jours plus tôt, loin de ses amours, elle avait pris connaissance de la lettre-surprise de son nouvel amoureux qui lui communiquait sa décision subite de ne plus la revoir. Il projetait plutôt de se consacrer à sa femme handicapée. Marlène avait pleuré tout au long de la traversée. Par la suite, elle avait reporté sa colère sur Damien qui, après une absence de plusieurs mois, était revenu dans le décor, libéré de son statut de religieux, mais sans avoir été invité par Marlène.

Trois jours après l'atterrissage à Paris, la jeune femme avait décidé d'aller à l'opéra. Ce soir-là, elle descendit l'allée centrale en cherchant son numéro de siège. Soudain, elle eut peur de trébucher et de rouler à pic jusqu'à la fosse de l'orchestre. Les balcons fleuris d'or accrochés de chaque côté du théâtre l'avaient impressionnée au plus haut point. Comme elle se sentait petite ! Elle était là pour entendre les Contes d'Hoffmann. Malgré sa peine et sa colère, elle fredonna des extraits, pendant des jours après le spectacle :

Belle nuit, ô nuit d'amour,
souris à nos ivresses,
Nuit plus douce que le jour,
Ô belle nuit d'amour…

Denise pousse sa sœur du coude. « T'es donc bien rendue loin ! Je te parle et tu ne réponds pas.

— Ah ! Mon Dieu, oui. C'est beau, l'église tout illuminée comme ça, hein ?

— Je le savais que tu trouverais cela à ton goût. Tiens, je t'ai réservé un programme. »

La cadette y jette un coup d'œil. « C'est pas vrai ! Du Offenbach ! C'est ça l'état de grâce, Denise ! Cherche pas autre chose. Quand tu te sens comme ça, c'est le temps de trépasser et tu te ramasses direct dans le ciel les quatre fers en l'air.

— Quoi ?...

— La Barcarolle d'Offenbach ! Je veux mourir, moi. Elle est toujours dans ma tête et là, dans mon cœur.

— Bien, tu vas être servie.

— Ma foi du Bon Dieu ! Je te le répète, je vais mourir à soir. Regarde ça, des extraits d'Orphée aux enfers. Qui nous aurait dit, il y a une trentaine d'années, qu'on entrerait, un jour, les divinités antiques dans notre église. Ah ! J'espère que la chorale sera à la hauteur ! »

Marlène se sent soudain excitée. Et Denise, des plus heureuses de fournir l'opportunité à sa sœur de savourer ce spectacle. Une sortie de rêve pour les deux femmes.

Après la soirée, certaines personnes, gratifiées d'une invitation spéciale, sortent du temple pour se diriger vers la sacristie. On y servira un vin d'honneur et des amuse-gueule.

Denise fait quelques présentations à sa sœur. Soudain Marlène reconnaît le grand Gaby de sa jeunesse. Elle apprend que c'est lui qui a interprété ce soir, le rôle d'Orphée. « C'est pas vrai ! Je n'avais pas lu son nom au programme. Ça ne se peut pas ! » Elle l'a donc aimé, ce grand efflanqué ! Comme il a vieilli et épaissi ! Mais toujours aussi beau. Ses cheveux d'ébène sont devenus tout blancs. Marlène se sent folle de joie. « J'ai cru reconnaître sa voix. Mais je me suis dit : ben non, les souvenirs me jouent des tours. » Pendant que Marlène cause avec Gaby, elle entrevoit plus loin son aînée en grande conversation avec un homme élégant qui l'embrasse sur les deux joues, tout en emprisonnant précieusement ses deux mains dans les siennes. Rien n'échappe à Marlène. « Ça sent les amours clandestines ».

Une belle soirée qui chavire le cœur de Marlène Robin. Quand les deux femmes rentrent à la maison, Laura est déjà couchée. « Elle a dû se trouver chanceuse que je sois sortie, celle-là.

— Bah ! ne ramène pas la course à Montmagny sur le tapis...
— Je n'en ai pas l'intention. La vie est trop belle. Veux-tu bien me dire qui est le bel Adonis qui jasait en catimini avec toi, te retenant les deux mains ?
— Lequel, veux-tu dire ?
— Hey... celui qui gardait son regard coulé dans le tien. Ne me dis pas que tu n'en as pas eu connaissance.
— Ah, oui ! Lui... Il est beau, hein ?
— Tu me fais penser à la Poule. C'est qui ?
— Quelqu'un qui aide dans l'équipe pastorale.
— Hum ! C'est un prêtre ?
— Je pense.
— Tu penses ? Aie, tu ne penses pas, tu le sais. Denise Robin. Tu vas pleurer. C'est un homme au début de la soixantaine. Penses-tu qu'il n'a jamais eu l'occasion de sortir et de prendre femme ? S'il est encore là, c'est qu'il ne s'est pas senti capable de faire le saut. Trop bien dans ses pantoufles, le bonhomme. Il prend le meilleur des deux mondes.
— Et s'il m'aimait pour vrai ?

— Y crois-tu vraiment ? Oui, pour quelques jours, peut-être. Un autre égocentrique. - Denise hausse les épaules.- Facile à tester. Demande-lui d'aller vivre avec toi.

— Es-tu folle ? C'est moi qui ne voudrais pas.

— Tu es trop vieille pour jouer à ce jeu-là, Denise, c'est toi qui vas te brûler. Après tu te lamenteras que tu es toujours la deuxième.

— Je m'arrange avec ça. T'inquiète pas. »

Marlène réfléchit un moment. Elle se reporte au temps de ses amours avec Damien Martineau. Tous les subterfuges que cet homme pouvait utiliser pour cacher ses sorties devant ses confrères et ses raisons devant Marlène pour ne pas défroquer. Elle restait toujours dans l'ombre. « Je suis étonnée que tu ne l'aies pas invité lors de ton souper de jet set religieux, l'autre soir...

— Il était invité, il ne pouvait pas venir. Il s'est excusé. J'étais bien déçue.

— Je suis certaine qu'il avait peur d'être découvert.

— Ben, voyons donc !

— Fie-toi sur moi. Je suis déjà passée par là. Je les connais, ces hommes. Je me souviens, ce soir-là, ton téléphone a sonné. Tu as répondu et il n'y avait personne. Te rappelles-tu ? Je suis certaine que c'était lui.

— J'y ai pensé, mais on ne peut en être sûres.

— N'en doute pas. Toi qui avais sorti ta belle vaisselle *Royal Doulton* à dorure 14 k. Tu devais regretter, certain.

— Je l'aime tellement. Je n'ai jamais aimé Fernand Lavoie comme ça.

— Es-tu folle ! Ça va te passer, crois-moi. Il ne deviendra pas fou pour toi, lui. Sois-en certaine. Quand il t'a laissée ce soir, une autre femme l'a accroché au passage. Il l'a embrassée de la même sacrée façon qu'il l'a fait pour toi. Il lui tenait les mains de la même manière. Tu ne pouvais le voir, tu avais le dos à la scène. Méfie-toi ! Il s'amuse et joue au joli coeur. Cet homme-là, il s'aime. Point à la ligne. »

Denise change de sujet. Le doute s'installe soudain dans sa tête. « Qui serait bien cette vache qui recevrait les mêmes faveurs que moi ? Ce n'est peut-être pas vrai. Mosus de Marlène Robin de merde. Elle a toujours le don, elle… ! »

* * *

Ce matin, Cindy se pointe au Trait-Carré. La Cindy de Louis-Camille. Celle qui l'avait poursuivi jusqu'à Charlesbourg, il n'y a même pas un an. Elle a reçu de son père des nouvelles de la Vallée de l'Okanagan. Louis-Camille est en détresse. Il vit dans la rue. Il n'a plus d'appartement. On l'a mis dehors en plusieurs endroits. Il fait toujours trop de bruit. Tabasse les murs ; crie et engueule ses personnages invisibles pour tout le monde. Ses démons le poursuivent.

Cindy parle très bien le français, maintenant. Elle travaille à Québec pour une compagnie d'assurances. La jeune fille aime la vie urbaine. Elle loge avec un Québécois de son âge. Tous les deux semblent en amour, aux dires de Cindy. Mais elle a gardé des attaches avec son Lewis, comme elle l'appelait. Laura pleure sur la maladie de son cousin.

Marlène se sent aussi désemparée que sa nièce. Elle pense surtout à sa pauvre petite sœur Marylou, la mère du jeune exilé. Marlène réfléchit. Son projet : partir avec Marylou et Laura pour la Colombie-Britannique à la recherche de Louis-Camille.

Les femmes pensent qu'il n'a sûrement pas dilapidé tout son argent. Ce n'est pas possible.

Marylou les rassure en leur apprenant que c'est elle qui a placé l'argent de Louca en lieu sûr (du moins sa part reçue de la vente de la maison du Trait-Carré). Chaque mois elle dépose, directement à la banque dans le compte d'épargne de son fils un certain montant. Mais il n'y a pas moyen de savoir s'il retire son argent. Les employés de la banque ne veulent rien lui révéler. Secret professionnel.

Voyage dans l'Ouest canadien

Au début de mai, les trois femmes s'envolent vers Vancouver. Aux dernières nouvelles de Georges, père de Cindy, Louis-Camille logerait dans un refuge de la ville.

Laura s'est chargé des réservations pour ses tantes et pour elle-même dans un hôtel recommandé par Cindy. Cette dernière s'est rapprochée de la famille de Louis-Camille. Même son copain Daniel participe à la recherche du jeune homme.

Les trois femmes arrivent à Vancouver à la fin de l'après-midi. Elles reculent leur montre de trois heures. Un taxi les conduit à leur hôtel. Elles se sentent toutes les trois un peu fatiguées du voyage. Marlène fait livrer à leur chambre un repas pour le trio et une bouteille de vin rouge.

Seule Laura possède le courage de parler. L'angoisse étouffe Marylou. Il s'agit de « son petit garçon », comme elle l'appelle malgré ses six pieds et deux pouces. Marlène éprouve de la peine pour sa sœur, mais aussi pour son neveu qu'elle a vu grandir et qu'elle a toujours adoré. Elle aime ce jeune gaillard pour son intelligence, sa franchise et sa grande bonté. Elle l'a souvent brusqué, mais c'était pour qu'il marche droit dans la vie. Personne ne savait qu'il souffrait d'une maladie mentale. Aujourd'hui elle sait que c'était peine perdue de le bousculer. Louis-Camille ne lui a jamais gardé rancune. Du moins, elle l'espère.

Marylou garde dans son portefeuille le numéro de téléphone du père de Cindy. Mais elle ne parle plus très bien anglais. Lui, il ne parle pas français. La Poule a perdu son peu de savoir en cette langue depuis son départ précipité comme hôtesse de l'air sur les vols d'Air Canada. Marlène se débrouille un peu en anglais, mais pas suffisamment pour suivre une conversation dans un rapide dialogue. De son côté, Laura est parfaitement bilingue. Alors, ce sera elle qui remplira le rôle d'interprète auprès du père de Cindy, Georges McKinen.

Les femmes dormiront dans la même chambre. Celle-ci contient deux grands lits. Marlène en partagera un avec Laura. L'autre est réservé à Marylou.

Le lendemain matin dès huit heures, les trois femmes sont debout. Marlène utilise la douche la première. Ensuite, la Poule lui succède dans la salle de bains. Laura ferme la parade. Dès qu'elles sont prêtes, toutes les trois descendent déjeuner au buffet de la salle à manger. Quand elles remontent à la chambre, il n'est pas encore dix heures. Laura s'empresse de téléphoner à Georges McKinen. Elle le trouve très sympathique au téléphone. Les deux se donnent rendez-vous dans le lobby de l'hôtel pour une heure dans l'après-midi. Comme les voyageuses ont pris un copieux déjeuner, elles ne prévoient pas devoir manger à midi tapant. Elles sortent pour marcher aux alentours. À midi et demi, elles retournent à l'hôtel. Il est une heure moins dix quand elles entrent dans le lobby. Elles aperçoivent un monsieur costaud en train de lire un journal. Laura s'approche :« Mr. McKinen ?

— Oh… Yes, I'm. »

Elle lui tend la main en souriant, lui présentant ses tantes. Les trois femmes apprécient ce charmant monsieur à la conversation aussi facile et spontanée. Étonnamment, Georges se débrouille un peu en français. Les deux sœurs retrouvent des mots qu'elles croyaient perdus dans la langue de Shakespeare. Même Marylou écarte son sentiment de tristesse. Mr. McKinen n'a que de bons commentaires à exprimer au sujet de Louis-Camille. Il ne lui voit que des qualités. « Si ce garçon voulait se faire traiter, ce serait une perle. Toute ma famille l'apprécie. Mais Louis-Camille vit tellement dans son monde que ce n'est pas tolérable. En réalité, il vit dans deux mondes en même temps. Je crois même qu'il possède toute une famille dans son imaginaire. J'ai cru comprendre cela. »

Marylou boit les paroles de l'interlocuteur. À la fin, celui-ci suggère de se rendre au poste de police tous ensemble, afin de faire rechercher le jeune itinérant. Car le père de Cindy n'a pas de nouvelles de lui depuis deux ou trois semaines. Louis-Camille lui avait avoué qu'il aimait beaucoup sa fille quand il vivait dans son monde à elle.

Les quatre personnes partent à pied. Elles se rendent au poste de police situé à quelques pâtés de maisons de l'hôtel. Georges et Marlène battent la marche. Laura et Marylou suivent derrière. Les deux femmes entendent soudain Marlène expliquer à Mr. McKinen qu'elle est veuve depuis plusieurs années. Marylou se retient pour ne pas rire, sachant que sa sœur n'a jamais été mariée. « Est-elle veuve de Damien, ou de Mario son dernier conjoint ? Les deux sont morts. Serait-elle deux fois veuve ? »

Une fois arrivées au poste de police, les femmes découvrent que leur guide en rencontrant le chef se retrouve en pays de connaissance. Le policier connaît Louis-Camille pour avoir eu la chance de lui parler à plusieurs reprises. Il raconte que ses hommes ont conduit quelques fois le jeune homme à l'hôpital. Comme ce dernier refusait tout traitement, chaque fois il se sauvait de l'hôpital. Il court toujours.

Marylou affiche une allure si triste que sa sœur et sa nièce n'osent ajouter aucun commentaire. C'est de son fils dont il s'agit. Le groupe retourne à l'hôtel une demi-heure plus tard, après avoir reçu la promesse du policier qu'il leur donnerait des nouvelles de Louis-Camille aussitôt qu'il en obtiendrait. Soudain, Mr. McKinen dit aux femmes : « Attendez, j'ai une idée. Louis-Camille et Cindy avaient un chum avec qui ils se tenaient souvent. J'ai son numéro de téléphone à la maison. Je le contacte et je vous appelle si j'ai du nouveau de ce côté.

— Merci beaucoup, Monsieur. Pardon pour tout ce dérangement.

— De rien madame Marylou, de rien. »

Monsieur McKinen les laisse devant l'hôtel, rejoint son auto et il rentre chez lui. Les femmes montent à leur chambre. Elles se sentent toutes les trois un peu désemparées.

Vers six heures, elles descendent souper à la salle à manger. Elles remontent à leur chambre vers huit heures. Trente minutes plus tard, la sonnerie du téléphone les fait sursauter. Marylou répond. « Louis-Camille ! – Elle éclate en sanglots – Veux-tu bien me dire où tu es ? On te cherche !

— Je viens d'apprendre ça. Je suis à Kelowna. J'ai recommencé à travailler comme vigneron.

— Est-ce que c'est loin de Vancouver ?

— Hum… 250 milles… Pourquoi vous ne faites pas un saut jusqu'ici ? Quant à être rendues dans le coin. La ville est située sur les bords du lac Okanagan. C'est de toute beauté !

— Tu n'y penses pas… comment veux-tu qu'on se rende là ? Attends, Laura veut te parler.

— Allo, vieille branche ! Tu n'aurais pas pu rester à Vancouver pour nous recevoir comme du monde ? Louca, j'essaie de m'arranger avec mes deux bonnes femmes pour aller te voir. Si elles ne peuvent pas se rendre à cause de leur grand âge, moi, j'y vais. Donne-moi tes coordonnées pour ne pas poireauter en arrivant là-bas.

— T'es vraiment une chum, Laura. Je serai très content de te voir arriver. Essaie d'amener nos deux vieilles.

— Les « matantes » me font signe qu'elles viendront…

— Bravo ! »

Laura et Louis-Camille causent encore quelques minutes. Puis ils s'arrêtent en se disant : « À bientôt. »

Voilà à peine deux minutes que Laura a fini de parler avec son cousin que le téléphone sonne de nouveau. Cette fois, c'est monsieur McKinen qui rappelle. L'ami de Louis-Camille avait les coordonnées et il les lui a transmises. Le père de Cindy étant retraité, il a tout son temps et offre aux dames de se rendre avec elles à Kelowna. Laura passe l'écouteur à Marlène. Les deux autres entendent l'aînée dire à l'interlocuteur : « Voici. Nous paierons toutes les dépenses. Pouvez-vous nous réserver trois chambres dans un bon hôtel ? Une pour vous, une pour mon neveu et une autre à deux grands lits pour nous trois. »

Quand elle ferme l'appareil, Marlène explique à ses deux complices : « Nous serons logés à l'Hôtel Kelowna situé sur le bord du lac Okanagan. Ce sera formidable. »

La lumière revient dans les grands yeux marron de Marylou. Une demi-heure plus tard, la sonnerie du téléphone se déclenche de nouveau. Mr. McKinen confirme que la réservation à un bon hôtel a été faite. Il demande aux voyageuses d'être prêtes pour le départ demain matin, dès huit heures, à la porte de leur hôtel de Vancouver. La route sera longue.

* * *

Le jour venu, les quatre globe-trotters, tous dans la bonne humeur, roulent en direction de la Vallée de l'Okanagan. Georges McKinen leur explique le paysage tout au long de la route. Deux heures plus tard, le petit groupe s'arrête à un restaurant pour prendre une pause. Le pipi à évacuer pour les unes; un repos indispensable pour les autres. Marlène retrouve une Marylou telle qu'elle était pendant son enfance. Elle fait le clown pour amener tout le monde à rire. Cette femme qui sera bientôt quinquagénaire a rajeuni de trente ans. Elle baragouine l'anglais dans le but d'expliquer ses pitreries à monsieur McKinen. Ce dernier semble comprendre l'astuce ou bien il fait semblant. D'après la Poule, il est correct ce monsieur. Il s'arrête quelques fois en cours de route pour les laisser admirer des sites panoramiques. Plus le groupe s'approche du but à atteindre, plus Marylou devient fébrile. Elle craint que son fils ne leur pose un lapin. Sera-t-il au rendez-vous ? Comme elle aurait honte devant monsieur McKinen, si c'était le cas.

Arrivés enfin devant l'hôtel Kelowna, les voyageurs essaient de se dégourdir les jambes après être descendus de voiture. Tout de suite en mettant le pied dans le hall d'entrée, Marylou aperçoit son Louis-Camille. Le sourire fendu jusqu'aux oreilles, elle se lance dans les bras du jeune homme. Le fils ne peut retenir ses larmes. Il semble heureux de rencontrer trois membres de sa famille qui sont venus de si loin pour le voir. Mr. McKinen lui donne la main et lui fait l'accolade. Marlène se rend à la réception de l'hôtel avec Georges pour demander les clés. On lui répond qu'il n'y a que deux chambres libres. « Il manque une clé ?

— Non. Moi, je vais partager celle du jeune – insiste Georges. - C'est correct comme ça.

— Ben… Voyons donc !

— Je vais pouvoir vérifier comment il se comporte…

— Que vous êtes gentil, cher monsieur McKinen ! »

Chacun et chacune s'installent. Les femmes ont une chambre voisine de celle des hommes. Marlène invite leur chauffeur et Louis-Camille pour le souper à l'hôtel. Auparavant, elle les convie à venir prendre l'apéro pour cinq heures dans la chambre des dames.

À l'heure pile, trois petits coups se font entendre à la porte. Marylou s'élance pour ouvrir. Deux hommes proprement vêtus font leur entrée. « Vous vous êtes mis bien beaux ! » – s'écrie la Poule.

Dans un éclat de rire, son fils hoche de la tête. Georges tient deux bouteilles de rosé froid entre ses mains. « Voici – dit-il en français – vous devez goûter le vin de l'Okanagan. De Kelowna même.

— Que c'est donc gentil ! – s'exclame Marlène.- Après l'apéritif, moi je vous emmène tous manger à l'extérieur. Mr. McKinen, avez-vous un bon restaurant à nous suggérer ?

— Oui. Nous irons à la Bussola. Il y a là un très bon restaurant italien, pas dispendieux. Nous goûterons à table un excellent vin. Leur spécialité au menu : des scampi à la bussola. Les serveurs offrent du vin italien et celui de l'Okanagan. Demain, si le cœur vous en dit, nous irons visiter le vieux vignoble de la *Mission Hill Winery*. Un vignoble implanté ici vers 1930 par des missionnaires. Vous ne regretterez pas cette visite. C'est le plus vieux vignoble de l'Okanagan.

— Hey… Il tourne donc bien du bon bord, notre voyage. C'est trop beau pour être vrai, hein les filles ? »

Marylou croit rêver. On dirait que sa vie s'arrange tellement bien. Tout baigne dans la bonne humeur. Louis-Camille a acheté des croustilles et des pistaches en écailles. Il semble tellement correct. Sa mère le croit guéri. Une sorte de miracle. Elle ne cesse de remercier Dieu pour tous ces bons moments.

Le souper à la Bussola se déroule comme sur des roulettes. À minuit, tout le monde est revenu dans sa chambre. Les hommes dans la leur. Les trois femmes juste à côté.

À trois heures du matin, un affreux cri perce le silence et réveille les trois femmes en même temps. « Qu'est-ce qui se passe ? - demande Marylou tout inquiète.

— Ça, je suis certaine que c'est Louis-Camille – affirme Laura. - C'est de cette façon qu'il me réveillait ces derniers temps quand il était à Charlesbourg. »

Marylou devient tout angoissée. Elle se sent soudainement malheureuse. La frayeur se lit dans ses yeux. Marlène se lève; s'empare du téléphone et appelle au numéro de la chambre voisine. C'est Mr. McKinen qui répond. « Oui, madame Marlène. Louis-Camille ne va plus du tout. Il est en crise. Il a l'air de chercher des bibittes ou je ne sais trop quoi dans tous les recoins.

— Qu'est-ce qu'on doit faire ?

— S'il ne se calme pas, on devra appeler les policiers. Ils feront venir l'ambulance. Il sera conduit à l'hôpital… Je ne sais trop. En attendant, je le surveille. Cela ne donne rien de lui parler. Il n'entend pas. Pour lui, je ne suis pas là. Je ne fais pas partie de son monde présentement.

— Pauvre monsieur McKinen ! Allez au comptoir pour exiger une autre chambre. Nous allons nous occuper de Louis-Camille. »

En fermant le combiné, Marlène se rend compte que sa sœur et sa nièce sont déjà habillées. Elle s'empresse de se vêtir, elle aussi. Deux minutes plus tard, les trois femmes sortent de la chambre. Discrètement, Marlène frappe à la porte voisine. Mr. McKinen ouvre. Il les invite à entrer.

Elles aperçoivent le jeune homme droit comme un piquet dans le milieu de la place. Il parle à voix basse à un personnage de son deuxième monde. Soudain, il se fâche et fait mine de lui serrer le cou. « Attends, toi, tu me diras plus ça, c'est sûr. Attends que je t'étouffe ».

Marylou s'approche de son fils. Elle lui tape sur le bras. « Louis-Camille, Louis-Camille. C'est moi, Marylou...

— Hein ? Ne t'occupe pas de ça, Marylou. Tout est sous contrôle. Tout est sous contrôle.

— Qui est là, avec toi ?

— Personne. Personne. Où on s'en va, là ? On va visiter le vignoble ?

— Non, Louis-Camille. Il est trois heures du matin... - lui annonce Georges McKinen. Louis-Camille n'est déjà plus dans la réalité. Il est plié en deux et répond à une personne de petite taille. Le jeune homme doit se pencher pour lui parler. Sa famille l'entend dire : « Chut ! Ils l'ont dit qu'ils s'en allaient, là. Chut ! »

Louca se remet à crier. Marlène fait un signe à Mr. McKinen d'appeler la police. Il s'exécute à l'instant. Vingt minutes d'attente pendant lesquelles le jeune homme divague et parle à des gens que personne ne voit. De temps à autre, il lance un cri. Il donne l'impression de se faire étouffer. Enfin, on frappe à la porte. Marlène ouvre. C'est le préposé de l'hôtel accompagnant trois policiers. Ces derniers n'ont pas besoin d'explications. Ils connaissent Louis-Camille. L'agent le plus âgé s'adresse gentiment à lui. « Monsieur Robin, on va être obligés de vous amener à l'hôpital, hein ? Vous allez voir, on va vous traiter et quand vous sortirez de là, vous vous sentirez mieux. »

— Excusez-moi, monsieur l'agent. Je faisais un cauchemar. Je suis avec ma famille. Je ne peux pas les laisser seuls ici. Ils ne connaissent pas la région.

Georges réplique : « Ne t'inquiète pas, Louca, je vais m'occuper de ton monde. Va te faire soigner et je les amènerai te voir à l'hôpital. T'en fais pas pour eux. Je vais en prendre soin. »

Marylou ne peut plus se retenir. Elle pleure à chaudes larmes. Soudain, son fils l'aperçoit. « Ne pleure pas m'man. Je ne resterai pas longtemps à l'hôpital. Je vais revenir vous trouver ici. T'es pas toute seule, tu as tante Marlène et Laura avec toi. Puis Georges va vous guider. Si je sors assez tôt, j'irai vous retrouver au vignoble. »

Les policiers amènent le malade. Louis-Camille ne dit plus un mot. Il se montre docile comme il ne l'a jamais été avec personne.

Marylou se sent coupable. Elle aurait dû s'interposer à ce qu'on amène son fils à l'hôpital. Pourquoi n'a-t-elle rien dit ?

Les trois femmes retournent à leur chambre. Georges pourra enfin prendre quelques heures de sommeil.

Marlène réussit à fermer l'œil vers six heures du matin. Elle entendait pleurer Laura et Marylou. Finalement, les deux autres finissent elles aussi, par basculer dans les bras de Morphée.

La sonnerie due téléphone réveille les femmes à dix heures du matin. Louis-Camille est au bout du fil. « Tante Marlène ? C'est moi. Je vais déjeuner avec vous. Attendez-moi, j'arrive. »

La tante reste bouche bée. Comment se fait-il qu'il sorte déjà des urgences ? « Coudon, ça prend quoi pour être déclaré malade dans notre beau grand pays ?

— Qu'est-ce qui arrive ? – demande Marylou.

— Je viens de parler à Louis-Camille. Il demande de l'attendre, il vient déjeuner avec nous. Je rêve, ou quoi ?

— Hein ? Quelles sortes de soins a-t-il reçus, pour l'amour du saint ciel !

— Je me le demande. »

Quinze minutes plus tard, Georges téléphone pour s'offrir à les accompagner au petit déjeuner. Marlène lui raconte les dernières nouvelles. Leur guide n'est pas étonné. « C'est toujours comme ça. Si la personne refuse les soins, elle sort aussitôt de l'hôpital ou de la clinique. C'est incroyable ! Le respect de la personne, qu'on dit. On ne soigne pas les gens de force.

— Pauvre enfant ! Il ne s'en sortira jamais. Il n'est pas en mesure de juger.

— Bien oui, Marlène, il est en mesure de juger. Son intelligence n'est pas atteinte. Ce sont ses émotions qui changent son comportement. Tant qu'il ne se rendra pas compte de son bouleversement psychologique, il ne s'en sortira pas sans traitements. Ce sera toujours la même histoire. Et il est têtu. Je le connais, c'est mon fils. »

Plus personne n'a le goût d'en rajouter. Quinze minutes plus tard, le jeune homme fait son apparition à l'hôtel. Il a le sourire aux lèvres. Il semble sorti de son autre monde. Il est ici, bien présent. Sa mère essaie de savoir. « Et puis, qu'est-ce qu'on t'a fait à l'hôpital ?

— Oh, tout est sous contrôle. Ne t'inquiète pas, Marylou. Ils m'ont offert un café pour me réveiller comme il faut. J'avais fait un cauchemar. »

Incroyable aux yeux des autres. La situation est tellement triste que plus personne n'ose s'étendre sur le sujet. Comment peut-on laisser sortir un grand malade comme lui ?

Vers onze heures trente, tout le groupe, sauf Marylou, affiche la bonne humeur au moment du départ pour visiter le vignoble Mission Hill Winery. Louis-Camille a déjà travaillé à cet endroit. Il se sent en mesure de commenter. Dès leur arrivée à destination, le responsable de l'endroit accueille le jeune homme et sa famille avec une grande hospitalité ressentie par tous. Un cadre dans la quarantaine donne carte blanche à son ancien employé Louis-Camille, afin qu'il guide cette visite lui-même. Celui-ci a repris une allure normale, comme s'il n'avait jamais été en crise voilà quelques heures à peine.

« Vous visitez aujourd'hui le plus ancien vignoble de l'Okanagan. – annonce le guide Louis-Camille. - Des missionnaires plantèrent les premières vignes, ici, en 1860. Ils ont travaillé fort pour arriver à quelque chose de bien. L'industrie prit son envol vers 1930. Voici qu'en 1988, les hybrides, c'est-à-dire les croisements entre les cépages européens et les variétés américaines, furent remplacés par des cépages cultivés localement. De sorte que, cette année, il ne reste plus que 400 hectares de vigne dans la Vallée de l'Okanagan. Tout a été arraché. L'actuel vignoble est refait avec des cépages cultivés ici. Le vin vieillit dans des barriques de chêne que nous verrons plus tard au cours de notre visite. Je dois vous dire que la présence du Lac Okanagan permet des hivers cléments qui favorisent la culture de la vigne. En 1983, un des vignobles de la région avait perdu toute sa récolte à la toute veille des vendanges. Une irruption d'oiseaux dévora tous les raisins. On sait que certaines catégories d'oiseaux adorent les raisins. Ce fut un fléau pour la Vallée. Les vignerons de l'Okanagan se montrent très attachés à la viticulture, et à la typicité des cépages. La majorité d'entre eux évitent les pièges d'une surmaturité du raisin et aussi d'une surutilisation de la barrique de chêne[5]. Remarquez que la Vallée

---

[5] Internet : Aperçu de l'industrie viticole de la vallée de l'Okanagan

de l'Okanagan est une aire viticole capable de produire des vins de grande qualité. En terminant, je vous demande de porter votre regard au loin, car il y a là quelque chose d'unique qui vous transportera d'admiration : une vue imprenable sur les montagnes Rocheuses. »

Marylou éprouve de la difficulté à retenir ses larmes. Marlène et Laura se montrent tout ébahies devant le talent de Louis-Camille qui a su captiver l'attention des visiteurs. Une foule s'est greffée au petit groupe pour entendre ce beau jeune homme qui parle un aussi bon français. Des touristes européens de langue française se sont dits enchantés de leur tournée.

Le guide invite ensuite les gens à voir la longue série des fûts de chêne dans les caves de la mission. En même temps, les visiteurs dégusteront différents vins. Une installation des plus modernes impressionne les touristes en entrant dans cette immense pièce munie d'un plafond en forme de dôme. Une grande quantité de barriques de chêne, bien alignées et couchées, chacune sur son tréteau affichent l'allure d'un camp de soldats au repos. Les femmes Robin achètent des vins de toutes les couleurs, commente une Marylou fort excitée. « Cette nuit, on n'aurait jamais dit qu'on passerait une belle journée de même, hein Marlène ?

— Pauvre petite Marylou, bien non. Tu as bien raison. Tu vois comme il ne faut jamais se décourager. »

Marlène aperçoit soudain le beau Georges qui observe Marylou d'un regard si tendre, que l'aînée se sent émue d'une telle attention. « Eh, bien ! Qu'est-ce qui se trame ici, donc là ? Parfois il faut aller bien loin pour chercher l'amour ! Attention la Poule ! »

Elle garde ses pensées pour elle. En terminant ses achats, Marlène ajoute une bouteille de pinot noir : un vin épicé et velouté avec un petit goût de prunes et de cerises noires qu'elle offrira à Georges à la fin du voyage.

Ce soir, Louis-Camille invite tout son groupe à souper dans un petit restaurant typique de Kelowna. Le cuisinier italien, un copain du jeune Québécois, se montre heureux de les recevoir. Le menu du jour affiche un prix fixe très peu cher, mais à l'expérience du moment, tout le monde aime la saveur des aliments.

À neuf heures et demie, le groupe revient à l'hôtel. On lit la peur dans les yeux de Marylou. Est-ce que la nuit de la veille va se répéter ? Georges ferme la marche avec elle pour entrer à pied.

Les femmes regagnent leur chambre, tandis que Georges amène Louis-Camille au bar de l'hôtel.

* * *

Le chant des oiseaux réveille Marlène. Dès qu'elle ouvre les yeux, elle aperçoit un beau pitpit dodu à tête jaune sur le bord de la fenêtre. Elle s'informera auprès de Georges pour en connaître le nom.

« C'est le matin et on n'a pas entendu Louis-Camille. Merveilleux ! » - se console-t-elle.- Elle se lève en essayant de ne pas faire de bruit. À pas feutrés, elle s'enferme dans la salle de bains et entre sous la douche. Quand elle ressort quinze minutes plus tard, ses deux compagnes sont debout et causent à voix basse. « Tiens, les filles… réveillées ? J'espère que je n'ai pas trop fait de bruit ?

— Bien non, Marlène. Sais-tu qu'il est neuf heures ?

— On a dormi, hein ? Le jeune homme n'a pas fait des siennes cette nuit.

— Non, Marlène. Et on n'entend pas grand bruit de l'autre côté du mur. Nos hommes ont dû se coucher à une heure avancée de la nuit. C'est peut-être ça le truc. Faire coucher Louca très tard. Il ne fait ses cauchemars que la nuit, peut-être.

— Je te dis que Georges, c'est un homme fiable, hein ? Laura, tu as connu sa fille. Est-elle comme lui ? »

La journaliste plisse le bec. Elle essaie de creuser ses souvenirs pour trouver la réponse. « Je serais bien en peine de te dire. Elle est arrivée comme un cheveu sur la soupe et elle s'est imposée à la maison. Avec l'allure d'un chat écrasé, elle est repartie le lendemain sans crier gare. Il faut dire qu'elle était restée désemparée. Louis-Camille l'a tellement mal reçue, qu'elle devait marcher à côté de ses souliers. Pauvre fille ! »

Quelques coups discrets à la porte font sursauter la Poule. Elle s'empresse à aller ouvrir. Georges lui adresse son plus beau sourire.

Marylou le fait entrer. Le guide affiche la bonne humeur. « Comment vont nos dames, ce matin ? – Et c'est en français qu'il formule sa question.

— Oh ! Que vous êtes fin ! Nous allons très bien. Et votre protégé ?

— Il est sorti marcher. Il m'a dit qu'il nous rejoindrait à la salle à manger dans une heure. »

Au même moment, Marlène aperçoit de nouveau son bel oiseau sans nom qu'elle a vu plus tôt le matin sur le bord de la fenêtre. Elle s'informe auprès de Georges pour connaître la sorte de bête à plumes qui vient la visiter pour la seconde fois. « C'est un carouge à tête jaune. Un oiseau de la Colombie-Britannique. Il est beau, n'est-ce pas ?

— Splendide !

— Si le cœur vous en dit, aujourd'hui j'aimerais vous faire visiter d'autres vignobles et nous pourrions nous rendre jusqu'au Pays Similkameen, plus au sud, près de la frontière étatsunienne. Vous verrez, c'est un spectacle unique avec une vue imprenable sur les Rocheuses.

— Bien sûr que le cœur nous en dit, monsieur Georges. Nous apprécions beaucoup tout ce que vous faites pour nous. J'espère qu'on vous verra arriver dans l'Est, un de ces jours.

— C'est bien possible... On verra. En attendant, visitons bien l'Ouest. Demain en soirée ce sera ma tournée. Je vous invite pour une grande virée des caves à vin de Kelowna et des environs. Louis-Camille et moi, nous avons nos entrées partout.

— Hey ! C'est pas rien, ça, hein Marlène ?

— Certain, Marylou, c'est pas rien ! Merci beaucoup, Georges. Ceci, à condition que notre jeune homme s'enligne dans ce sens.

— Évidemment. »

Marylou baisse la tête, un peu mal à l'aise de la dernière intervention. C'est encore de son fils dont on parle.

Le temps fuit et Louis-Camille n'arrive toujours pas. Voilà bien une demi-heure que ses proches ont terminé le petit déjeuner. Le jeune homme n'est toujours pas là. La Poule affiche un visage défait. Le bonheur semble s'être envolé pour faire place à une grande inquiétude. Le petit groupe se prépare donc à sortir de la salle à manger. Chaque personne pense remonter à la chambre. En passant devant le comptoir de la réception, Georges demande s'il n'y a pas un message pour lui. Non. Rien.

Une fois arrivées dans leur chambre, les femmes voient le clignotant du téléphone en action. Marylou accourt pour vérifier. « Comment fait-on pour prendre le message ?

— Lis, la Poule, lis. Tu as tout ça écrit sur la carte à côté de l'appareil. »

Ça y est. Elle sait. Marylou prend le message. Son fils s'excuse, la mère déçue ferme le combiné. Elle se retourne et regarde Marlène. Oh, que la grande sœur le connaît ce regard désespéré de la petite sœur ! Marylou s'assoit sur le bord du lit, les grands yeux marron remplis de larmes. « C'était qui ?

— Louca ! Il avait oublié son rendez-vous à l'hôpital ce matin. Il ne viendra pas avec nous. Il nous rejoindra ce soir pour le souper, ici, à l'hôtel.

— C'est bien possible, la Poule qu'il ait un rendez-vous. De toute façon, on ne peut rien y changer. Essaie d'oublier. »

On frappe à la porte. Marlène ouvre. Mr Mckinen entre. Il ne connaissait pas la dernière nouvelle. Il réfléchit pendant quelques secondes et exprime son idée. « C'est bien plausible. Louis-Camille a été amené à l'hôpital hier matin. Les médecins l'ont peut-être laissé sortir, à condition qu'il se présente à un rendez-vous aujourd'hui. Je pense qu'on doit prendre ce que Louis-Camille nous dit. Nous n'avons pas le choix. Moi, j'ai confiance en lui. »

Cette phrase réconforte Marylou. Elle apprécie l'intervention de cet homme qui l'attire chaque minute davantage. La Poule se sent tellement rassurée en sa présence. Elle voudrait que le temps s'arrête pour immortaliser ces heureux moments dans la Vallée de l'Okanagan.

Le petit groupe sort de l'hôtel pour marcher quelques pas au bord de l'eau. Marylou veut emmagasiner cet endroit dans sa mémoire. Elle se reporte loin en arrière, au temps où elle était tombée amoureuse de Damien Martineau, l'amant de Marlène, et ce, pendant que sa sœur voyageait en Europe. Jamais plus, elle n'avait aimé quelqu'un aussi fort depuis, jusqu'à aujourd'hui. Mais, cette fois-ci, ce n'est pas l'amoureux de sa sœur. Il est divorcé, mais elle ne doit rien à l'autre qui n'est plus dans le paysage. Elle se sent libre d'aimer cet homme, mais n'ose s'avancer, au cas où son amour ne serait pas partagé. Georges éprouve sûrement une attirance pour elle. Mais de là à dire qu'il est amoureux... Elle ne pourrait l'affirmer.

Une heure plus tard, les trois voyageuses pilotées par Georges roulent en auto vers le sud, en direction du Pays Similkameen. Marlène a insisté pour que Marylou s'assoie sur la banquette avant à côté du chauffeur, en donnant pour raison que sa jeune soeur est myope. Ainsi, elle verra mieux le paysage. Georges n'est pas dupe. Il retient un sourire.

Une fois de plus les femmes manifestent sans aucun effort leur émerveillement devant le paysage qui s'offre à leurs yeux. À cet endroit, Georges leur fait visiter des vignobles. Le clan s'arrête pour manger au restaurant *Le Gavroche*. Un endroit qui affiche une cuisine française accompagnée de grands vins. Les trois femmes ne cessent de s'émerveiller devant la magnifique cave à vins.

Les voyageurs reviennent à l'hôtel vers les huit heures du soir. Louis-Camille n'est pas là. Il n'a pas donné signe de vie. Aucun message n'est entré pendant la journée. Ce qui fait que personne ne ressent la faim. Après le dîner copieux qu'ils ont pris ce midi et l'inquiétude devant l'absence de Louca, aucun ne veut souper. Tout le monde se réunit dans la chambre des femmes. C'est la pièce la plus spacieuse. Il ne leur reste que deux jours avant de retourner vers Vancouver. Dans trois jours elles prendront l'avion pour Montréal. Marylou se demande si elle reverra son fils avant le départ.

Georges s'excuse pour quelques minutes auprès des dames. Il se dirige vers sa chambre. Il profite de ce moment pour téléphoner à l'hôpital afin de savoir si son protégé est hospitalisé. Il reste étonné quand il s'entend dire que le jeune homme ne s'est pas présenté à l'hôpital à l'heure de son rendez-vous, ce matin. Georges hésite à revenir auprès des dames. S'accordant une bonne gorgée de cognac, il retourne frapper à la porte voisine. Il ne peut faire autrement que d'annoncer d'un trait son téléphone à l'hôpital. Il communique le résultat de son appel. Aussitôt, il lit la déception sur les trois beaux visages qui sont devant lui. Marylou éclate en pleurs. « Je m'excuse. Je préférais vous aviser.

— Oui, oui, vous avez bien fait, monsieur Georges. »

Seule Marlène se sent capable de parler. Georges veut atténuer la déception en faisant les mises au point qui s'imposent. « Vous savez que Louis-Camille souffre d'une maladie mentale. On ne peut pas lui en vouloir pour les pas qu'il fait de travers. Il a peur de se faire traiter. Il ne devrait pas, mais c'est ainsi. Moi, je respecte ça. Il n'a pas conscience des souffrances qu'il crée autour de lui. Et s'il le sait, il en souffre sûrement. »

L'atmosphère est tellement lourde dans la pièce que tous se sentent mal à l'aise. Georges cherche une manière de sortir de ce pétrin ses nouvelles amies. Mais il ne trouve pas. Enfin, Marlène suggère à brûle-pourpoint : « Si on allait tous les quatre voir le spectacle au club de l'hôtel ? Il me semble que cela nous changerait les idées. »

Laura et Marylou font un petit signe bien timide. Georges acquiesce. « Ce ne serait peut-être pas bête… »

Les femmes appliquent un brin de maquillage et oups. Elles sont toutes au bord de la porte, prêtes à sortir.

Le club à l'hôtel est déjà presque rempli. La piste de danse regorge de danseurs qui se traînent les pieds au son d'une musique langoureuse. Le placier leur déniche une table à quatre, en avant près de la scène. Marlène commande une première tournée de consommations. Elle spécifie que c'est elle qui paie. L'orchestre joue un slow qui ne peut empêcher Georges d'inviter Marylou à la danse. La Poule hésite l'espace d'une seconde, puis elle se lève. Un soulagement pour la grande sœur. « Pauvre petite Marylou. Elle n'a donc pas eu la vie facile ! » Les larmes emplissent les yeux de l'aînée du groupe. « Et toi, ma grande Laura. Jette un coup d'œil dans la salle. Va à la pêche. Oublie un peu ton beau Belge. Il est loin. Regarde ailleurs.

— Écoute qui est-ce qui parle ! Je ne pense pas du tout à Serge depuis que je suis dans l'Ouest. Loin des yeux…

— Je sais, loin du cœur. Tant mieux. »

Laura faisant mine de rien, jette un regard circulaire autour de la salle. Soudain, Marlène l'entend s'exprimer. « Ah, ben… Ah, ben ! »

La jeune femme se lève d'un trait. Marlène la suit des yeux. Laura se dirige vers une table à côté de la porte d'entrée. Marlène reconnaît Louis-Camille assis seul à une table. Le jeune homme, le regard fixe ne voit même pas Laura arriver près de lui. « Louca… Mais qu'est-ce que tu fais ici ? »

Le jeune homme sort de la lune; il, sourit, l'air perdu. « Je vous cherchais. Je suis allé à la salle à manger, à la chambre. Je n'ai trouvé personne nulle part. Je suis venu ici avant d'aller me coucher.

— Louca, tu n'es pas allé à l'hôpital, hein ?

— Heu… Comment ça à l'hôpital ? Qui est à l'hôpital ? Ma mère est où ?

— Sur la piste de danse avec Georges. Viens-t-en à notre table. »

Le jeune homme s'empare de son verre de bière et suit sa cousine comme un zombi. L'air un peu égaré, il s'assoit à côté de Laura. Les deux femmes essaient de le sortir de son monde imaginaire, mais peine perdue. Il n'est pas capable de se déconcentrer de ce qui se passe dans sa tête. Marylou et Georges se pointent à la table, une fois leur danse terminée. « Louis-Camille ! » – s'exclame la mère heureuse de retrouver son fils.

La Poule perd bien vite ses illusions quand elle voit l'air qu'il affiche. Georges emprunte une chaise à une table voisine. Il s'installe près de Marylou. Louis-Camille parle seul. Son entourage se rend bien vite compte qu'il s'adresse à quelqu'un, mais à qui ? Georges réussit à le sortir de son monde. Il claque des doigts devant les yeux du jeune homme pour attirer son attention. « Hey ! Chum. Hey ! Penses-tu qu'on devrait tous aller se coucher ? Il commence à être pas mal tard. »

Louca sursaute, regarde l'heure et annonce : « Oui, oui. Inquiétez-vous pas, tout est sous contrôle. Je vais aller me coucher chez moi. Je ne dormirai pas à l'hôtel, Georges, je vais vous empêcher de dormir. Je fais des cauchemars ces temps-ci.

— Donne-nous au moins ton numéro de téléphone pour qu'on puisse te réveiller demain matin – demande Laura.

— Oh ! C'est un nouveau numéro et je ne le sais pas par cœur. Je ne l'ai pas avec moi. »

Le jeune homme tapote chacune de ses poches, faisant mine de chercher. Georges met fin à la situation. « O.K. Chum. On se fie tous sur toi pour être à la salle à manger à neuf heures. Est-ce que ça te va ?

— Oui, oui. Parfait. Je serai là. Merci pour tout. Bonne nuit tout le monde. Marylou, ne t'inquiète pas. Tout est sous contrôle, tu le sais. »

Laura le retient par le bras. « Louca, j'aimerais ça si on finissait la soirée ensemble. Amène-moi quelque part, veux-tu ? »

Le jeune homme semble désarçonné. Il se prend le menton. « O.K., ma chum. Viens-t'en. Je t'emmène manger dans un petit bistro. J'ai une faim de loup. »

Laura se sent heureuse de la tournure des événements. Pour les autres, ils restent tous éberlués. Marlène est inquiète de laisser partir sa nièce avec un gars malade comme Louca. Marylou en est plutôt heureuse. Elle apprécie le geste de Laura. Georges retombe vite sur ses pieds et ramène les deux femmes avec lui.

Louis-Camille et la jeune journaliste se hâtent de sortir du club. Ainsi, ils éviteront les réactions de chacun. Lui, comme s'il avait peur qu'on le retienne davantage. Elle, pour éviter les commentaires en vue de la retenir.

Georges retourne dans sa chambre et les deux femmes dans la leur. Personne n'a le cœur à plaisanter. De quoi sera fait demain ?

* * *

Louis-Camille revient sur terre pour quelques minutes. Laura ressent bien sa présence entière. La jeune femme éprouve une amitié inconditionnelle pour son cousin. Elle l'aime de tout son cœur et ce sentiment semble bien partagé. « Hey, ma vieille chum, pourquoi tu ne passerais pas un mois ici, avec moi ? On aurait de ces funs. On travaillerait dans des vignobles. Tu sais, moi, n'importe où, on m'engage.

— Louca ! Ce n'est pas possible. J'ai pris quelques jours de congé, mais je ne suis pas en vacances, moi. J'ai des obligations. Pourquoi, toi, tu ne reviens pas avec nous ?

— Non, Laura. Je ne retournerai plus jamais dans l'Est. Ici, je ne me sens pas suffoquer, tandis qu'à Québec, la maison du Trait-Carré est remplie d'esprits qui déambulent. Dès que je ne fais pas ce qu'ils veulent, ils me battent. Ils m'étouffent ! »

Bouche bée, elle n'ose l'interrompre, elle désire en savoir plus sur son monde parallèle. La journaliste reste à l'écoute. Le cousin enchaîne. « Ici, j'ai une famille. J'ai sept personnes qui vivent avec moi, dans ma chambre. Cela te surprend, hein ? Ces gens-là n'ont pas notre taille. Ils ne mesurent pas deux pieds.

— Où sont-ils, présentement ? »

Louis-Camille se retourne, promène un regard dans le restaurant. Il parle à mi-voix. « Il y en a un qui est là dans le coin. Il chiale. Le fait que je sois avec toi lui fait de la peine. Je vois une autre personne au comptoir. Elle aussi pleure. Les autres esprits sont probablement restés à la maison. Ou ils attendent dehors.

— Louca... tu n'es pas mieux ici que dans l'Est. Tes esprits sont aussi présents.

— Oh, ce n'est pas pareil. Ici, c'est moi le maître. C'est moi qui mène. Tu vois, en ce moment, ils ne sont pas contents. Mais tout ce qu'ils font, ils pleurent. Ils ne me battent pas. Attends-moi, je vais aller régler ça. »

Laura n'a pas le temps de s'opposer. Le jeune homme se lève et se rend au fond du restaurant. Il fait mine de prendre quelqu'un par le chignon du cou. Laura l'entend crier. « À la maison, vous autres ! Je vous rejoins dans dix minutes. » Il semble sortir un

deuxième individu par un coup de pied au derrière. « Tiens, toi ! »
Ensuite, il se rend au comptoir. Il en prend une dans ses bras,
comme s'il la tenait sur sa hanche. Il fait mine de la lancer dans le
corridor. Laura fond de honte sur sa chaise. Les clients dévisagent
Louis-Camille. Probablement que chacun cherche d'où vient cet
énergumène. Le personnel du restaurant surveille sans dire un
mot. Si la crise ne dégénère pas en catastrophe, personne
n'interviendra. Laura tremble comme une feuille quand son
cousin revient à la table.

« Bon. Ils sont partis à la maison. Tout est sous contrôle. La
petite s'accrochait à mon cou. Fatigante, celle-là… »

Louis-Camille a toujours affiché un tic. Même quand il était
enfant, il démontrait cette manière de dire : « Là, tout est sous
contrôle ». Plus il vieillit, plus il utilise souvent cette expression,
tout en gardant sa manie de se lisser ses cheveux vers l'arrière, à
l'aide d'un peigne imaginaire placé entre ses longs doigts des
deux mains. « Quand tu es au Trait-Carré, Louca, comment ça se
passe ?

— Oh ! C'est grand-papa qui essaie de m'étouffer. Je le
comprends, je n'ai pas su lire sa grosse bible qu'il m'a
laissée en héritage et je n'ai pas été capable d'entretenir sa
maison. C'est moi l'homme, j'aurais dû prendre mes
responsabilités. Et il y a une vieille chipie avec lui.

— Qui, ça !

— Je ne la connais pas. Une vieille Grébiche avec des
cheveux blancs. L'allure de tante Marlène, mais pas
gentille comme notre « matante ». Elle est constamment
fâchée et me tape dessus avec sa canne en argent. Elle me
dit toujours : Tu es l'enfant de la Marie-Louisa. Tu es
comme elle… Un possédé du démon ».

Laura n'ose plus respirer. Elle a peur de casser l'erre d'aller du jeune homme. « Elle ne sait pas où j'habite et je suis tranquille avec mes copains et copines. Si elle vient, mes amis vont s'en occuper. Parce qu'elle va revenir, tu sais. Elle me l'a dit avant mon départ, qu'elle me rattrapera où que j'aille. Toi, tu ne vois personne dans la vieille maison ?

— Jamais.

— Chanceuse ! Mes amis m'ont dit que nos cousines Caroline Pichot, la fille de tante Idola et Lucie Lavoie, tu sais la fille de tante Denise ? Toutes les deux sont possédées comme moi. Tu es surprise, hein ? Eh, bien, oui. Un jour, les esprits les ont enlevées, comme ils l'ont fait pour moi. Ils les ont déprogrammées et reprogrammées pour qu'elles leur obéissent. Elles sont mandatées, comme moi, pour se soumettre à eux. Si elles n'écoutent pas, elles vont payer pour leur désobéissance.

— Mais c'est terrible, ça, Louis-Camille. Tu me fais peur. Cela veut dire que si on t'ordonne de m'étouffer, tu seras obligé de le faire ?

— Non. Je ne le ferais pas. J'en mangerais toute une, parce que je ne le ferais pas. Mais je suis habitué aux raclées. »

Laura se met à pleurer. Pour la première fois, elle lit tant de souffrance dans les yeux de son cousin. La jeune femme se sent dévastée. « Louca ! J'ai tellement de peine de te laisser seul ici avec tes démons !

— Non, non, Laura. Tout est sous contrôle. Les démons, ils sont au Trait-Carré, dans ta maison hantée. »

Laura se lève. Elle ne peut rien entendre de plus. Louis-Camille paie la facture, prend sa cousine par les épaules et l'amène vers la sortie. Une fois dehors, elle l'entend crier de nouveau. « Mes petits maudits chenapans ! Je vous avais dit : À la maison. Vous allez en manger une. Je m'en viens, là. Partez tout de suite. Toi, amène la petite et arrête-la de brailler. Oui, oui. Elle l'a dit qu'elle s'en allait, la madame, là. Je m'en vais la reconduire ! »

> — T'inquiète pas, Laura. Viens. Je vais avec toi jusqu'à ton hôtel. Demain matin, je serai au restaurant à neuf heures. C'est moi qui mène. Tout est sous contrôle maintenant. »

Malgré le peu d'heures de sommeil dérobées au petit matin par ces quatre voyageurs, la nuit finit par blanchir. Marlène a entendu la jeune entrer autour d'une heure du matin. L'aînée du groupe féminin retrouve le beau carouge à tête jaune sur le rebord de la fenêtre. « Lui, il veut sûrement me faire comprendre quelque chose. Mais quoi ? Que veux-tu me dire, bel oiseau britanno-colombien ? » Elle cherche la réponse en elle-même. « Apporterais-tu un message du beau Serge à Laura ? Non. Je suis folle, ça ne se peut pas. Mais tout à coup ce serait vrai ? Crois-tu qu'il pense parfois à moi ? » L'oiseau penche la tête d'un côté et de l'autre. Il regarde la belle dame dans la fenêtre. Soudain, à tire-d'aile il s'envole.

« Ouais, ben ! Ce que tu as abandonné sur le rebord de la fenêtre, mon bel oiseau, n'est pas de bon augure. Tu aurais pu t'empêcher de m'adresser le mot de Cambronne. Il ne m'a jamais rien apporté de bon dans ma vie. Tu parles d'une gracieuseté ! »

Marlène essaie de faire le moins de bruit possible. Marylou est réveillée depuis longtemps. Elle se sent déchirée entre la souffrance de voir son fils ainsi handicapé par une maladie mentale et le sentiment de culpabilité d'être amoureuse du beau Georges. « À mon âge ! Si ce n'est pas fou… »

Quant à Laura, elle n'a presque pas dormi. Elle est remplie des révélations de son cousin. Soudain, elle se lève d'un trait.

« Tante Marlène, ta grand-mère Georgina que tu n'aimais pas, comment était-elle, physiquement ?

— Oh, Laura, quand tu dis : que je n'aimais pas, tu sais en vieillissant, je la comprends peut-être plus et je la déteste peut-être moins. Le temps arrondit les angles.

— Ben, continue de la détester. Je crois qu'elle vient hanter Louis-Camille. Décris-moi ta grand-mère.

— Ben, voyons donc ! Le jeune n'était même pas au monde. Marylou n'avait pas six ans quand grand-maman est morte. Grand-mère était grande, plantureuse, les cheveux gris, presque blancs. Elle avait un visage dur. Je me souviens de cela.

— Avait-elle une canne en argent ?

— Oui. Pourquoi ?

— C'est ça. C'est bien elle. Louis-Camille ne veut pas revenir dans l'Est, car il dit que la maison est hantée. Il m'a décrit ta grand-mère comme tu viens de le faire. »

Marlène et Marylou écoutent Laura raconter tout ce que Louis-Camille lui a révélé. Les deux tantes de la journaliste restent sidérées par les confidences de Louca. Marylou se tient la tête. « Ça n'a aucun bon sens. Aucun bon sens! C'est vrai que notre grand-mère ne m'aimait pas. Elle m'appelait toujours : la Marie-Louisa. Quand elle s'adressait à Marysol, c'était : ma belle Marie-Solange. Et c'était dit avec du miel dans la voix. Elle insistait sur l'ange. »

L'aînée des trois femmes ne sait plus que penser devant de telles révélations. Elle songe et garde ses pensées pour elle. La fille de Denise, Lucie… Et celle d'Idola, Caroline ! Ça n'a aucun sens, tout cela ! Ce doit être le cadeau du carouge à tête jaune, là. Maudit oiseau de malheur ! Venir si loin pour apprendre des nouvelles comme celles-là !

131

À neuf heures moins quart, les femmes attendent Georges dans le corridor. Une minute plus tard, il sort de sa chambre, toujours souriant. Le visage de Marylou s'illumine, à l'instant même où elle l'aperçoit. Il vient à Marlène une idée. « Marylou, ça ne te dirait pas de rester ici quelque temps ? Tu pourrais prendre des vacances, tu ne vas jamais en voyage. Ainsi, tu étudierais le comportement de Louis-Camille. Histoire de voir ce qui se passe.

— Vous êtes une femme intelligente, Marlène. J'ai suggéré la même chose à Marylou, hier soir. Je pourrais rester dans la région avec elle. »

La Poule ne sait plus quoi dire. Elle a le goût de sauter sur l'occasion pour faire plus ample connaissance avec Georges. Ce n'est pas l'envie qui lui manque. Mais elle pense : Il n'y a même pas un an que Paul est mort… « Je vais y penser. Mais comment ferez-vous pour retourner à Vancouver, les filles ?

— On ne retournera pas à Vancouver. On ira à l'aéroport de Kelowna pour l'échange des billets. On partira d'ici. Tu pourras échanger ton billet toi aussi, Marylou. Nous aurons des frais à payer pour les changements d'itinéraire. Ce n'est pas grave – reprend Laura qui est habituée de voyager et qui a suivi des cours en tourisme durant deux années consécutives.

— Bien non. Tu as raison, ce n'est pas grave. Je pense que je vais prolonger mon séjour. C'est une bonne idée. »

Georges et Marylou affichent de la lumière plein les yeux. La petite troupe se rend à la salle à manger. Louis-Camille est déjà attablé. Sa famille et Georges constatent qu'il a tenu parole. Ils le rejoignent. Marylou le met au courant des dernières nouvelles. Elle lui annonce qu'elle restera à l'hôtel pour les deux semaines à venir. Le jeune homme se montre content de la primeur. Il n'affiche pas son regard malheureux de la veille. Le reste du groupe sent que Louca est entièrement avec sa famille. Laura aurait envie de lui demander s'il a laissé ses petits monstres à la maison, mais elle s'abstient. Elle ne veut pas l'indisposer. Pour lui, ce monde-là est réel.

Après le déjeuner, tout le groupe, y compris Louis-Camille, se rend à l'aéroport. On change la date de retour de Marylou et le nom de la ville de départ pour tous. Un supplément à verser pour ce changement est indiqué pour chaque personne. Marlène se considère chanceuse de ne pas avoir à retourner à Vancouver en auto. Elle évalue que c'est moins de trouble aussi pour Georges qui restera avec Marylou à Kelowna.

Après deux autres journées de visites aux alentours, Laura et sa tante montent dans un avion pour Montréal, d'où elles prendront un autre vol pour Québec. Marylou, en pleurs les laisse à l'aérogare.

Louis-Camille, un peu gauche prend sa mère par les épaules et tente de la consoler. « Hey… elles ne sont pas mortes, elles s'en vont dans l'Est. Toi, tu restes là où il fait beau, où tout va moins vite. Dis-toi que tu es chanceuse. Bien oui, tu es chanceuse, tu m'as comme fils. »

Le jeune homme veut blaguer, mais c'est avec la larme à l'œil qu'il a prononcé la dernière phrase.

* * *

Marlène et Laura arrivent à Québec tard en soirée. En sortant de l'aérogare, elles font signe à un taxi de les prendre à bord. Vingt minutes plus tard, elles rentrent à la maison. Laura ressent soudain la faim. Elle fouille dans le frigo afin de choisir ce qu'elle mangerait. « Il y a de la pizza congelée, Laura. Moi je vais manger des céréales.

— Est-ce que ça dépend de l'âge, si l'on mange de la pizza ou des céréales avant d'aller dormir ? »

La tante éclate de rire. « C'est sûrement ça. Tu ne dois pas te tromper. »

Il est une heure du matin quand chacune regagne sa chambre. Laura essaie de déceler la présence de son arrière-grand-mère, mais en vain. « Je ne dois pas faire partie des possédés, je suppose... »

Quant à Marlène, elle se réfugie sur son lac tranquille, bien allongée dans son canot. Elle entend le clapotis de la vague frapper sur le côté de son embarcation. Elle est réveillée en sursaut par la pluie qui ruisselle avec fracas à la fenêtre. Elle se rendort aussitôt.

La frayeur de Denise

Marlène vient à peine de se lever quand elle entend le carillon de la porte. « Tiens donc, Denise qui vient aux nouvelles, ça, c'est sûr. Elle sera servie, oui Madame ».

La propriétaire des lieux ne s'est pas trompée. L'aînée est heureuse de retrouver sa cadette. Celle-ci a surtout hâte de connaître les péripéties du voyage de sa sœur. « Et puis ?

— Prends le temps de rentrer. Viens t'asseoir pour déguster un café avec moi et écouter tout ce que j'ai à te raconter.

— Ben voyons... Tu commences à me faire peur. La Poule est-elle ici ?

— Pantoute ! La Poule est restée dans l'Ouest, ma chère.

— Hein ? Tu me niaises !

— Jamais de la vie. Tout ce qu'il y a de plus vrai. »

Marlène sert le café à sa sœur, s'en verse une tasse pour elle-même, tire une chaise et s'assoit près de son aînée. Elle commence à raconter sans rien oublier. Même pas l'oiseau à tête jaune. De temps à autre, les grands yeux noirs de Denise sortent presque de leur orbite. Quand Marlène révèle le passage qui concerne Lucy, la propre fille de Denise, celle-ci saute de frayeur. « Es-tu malade ! Ma Lucy ? Ben, voyons donc. Il est plus magané que je pensais ce gars-là.

— Ben oui, il est malade, Denise. On le sait.

— Pas nécessaire d'accuser les autres.

— Mais ce n'est pas une accusation ! On n'est pas coupable d'être malade. Le fait qu'il croit cela ne change rien à la santé mentale de Lucy, Denise. Il me semble que c'est facile d'entendement, ça.

— Je suis insultée.

— Pourquoi ?

— Voyons donc ! Lui, c'est un ti-cul qui n'a même pas de profession. Pas de hautes études. Lucy est ingénieure. Tu imagines…

— Ça, c'est du snobisme, Denise Robin. Comme si les maladies mentales n'atterrissaient que sur les pauvres, les sans-le-sou, les ti-culs. Tu n'évolues pas, ma sœur.

— Ce n'est pas ce que j'ai voulu dire. Il fait bien pitié le pauvre enfant. Mais qu'il n'accuse pas ma fille. »

Denise se met à pleurer. Marlène en reste désarçonnée. « Pourquoi prend-elle cela ainsi, pour l'amour ? Je commence à m'inquiéter ». Soudain, Denise se lève et court vers la sortie. Marlène n'a pas le temps de la retenir. La femme éplorée a fait tellement de bruit dans son déplacement qu'elle a réveillé Laura. Cette dernière se pointe au pied de l'escalier, alors que Marlène regarde toujours par la fenêtre. « Veux-tu bien me dire ce qui se passe ici, ce matin ? Un grand branle-bas de combat, ma foi…

— À qui le dis-tu ! Viens que je te raconte. »

Et Marlène met sa nièce au courant de ce qui vient de se passer. « Je te dis que je n'ai pas eu un succès fou avec mes nouvelles.

— En effet ! Je sais que Lucy a fait une dépression l'an dernier ou il y a deux ans, je crois.

— Où t'as pris ça ?

— Michel Robin.

— Où a-t-il pris ça, lui ?

— Aucune idée…

— Cela expliquerait peut-être la réaction de sa mère. Elle craint que la dépression de Lucy soit interprétée comme de la maladie mentale.

— Ou cela confirme peut-être ce qu'elle craignait… »

La tante et la nièce demeurent pensives pour un bon moment. Après le déjeuner, Marlène s'habille et annonce à Laura qu'elle sort. Marlène Robin aime mettre les choses au clair.

La quinquagénaire ne téléphone même pas avant d'aller voir sa sœur. Elle se présente à la porte chez Denise. Celle-ci ouvre et reste étonnée de revoir aussitôt, la visiteuse. « Ah... c'est toi ?

— Oui, c'est moi. Tu es partie tellement en sauvage tout à l'heure, que je suis venue vérifier si tu n'as pas fait une crise cardiaque.

— Tu as raison. Excuse-moi. Je n'avais aucun motif de m'énerver comme ça. La surprise, je suppose !

— Non, Denise. Pas la surprise. La peur que ce soit vrai. Ça ne devient pas un verdict parce que Louca, qui est malade, pense ainsi. Voyons !

— Je le sais, Marlène. Vois-tu, Lucy est dépressive et cela me chagrine. Je ne veux pas qu'elle passe pour folle.

— D'abord, tu dois t'appliquer à changer de mentalité. La maladie c'est la maladie. Ce n'est rien pour avoir honte. Lucy ne fait probablement que de la dépression. Trop de travail, peut-être. Cet épuisement ne la fera pas tomber dans la schizophrénie si elle n'est pas atteinte de cette maladie-là. Et si elle l'a, quoi que tu fasses, tu n'y changeras rien.

— Je sais tout ça, Marlène, mais on n'aime jamais que nos enfants soient malades. Surtout, on n'aime pas les voir pointés du doigt.

— C'est juste. Mais de là à lever le nez sur le pauvre Louis-Camille qui est pris avec une tare comme celle-là, il y a une marge. Qu'est-ce qu'il a fait, lui, pour mériter ça plus que toi ou moi, veux-tu me dire ? Parce qu'il n'est pas instruit à ton goût ? Il a grandi sans père, ce pauvre petit.

— Non, non. Je m'excuse, je ne pense pas cela.

— Ne répète jamais plus une chose comme ça devant moi, Denise. Car tu ne seras plus jamais mon amie. »

Denise regrette ses paroles. Enfin, les deux femmes changent de propos.

* * *

Après le départ de Marlène et de Laura, Marylou, restée dans l'Ouest, se sent seule et bien loin de chez elle. Elle demeure un peu intimidée devant Georges. Comme si elle ne le voyait plus avec les mêmes yeux. « J'aurais donc dû m'en aller avec ma sœur. Qu'est-ce que je fous ici ? » Georges ressent le malaise de Marylou. Lui-même a l'impression de marcher à côté de ses souliers.

Une fois revenu de l'aéroport, Louis-Camille n'est pas retourné à l'hôtel avec eux. Il les a quittés sur le trottoir devant l'hôtel. À partir de ce moment, Marylou n'est plus la même. Elle adopte un comportement qui gêne le beau Georges. La Poule ne pense qu'au moment où Louca reviendra la voir. J'espère qu'il sera là pour souper. Dieu que je me sens mal. Soudain, elle s'adresse à Georges : « Aimeriez-vous mieux remonter vers Vancouver ?

— Pourquoi ? Tu ne me veux plus avec toi ?

— Ce n'est pas ça. Mais je ne sais même pas si mon fils reviendra nous voir.

— Et cela change quoi entre nous ? »

Marylou se rend compte que ses paroles ne veulent rien dire. Elle hausse les épaules. Georges ne veut pas gâcher l'atmosphère. Il se sentait trop bien avec cette femme avant que les deux autres ne les quittent. « Que se passe-t-il, Marylou ? On dirait que ta sœur et ta nièce sont reparties avec les sentiments que tu éprouvais pour moi.

— C'est curieux. Je me sens mal. Moi aussi je ressens ça ainsi. Je ne sais pas ce qui se passe. »

Ils sont assis tous les deux dans la chambre que Marylou a réservée pour deux semaines. Elle étouffe. Soudain, elle éclate en sanglots. Georges se lève et s'approche d'elle. Il voudrait la prendre dans ses bras, mais Marylou se tourne et appuie sa tête au dossier du fauteuil au lieu de choisir l'épaule de son amoureux de la veille. « Dis-moi ce que tu veux que je fasse Marylou et je vais me rendre à tes désirs. »

La Poule ne répond pas. Elle continue de sangloter. Georges ne sait vraiment plus quoi dire. « Préfères-tu que je m'en aille et que je te rappelle avant le souper, en fin d'après-midi ? Ou plutôt… Tiens ! Je te laisse le numéro de téléphone de ma soeur. Tu me téléphoneras, toi-même. O.K. ? »

La pauvre femme en détresse hoche la tête. Georges s'en va doucement sans rien ajouter. Marylou pleure de plus belle. Elle se couche en travers du lit, fond en larmes et s'endort.

Des coups frappés à la porte la réveillent en sursaut. Elle se hâte d'aller ouvrir. Quelle n'est pas sa surprise quand elle aperçoit Louis-Camille, souriant, attendant qu'elle le laisse entrer. « T'es seule ?

— Bien oui, je suis seule. Je ne filais pas trop bien et Georges a cru bon de retourner chez sa soeur.

— Eh, ben ! Maman ! Georges, c'est un bon gars, tu sais. Ça fait des années que je le connais. Tu n'y perdras pas au change.

— Je sais, Louis-Camille, mais je ne me sens pas prête. Ça ne fait même pas six mois que Paul est mort. C'est épouvantable.

— Ben coudon ! Enterre tes morts, maman, sinon tu vas passer la balance de tes jours toute seule et tu vas t'aigrir. Je ne t'avais pas entendue rire comme ces derniers jours depuis ma plus tendre enfance. Ces dernières années, on aurait toujours dit que tu étais enragée. Je n'ai rien contre Paul, mais on pouvait penser qu'il déteignait sur toi. Toujours un côté noir à toutes choses. Ce ne serait pas comme ça avec Georges. Appelle-le donc ! Envoie, appelle ! Appelle… »

La mère hésite. Elle regarde l'heure. « Cinq heures. Mon Dieu, il ne doit plus être là ». Elle se hâte de composer le numéro. Trois sonneries. Elle s'apprête à fermer. « Allo…
— Georges ? C'est Marylou. Je m'excuse, je m'étais endormie et mon fils vient de me réveiller par ses coups répétés dans la porte. Viens-tu nous rejoindre à ma chambre ? On prendrait l'apéro et on irait souper ensuite. Je vous invite tous les deux Louis-Camille et toi. »

Georges ne s'empresse pas pour répondre. Il ne sait pas s'il doit accepter ou refuser. Il ne comprend pas le comportement de cette femme. Enfin… « J'arrive, ma belle. »
Plus rien. La ligne est coupée. Ouf ! Marylou respire un bon coup. Elle a eu peur de le perdre. Elle apporte des vêtements dans la salle de bains pour se changer. « Sers-toi à boire, Louis-Camille. Je me prépare, je suis là dans cinq minutes. »
Elle revient quelques minutes plus tard vêtue d'une jupe longue marine et d'un chemisier vert pomme. « Waaaaaw ! Je n'aurai pas honte de ma mère, hein ?
— J'espère… »

On frappe à la porte. Marylou s'empresse d'ouvrir. Elle reçoit Georges avec son plus beau sourire. Le visiteur a déjà tout oublié le bizarre comportement de la Poule survenu plus tôt dans la matinée. « Vous êtes vraiment très belle, madame.

— Merci beaucoup. »

Louis-Camille s'improvise l'hôte des lieux et sert les apéros. La crise de Marylou semble vraiment chose du passé. À sept heures pile, ils partent tous les trois pour la salle à manger. Marylou ne se prive pas de vin. Les joues roses et les yeux brillants, elle continue de séduire Georges. Tous les trois vont terminer la soirée dans le club de l'hôtel.

Le jeune homme quitte la place vers minuit et demi. Marylou et Georges en font autant quinze minutes plus tard. Ce dernier amène la Poule dehors pour marcher un peu. Ils se promènent dans les allées fleuries du complexe hôtelier. Ils causent tous les deux pendant une demi-heure en humant les odeurs de fleurs. Enfin, la veuve se décide à inviter Georges à sa chambre. « Es-tu certaine Marylou, que tu désires que j'aille à ta chambre ? Es-tu bien sûre que tu ne le regretteras pas et que tu ne me mettras pas dehors au bout de dix minutes ?

— Certaine. Sois sans crainte ! »

Ils se dirigent ensemble vers l'hôtel.

* * *

Le timbre du téléphone réveille Marlène à sept heures du matin. La Poule l'appelle depuis son hôtel de Kélowna. Voilà trois jours que son aînée l'a laissée là-bas et elle est restée sans nouvelles. Marylou lui confie qu'elle fut près de la voir arriver le lendemain de son départ. Marlène en reste étonnée. « Pauvre

Marylou. Tu as paniqué, c'est tout. Tu n'as jamais voyagé bien loin dans ta vie. Et jamais toute seule.

— Tu oublies que j'ai été hôtesse de l'air.

— Ouais… Parlons-en. Tu n'avais fait qu'un voyage et tu as aussi paniqué cette fois-là. Tu en avais même perdu ton emploi. »

La Poule éclate de rire. Elle se sent heureuse de parler à sa sœur. Avec enthousiasme, elle raconte à son aînée tout ce qu'elle a fait depuis leur départ et tout ce qu'elle a projeté pour les derniers jours précédant son retour.

Marlène ne lui raconte pas qu'elle a mis leur sœur Idola au courant de ses nouvelles amours et que l'ancienne religieuse est restée scandalisée. Quant à Denise, les amours de sa jeune sœur la laissent indifférente. L'aînée pense à elle d'abord. Seule sa famille proche est importante. Ses enfants sont sans défauts et le reste du monde ne la préoccupe pas. Marlène se demande quelle sorte de bénévolat sa sœur peut bien exercer auprès des ouailles à sa paroisse.

* * *

À son retour de Québec, Emma sert le repas à son petit garçon, même s'il est à peine cinq heures. Elle désire le conduire chez son père immédiatement après lui avoir donné son bain et l'avoir préparé pour la nuit. Demain, ce lundi de congé sera une journée préoccupante pour la femme médecin. Elle ira visiter un condo en vue de l'acheter. Elle aime l'emplacement près du fleuve, à Saint-Lambert. Cependant, elle craint un peu trop les bruits de la route 132 à proximité. Par contre, puisque les fenêtres de l'unité convoitée donnent sur la promenade Riverside, elle ne s'en fait pas trop. Le beau et grand quatre et demi qu'elle se prépare à acquérir lui donne des papillons dans l'estomac. Même à l'occasion de son mariage, Emma ne s'était pas sentie aussi excitée. Un appartement tout neuf à elle seule, quelle chance ! Et une chambre pour son fils.

« Que je suis donc contente de ne plus avoir à penser à la vieille maison du Trait-Carré. J'espère que mon grand-père ne va pas se retourner dans sa tombe pour cela. Au fond, je pense qu'il sera plutôt content que sa Marlène ait acheté le vieux rafiot. Nous avons respecté les dernières volontés de grand-papa en vendant à quelqu'un de la famille. Je n'affectionne pas plus qu'il ne faut tante Marlène, mais je la considère généreuse, juste et tellement serviable. Parfois un peu bitch, mais il lui faut bien posséder quelques défauts. Et puis, peut-être n'est-elle pas si bitch que ça. Disons qu'elle est plutôt dérangeante ».

Emma ne dort pas beaucoup cette nuit-là. Dès six heures du matin, elle se lève et fait les cent pas dans son petit logement. Un demi-sous-sol sur la rue Victoria, qu'elle a loué un jour où il lui fallait loger quelque part. Elle a loué sans bail, et elle paie au mois. Si elle achète le condo du Rive-Droite, elle l'habitera dès que possible. Ce matin, elle a rendez-vous à neuf heures avec l'agente d'immeuble. Il pleut à torrents, mais cela ne fatigue guère la docteure Emma Lafrance-Robin. Elle a l'impression d'être munie d'une paire d'ailes.

Le téléphone sonne à huit heures trente. Pendant quelques secondes, Emma se demande si elle doit répondre. Enfin, la curiosité l'emportant sur la prudence, elle décroche. La tante Denise l'appelle depuis Charlesbourg. Elle désire savoir si sa nièce s'est bien rendue chez elle hier. Surtout, elle veut lui souhaiter bonne chance pour sa rencontre avec l'agente d'immeubles. « Merci, tante Denise, c'est gentil. Je vous rappelle dès que je reviens à la maison.

— Promis ?

— Oui. Promis. Bonne journée ! »

143

Enfin, il est l'heure de partir. « Va-t-en, ma vieille avant que la sonnerie du téléphone ne se remette en mouvement...» murmure-t-elle pour elle-même.

Cinq minutes plus tard, Emma gare sa voiture dans le stationnement de l'immeuble en question entre la phase I et la phase II. Elle se dirige vers l'édifice portant le numéro 7, sur le boulevard Simard. L'agente l'attendait dans le hall d'entrée. À partir de ce moment, tout déboule tellement vite. À neuf heures du soir, la future propriétaire du condo est assise dans le petit salon de son demi-sous-sol.

« Ça va trop vite, ça n'a pas de bon sens. J'ai une offre d'achat de signée. Je croise les doigts. J'espère qu'on l'acceptera. Ce condo n'a jamais été habité. Celui qui l'a acheté croyait y amener sa femme, mais cette dernière avait déjà pris la décision de divorcer. Alors, le pauvre est resté pris avec le condo sur les bras. Le malheur des uns... »

Emma téléphone à Denise pour lui raconter les péripéties de sa journée. La tante est heureuse pour sa nièce. Elle la considère comme une de ses filles. C'est elle qui l'a élevée pendant que sa mère travaillait à Montréal. « Je crois que tu as fait un bon coup, ma fille. Je suis contente. J'ai hâte de voir ça.

— Ben ! Avant, il faut que le proprio accepte mon offre d'achat.

— Il va l'accepter, tu vas voir.

— Merci de m'encourager. Je vous redonne des nouvelles. Bisou. »

La conversation s'arrête là. Ce n'est jamais très long avec Emma. Elle va toujours droit à l'essentiel. Pas d'entrée en matière; pas de paroles inutiles; pas de sortie en douce.

* * *

144

Hier, Emma signait son offre d'achat. Ce matin à onze heures, elle reçoit une première patiente à la clinique MDM de Brossard. Avant d'en accueillir une deuxième à son bureau, elle rappelle l'agente d'immeubles qui a laissé un message. Son offre a été acceptée. Emma renverse la tête en arrière. Enfin, on pourra la voir sourire. Fermant rapidement l'appareil, elle quitte son local en vitesse et emprunte le long corridor dans l'espoir de trouver une porte ouverte et voir du monde pour claironner son bonheur. Emma ne trébuche jamais sur ce genre de chance. Soudain, elle aperçoit son amoureux fort occupé auprès d'un patient. Tant pis. Elle lui annoncera la nouvelle plus tard. L'huître se referme. En revenant vers le comptoir de l'accueil, elle s'empare d'une pile de dossiers; appelle le nom de la patiente suivante assise dans la salle d'attente; entre dans son bureau en laissant la porte ouverte. La patiente suit son médecin et ferme derrière elle.

La journée se passe ainsi. Les patientes circulent l'une après l'autre. Il est huit heures trente du soir quand Emma quitte la clinique. Elle n'a pas soupé. La jeune femme de trente-sept ans a mangé une orange plus tôt dans l'après-midi. Elle commence à avoir l'estomac dans les talons. Plutôt que de s'arrêter souper dans un restaurant, Emma rentre directement à la maison. Elle se fait chauffer une soupe aux légumes qu'elle avait préparée et gardée au frigo. « Avec un quignon de la baguette d'hier, ça va faire. » Rassasiée, elle reprend le téléphone. Elle appelle sa tante pour lui annoncer la tournure des événements quant à l'achat du condo. Cette dernière se montre enthousiaste devant cette nouvelle. Aussitôt après, elle espère recevoir un téléphone de Jean Brin d'Amour, son nouvel amoureux, qui est orthopédiste. Il n'était pas encore au courant de l'acceptation de l'offre d'achat réussi par sa blonde.

Emma s'assoit devant la télévision avec un verre de lait et des biscuits. Quelques minutes plus tard, le téléphone sonne. Elle espère que c'est son Jean qui appelle. La jeune femme s'empresse de répondre. « Bonsoir Emma, comment ça va mon amour ?

— Tellement bien, mon Jean, tellement bien... Imagine-toi que l'offre que j'ai présentée pour l'achat du condo a été acceptée. Je passerai chez le notaire dans un mois. Je suis folle de joie.

— Eh ben ! Ça n'a pas traîné, hein ?

— Tu parles !

— J'ai hâte de le visiter.

— Oh, moi aussi j'ai hâte que tu le voies. C'est un superbe endroit, tu verras. »

Les esprits de Kelowna

Marylou achève son voyage dans l'Ouest canadien. Elle reprendra l'avion dans trois jours pour rentrer au bercail. Pendant ses deux dernières semaines de vacances, elle a eu le temps de s'attacher davantage à Georges et vice versa. Ce long congé a pris l'allure d'un paradis pour la Poule. Du moins jusqu'à avant-hier.

Mais voilà deux jours qu'elle n'a pas entendu parler de Louis-Camille. Elle commence à s'inquiéter. Georges essaie de l'encourager. « T'en fais pas, Marylou, peut-être que Louca est en crise présentement. Ça va revenir, tu le sais, c'est toujours comme cela.

— S'il travaillait, il aurait l'esprit occupé par son travail. Il me semble qu'il tomberait moins souvent en crise.

— Non, ma belle. Il est malade. Sûrement qu'il est incapable de travailler. Comment veux-tu qu'il se mette à l'ouvrage ? Il vit dans deux mondes. Ce doit être épouvantable. Qui va vouloir lui donner du travail ? Il n'est pas assez fiable.

— Hum… vu comme cela… »

La Poule comprend bien ce que Georges veut lui dire. Mais que c'est difficile pour elle, en tant que mère, d'accepter cette sorte de maladie ! Toutefois, elle continue d'espérer la visite de son fils aujourd'hui encore.

De son côté, Louis-Camille est en plein combat dans son appartement. La vieille Grébiche est venue pour le battre. Il l'a aperçue à temps ce matin. Elle tenait une casserole à la main pour l'assommer. Pour l'instant, elle se tient tranquille. Cependant, elle garde toujours le chaudron dans ses mains. Elle s'est assise dans le gros fauteuil brun de Louis-Camille. Ce dernier essaie de l'amadouer. « Vous êtes ma grand-maman Georgina, hein ?

— C'est pas ton affaire.

— Pourquoi vous me haïssez, grand-maman. Je ne vous ai rien fait, moi.

— Oui. Tu es le fils de la Marie-Louisa. C'est grâce à elle que je t'ai retrouvé, tu sais, je l'ai suivie.

— Pourquoi vous n'aimez pas ma mère ? Elle était toute petite quand vous êtes morte.

— On ne meurt pas, mon jeune, tu sauras ça. Ta mère riait de moi et cachait ma canne quand elle était petite.

— Grand-maman, tante Marlène m'a raconté que vous aimiez les jumelles quand elles étaient des bébés. Vous les avez gardées.

— Je n'avais pas le choix. Je n'ai fait que mon devoir.

— Votre devoir, est-ce que c'était de haïr ma mère ?

— C'est elle qui me haïssait. Je l'aimais quand elle avait six mois. À un an elle a vomi sur moi. J'ai commencé à la détester.

— Peut-être qu'elle a vomi parce qu'elle avait peur de vous.

— Tais-toi. C'est moi qui avais peur d'elle. Elle était possédée.

— Vous, taisez-vous ! Je ne vous laisserai pas parler de même de ma mère, espèce de vache. »

Georgina se lève et assène un coup de chaudron sur la tête de Louis-Camille. Le jeune homme perd connaissance.

* * *

Louis-Camille ouvre enfin les yeux. Tout est blanc autour de lui. Les murs, les lits, les couvertures. Il est couché dans une

148

salle remplie de lits. « Où suis-je pour l'amour du ciel ? » Il ferme les yeux et se rendort. Quand il se réveille, Georges est au pied de son lit et sa mère debout à côté de lui. « Qu'est-ce qui se passe donc ? Pourquoi je suis ici.

— Les policiers t'ont découvert sans connaissance dans ton appartement. Tu étais couché par terre avec un chaudron à côté de toi. Tu t'es tapé sur la tête avec un chaudron.

— Ben, voyons donc… T'en fais pas Marylou, tout est sous contrôle, maintenant.

— Ton contrôle n'est pas fort, avec les bosses que tu as sur le front. Tu ne t'es pas manqué.

— J'ai dû me blesser en tombant.

— Louis-Camille ! Profite donc du fait que tu sois hospitalisé pour te faire traiter. Tu ne peux pas rester malade comme ça. Ce n'est pas tolérable ni par toi, ni par moi. Fais-le pour moi ! Fais-toi soigner ! »

Louis-Camille se rendort ou fait semblant de dormir. La mère s'assoit sur la petite chaise à côté de son lit. Elle ne veut pas s'en aller. Georges la laisse là et lui dit qu'il viendra la chercher pour le souper. Elle lui fait un signe affirmatif de la tête. Marylou ne sait plus si elle doit partir dans trois jours ou remettre son retour à Longueuil une autre fois. La nuit porte conseil.

Deux heures plus tard, Louis-Camille se réveille et regarde sa mère. « Marylou, je retourne à Longueuil avec toi. Fais-moi sortir d'ici.

— Hein ? Bien oui ! Certain ! Georges va revenir me chercher tout à l'heure. Je vais aller t'acheter un billet d'avion. Par contre, tu ne sortiras pas aujourd'hui. On ne te donnera pas ton congé. Laisse-les soigner les bosses que tu as sur le front. D'ici trois jours, elles vont désenfler.

Même si tu sors de l'hôpital la veille du départ, ce sera correct.

— Je ne veux pas retourner dans mon appartement.

— Je te louerai une chambre à l'hôtel pour la nuit avant le départ. Tu sais, tu n'auras qu'à revenir dans l'Ouest quand tu iras mieux.

— C'est ce que je pense. Le temps de mêler la vieille Grébiche dans mes déplacements.

— Hein ?

— Rien, rien. Tout est sous contrôle. T'en mêle pas.

— Louca ! Ne me fais pas louer une chambre d'hôtel et acheter un billet d'avion pour rien, là. Il faut que tu sois là.

— Ben, voyons donc ! Je vais sortir d'ici avec toi. Où veux-tu que j'aille.

— Si tu me faisais ça, ce serait épouvantable.

— Sois certaine que je retourne avec toi. »

Georges se pointe au même moment. Marylou lui raconte les derniers développements. Il ne dit mot devant Louis-Camille. Le nouvel ami de la Poule se montre heureux de la décision de son protégé. « Louca, tu seras toujours le bienvenu ici, tu le sais. Tu me fais signe et il me fera toujours plaisir de t'accueillir.

— Je le sais, vieux chum. Je vais te laisser te reposer de ma présence un bout de temps et je reviendrai. »

Georges comprend très vite que Louis-Camille cherche une échappatoire pour ne pas recevoir de traitements médicaux. En annonçant à sa mère qu'il retourne dans l'Est avec elle, il lui fait oublier les traitements qu'elle lui suggérait. « S'il ne peut pas lui faire faux bond avant le décollage de l'avion, tout ira bien pour Marylou, » espère-t-il.

Les derniers jours à Kelowna passent trop rapidement pour Marylou et Georges. La Poule garde à l'esprit l'impression que c'est toujours un dernier quelque chose. Dernier souper en amoureux; dernière soirée au club; dernier slow avec son amoureux; dernière nuit d'amour dans ce lit de la chambre d'hôtel. « Ne sois pas triste Marylou ! On ne meurt pas, on se quitte momentanément. En juillet j'irai te voir à Longueuil. J'en profiterai pour rendre visite à ma fille Cindy, à Québec. Elle sera heureuse. »

La Poule ne répond pas. Elle sent son cœur remonter dans la gorge. Au petit matin, elle s'endort, la tête appuyée sur l'épaule de Georges. L'heure du lever vient vite. Elle saute la première dans la douche. Elle a toute la journée pour se préparer. Les deux partenaires, la mère et le fils, voyageront de nuit et arriveront à Montréal vers sept heures le lendemain matin. Elle ne s'en fait pas pour la longueur du trajet. Georges et Marylou doivent d'abord aller chercher Louis-Camille à l'hôpital. Ensuite, ce dernier ira faire sa valise. Georges retournera le prendre à quatre heures.

* * *

À sept heures vingt-cinq du soir, l'avion décolle avec cinq minutes de retard. Enfin, Marylou peut respirer. Elle et son fils sont assis ensemble dans deux sièges voisins, placés près de la chambre de toilettes. Personne en arrière pour les déranger. Personne à côté. Marylou ne pouvait désirer mieux. La mère s'est installée près du hublot. Louis-Camille a son siège au bord du couloir. Le jeune homme garde sa casquette sur la tête. Il veut cacher les enflures au front qui ne sont pas encore disparues. Quand l'hôtesse passe pour offrir des breuvages, Marylou demande une eau Perrier, Louis-Camille opte pour une bière. Ce

151

sont les premiers mots que le fils prononce depuis qu'il est monté à bord de l'avion. Sa mère ne le trouve pas en bonne forme. Soudain, elle l'entend s'exclamer : « Hein ! » Elle voit son fils sourire en regardant par terre dans l'allée. « Mais qu'est-ce qu'il voit là ? Ma foi, il devient complètement fou. »

— Je vais aller au petit coin – murmure-t-il à l'oreille de Marylou.

Le jeune homme se lève d'un bond et se dirige vers la chambre de toilette. Par l'intérieur, il verrouille la porte et la lumière s'allume. « Qu'est-ce que vous faites ici, vous autres, mes petits sacripants ? Où étiez-vous quand la Grébiche m'a assommé ? hein ? Vous n'avez même pas défendu le Crapoulou ?

— Oui, Crapoulou, on t'a défendu. Tu ne nous as pas vus, tu étais sans connaissance par terre. On était tous les sept là quand l'ambulance t'a amené. On s'est même cachés sous ton lit à l'hôpital.

— Pourquoi cachés ?

— Parce qu'il y avait une femme dans la chambre qui nous voyait. Elle a crié quand elle nous a aperçus.

— O.K. où elle est passée la Grébiche, là ?

— Quand on est sortis, elle s'est assise dans ton fauteuil pour t'attendre. Je pense qu'elle ne sait pas que tu as pris l'avion. Nous, on va avec toi. On est rien que deux ici sur le plancher. Les autres sont dans la soute à bagages. Ils surveillent ta valise. Crapoulou, on va te défendre à Longueuil. Parce que la Grébiche, elle va bien venir jusque-là.

— Louis-Camille, Louis-Camille, est-ce que ça va ? » – s'informe Marylou en frappant doucement dans la porte.

Le jeune homme met l'index sur sa bouche en regardant ses amis. « Chut… Oui, Marylou, j'arrive. »

Louca sort de la toilette. Sa mère entre à son tour. Quand elle revient devant son siège, elle aperçoit son fils qui nettoie sa place à côté. Elle lui signifie qu'elle restera debout un moment, quelques mouvements des jambes lui feront du bien. Louis-Camille sourit et regarde sur son siège. Ses petits sacripants, comme il les appelle, occupent leur place et Louis-Camille les voit regarder dehors par le hublot. Soudain, il y en a un qui frappe tellement fort dans le sabord que le jeune homme en devient sourd. Aussitôt, il l'agrippe par le chignon du cou et le lance dans l'allée. « T'es donc bien bête, Crapoulou. Si tu continues comme ça, moi je débarque. Tu te défendras tout seul contre la Grébiche.

— Va au diable – lui crie Louis-Camille

— Mon Dieu, à qui tu parles ? – demande sa mère, mal à l'aise devant le regard de quelques voyageurs qui se sont retournés vers cette agitation.

— À personne. Je suis dans la lune. T'en mêle pas, tout est sous contrôle.

— Laisse-moi passer, je vais m'asseoir.

— Déjà ? Tu ne restes pas debout bien longtemps.

— C'est suffisant. »

Louis-Camille voit le petit monstre sur le siège de Marylou qui saute par-dessus le banc d'en avant. Le vlimeux a rejoint son petit copain qui pleure dans l'allée. Marylou s'assoit. Soudain, son fils se tourne vers elle. « Te souviens-tu qui a commencé à m'appeler Crapoulou quand j'étais petit ?

— C'est toi qui t'appelais comme ça. Tu te promenais avec « l'habit ». En lui parlant, tu lui disais : « Moi, je m'appelle Crapoulou. » Tu te souviens, ton ami imaginaire que tu appelais « l'habit » ? Probablement que tu voulais dire l'ami.

— Non. Il était habillé comme un moine. Je ne lui voyais jamais la figure. Je ne voyais que l'habit avec le capuchon. Il n'était pas imaginaire, il était vrai. « L'habit », il avait un arbre dans sa tête. Et cet arbre-là était rempli de mots. L'habit m'apprenait beaucoup de mots. Il les prenait dans son arbre. Peut-être que Crapoulou était dans son arbre…

— Est-ce qu'on t'a donné des médicaments pour tes visions à l'hôpital ?

— Lâche-moi avec mes visions, toi. Ils sont aussi réels que toi. Je leur touche. Si tu ne les vois pas. Cela ne veut pas dire qu'ils n'existent pas.

— Tiens, on va nous servir à manger. As-tu faim ?

— Oui. Ôtez-vous de là, vous autres, vous allez passer sous le chariot, mes petits maudits !

— À qui tu parles ?

— Laisse faire ça. Ne t'en mêle pas. Tout est sous contrôle. »

Marylou a hâte d'arriver à Montréal. « Il commence à être fatigué, lui. »

Le jeune homme se lève pour se rendre de nouveau à la toilette. « Tu me prendras du bœuf bourguignon et du vin rouge.

— O.K. T'es toujours aux toilettes. Viens donc manger. »

Déstabilisée, elle a peur que son fils dérape et fasse une crise. Soudain, elle l'entend frapper dans les murs et crier. Le cœur de Marylou fait un bond. L'hôtesse arrive en courant. Marylou l'interpelle au passage. « Écoutez, Mademoiselle, c'est mon fils qui crie. Il est malade. Il va sortir et tout va s'arranger. »

La jeune fille reste interdite. Elle entend de nouveau un cri épouvantable. Tout le monde se retourne pour voir ce qui se passe. Elle s'approche de la porte et frappe doucement. « Monsieur, avez-vous besoin d'aide ?

— Non, non. Excusez-moi, je sors. Voilà. – Il ouvre la porte. – Je m'excuse, Mademoiselle, j'étais dans la lune.

— Ça va aller ?

— Oui, oui. Tout est sous contrôle. Merci. »

Avec son sourire bon enfant, Louca retourne s'asseoir. Quelques secondes plus tard, le chariot s'arrête devant leurs sièges. Le souper est servi. Le repas se passe sans anicroche. Louis-Camille devient volubile. Il parle des vignes de la Vallée de l'Okanagan comme si elles étaient siennes. Marylou se demande comment faire pour maintenir ce rythme jusqu'à Montréal. Les gens dans leurs va-et-vient vers les toilettes les regardent intensément. La mère et son fils sont-ils devenus deux bêtes de cirque ? Marylou se le demande.

* * *

À l'aéroport de Montréal, Louis-Camille cherche à repérer leurs valises sur le carrousel. Marylou n'a rien à faire là pour l'aider. Le jeune homme insiste pour qu'elle ne touche à rien. Il s'occupe de tout. « S'il était toujours de même, ce serait merveilleux. S'il travaillait régulièrement, il serait peut-être moins malade. Avoir autant de possibilités… »

Il leur manque encore une valise. Le jeune homme affiche un air inquiet. Soudain il pense que ses petits sacripants l'ont peut-être cachée. Marylou le voit s'énerver. Elle s'approche de lui. « Il en manque une, hein, Louca ?

— Ben oui. Je ne comprends pas.

— T'inquiète pas, elle va arriver. Regarde, il en vient des nouvelles. »

155

Louis-Camille porte son regard au déversement des bagages. Quelle n'est pas sa surprise de voir poindre la valise manquante avec cinq petits monstres assis dessus qui lui font des bye-bye. Les deux autres chenapans qui étaient dans l'avion avec lui, glissent dans la chute à leur tour et font un tour de carrousel en faisant des pirouettes. Le jeune homme éclate de rire. « Tu vois, tu t'inquiétais pour rien, Louca.

— Bien oui, M'man. Enfin ! Je suis bien content. »

Il ramasse la valise récalcitrante et la place sur le chariot à bagages emprunté à l'aérogare. « Allons-y. On n'a pas à passer à la douane. On est dans notre pays » dit-il en souriant à sa mère.

Dans la salle d'attente, Marylou reconnaît sa copine, Sylvie, sa fidèle amie, toujours là quand elle a besoin. La Poule sent son aplomb lui revenir comme par magie. Elle lui saute au cou en lui criant : « Hey, ma chum ! T'es là. Qui t'a dit que j'arrivais aujourd'hui ?

— Ta sœur Marlène. Elle m'a demandé si je voulais me promener jusqu'à Dorval. J'ai dit oui.

— Elle est donc bien fine, ma sœur ! Je suis contente que tu sois là. Merci. »

Sylvie n'est pas manchote. Elle aide à transporter les valises jusque dans le stationnement. Louis-Camille suit les deux femmes. Lui aussi affiche un air heureux devant Sylvie. Elle l'a toujours gâté quand il était petit et elle le surnomme encore aujourd'hui : « Mon p'tit gars. » Du haut de sa grandeur, il lui sourit.

Les grandes rénovations

Ce matin, Marlène se lève plus tôt qu'à l'habitude. Aujourd'hui, la toiture de la maison doit être refaite à neuf. La propriétaire espère rencontrer des travailleurs responsables. Sur les conseils de Jacques Leblanc, elle a choisi une compagnie renommée pour sa garantie. « Trois cheminées à contourner sur un toit en pente à quatre faces, ça ne se réussit pas les doigts dans le nez ». Marlène a arrêté son choix sur une couleur bleu de cobalt pour le toit. Elle explique à ses sœurs son goût pour cette teinte, afin qu'elles comprennent bien. Elle leur spécifie que ce sera un violet bleu. Ainsi, elles peuvent imaginer correctement le coloris. Puisque la maîtresse des lieux désire que la toiture ne soit pas à renouveler dans dix ou vingt ans, le matériel choisi sera donc la tôle d'acier. La garantie de cinquante ans enlèvera bien des inquiétudes à Marlène Robin. En même temps, elle fait rénover le toit du garage ainsi que celui de la passerelle qui le relie à la maison. Comme c'est aujourd'hui lundi, Marlène n'est pas inquiète, quant au temps que les couvreurs prendront pour exécuter le travail. Même si cela dure toute la semaine, ce n'est que lundi prochain que des ouvriers d'un autre corps de métiers viendront remplacer les portes et les fenêtres. Plus d'une vingtaine de fenêtres et huit portes dont deux grandes pour le garage nécessiteront plusieurs jours d'ouvrage. Marlène ne pense pas au montant qu'elle devra débourser. Elle ressent plutôt une autre inquiétude qui ne la quitte pas.

« Dès que tous les travaux de transformations seront terminés, nous inviterons Serge pour un repas, peut-être… Les jours allongent, nous pourrons prendre l'apéro sur la terrasse. Est-ce qu'il acceptera ? »

Laura ne parle plus beaucoup de Serge. Comme si elle s'en était détachée graduellement. Elle reçoit plutôt des appels téléphoniques d'un autre jeune homme. Un copain qui fait partie de son groupe d'étudiants, au dire de la journaliste mystérieuse et soudain muette sur le sujet. Évidemment, selon Laura, ce dernier lui ressemble davantage. Il est plus jeune. Marlène pense peut-être que Serge pourrait lui rester attaché.

Au beau milieu de la semaine, des démolisseurs se présentent sur le chantier. Ils abattent le muret de béton qui avait toujours servi de clôture devant la maison, le long de la rue. Depuis quelques années, il aurait dû être réparé. Il tombe en lambeaux. Les fanaux fixés sur les six poteaux de ciment n'éclairent plus, depuis belle lurette. Marlène ne veut plus rien qui assombrisse le jardin et la maison du Trait-Carré. Autre temps, autres mœurs. Elle se souvient combien c'était sombre le long de la clôture entourant tout le domaine. Cette sorte de paravent lui avait servi plusieurs fois d'abri pour se laisser embrasser par les garçons quand elle n'avait que treize ou quatorze ans. Elle n'en a plus besoin. Marlène Robin n'a plus qu'un homme dans la tête et dans le cœur et ce dernier amoureux ne voudra peut-être jamais d'elle. Il l'a attirée, mais il n'en fait plus de cas.

« Peut-être n'aime-t-il tout simplement pas les femmes ? Ou a-t-il un amour caché ? Pourquoi aurait-il un amour caché ? Serait-il bigame ou peut-être curé ? Ah… et puis tant pis. Je suis fatiguée de me poser des questions sur cet énergumène qui n'en vaut peut-être pas la peine ».

Pendant qu'elle regarde les démolisseurs par la fenêtre du salon, elle voit arriver le père de Laura. Il vient surveiller les travaux. Marlène lui a offert ce genre de travail et Jacques l'a accepté. Enfin, un visage connu par la propriétaire des lieux. Elle n'aura plus à observer ce qui se passe. Comment s'y prendra-t-elle pour intervenir s'il le faut, elle qui est habituée à mettre son nez partout.

Marlène débute sur un bon pied. Elle présente Jacques à tous les ouvriers. Puis, elle avise son ex-beau-frère qu'elle se rend chez sa sœur Denise. Son auto étant garée plus loin dans la rue, elle se hâte de quitter tout ce charivari.

Denise l'attendait. Elle se montre heureuse de voir sa cadette. Les deux sœurs décident d'aller se promener dans le Vieux-Québec. Elles déambulent pendant quelques heures jusqu'au moment de ressentir la faim. « J'ai un petit creux, moi. Pourquoi n'irait-on pas manger au Parlementaire ?

— Cré Marlène ! Il est difficile pour toi de lâcher le gouvernement, hein ?

— C'est parce que je trouve qu'il y a de l'atmosphère dans ce restaurant. L'on y rencontre des gens intéressants.

— Alors, allons au Parlementaire. Est-ce qu'il faut réserver ?

— Habituellement oui. Je pense. Je suis certaine qu'il y a de la place. Sinon, nous irons manger à une terrasse tout près.

— O.K. »

En duo, elles empruntent le funiculaire pour monter à la terrasse Dufferin. De là, elles se dirigent à pied jusqu'à la rue du Parlementaire, puis vers le restaurant du même nom tant convoité par Marlène et ses collègues du Ministère où elle travaille. Elles ne sont pas encore assises que Marlène repère des visages politiques connus. « Regarde Denise, à ta gauche, monsieur Parizeau.

— Oh, je ne l'aime pas.

— Aussi bien t'habituer, car il va reprendre le pouvoir aux prochaines élections.

— On verra, on verra, Marlène Robin. Ne vends pas la peau de l'ours avant de l'avoir tué.

— Moi, je trouve que c'est l'homme le plus intelligent de notre monde contemporain.

— Permets-moi de penser autrement.

— Je te comprends. Tu as vécu tellement longtemps avec un avocat riche qui a probablement toujours engraissé de ses sous le parti libéral.

— Tu ne changeras jamais, Marlène Robin, hein ? Effrontée comme un bœuf trop maigre.

— On dit un beu maigre. Cela caricature mieux. »

Les deux sœurs voient défiler des personnages politiques de tous les partis, ce qui fait l'affaire de la cadette. Mais celle-ci ne dit absolument rien à l'aînée. Cependant, Denise y trouve son compte dans le fait de s'attabler dans ce restaurant huppé, car la nourriture y est à son goût.

Après un copieux repas, les deux quinquagénaires repartent à pied pour se rendre retrouver la voiture garée à la Basse-Ville. Cette fois, elles descendront par *l'escalier casse-cou* au lieu d'emprunter le funiculaire. Histoire de respirer l'air et de digérer leur copieux repas. Arrivées à la rue St-Pierre, elles repèrent vite l'automobile devant la bâtisse qui abritait dans les années cinquante la compagnie d'Assurances *Les Prévoyants du Canada* où Denise avait déjà travaillé avant son premier mariage. « Tu m'as fait marcher, Marlène Robin.

— Bah, ça va nous faire du bien. On ne marche jamais assez, tu sais. »

L'aînée affirme de la tête. Les deux sœurs roulent vers Charlesbourg. Marlène demande à sa sœur de l'accompagner à la maison pour apprécier les travaux déjà faits. Denise accepte. Il est trois heures et demie quand Marlène gare la voiture sur la rue, à quelques pas de sa maison. Le revêtement d'une partie du toit est terminé. Les deux femmes se réjouissent de la couleur. « On voit bien que c'était urgent de recoiffer la couverture, pas vrai ?

— Oui Denise. À qui le dis-tu ! »

Quant au vieux muret, il a été démoli. Tout le terrain a été nettoyé. Le beau-frère, Jacques, est encore à l'œuvre. Les couvreurs ont pris l'initiative des opérations sur la partie arrière du toit. Jacques relate à ses belles-sœurs le travail déjà accompli.

Denise entre dans la maison pour répondre à l'invitation de sa sœur. Elle lui montre les plans pour les rénovations à venir dans la cuisine. « Waw ! Tu n'y vas pas de main morte, ma sœur. Ce sera une cuisine ultra moderne, on ne rit pas. Tu devras sortir tes sous.

— Oui madame ! On n'apporte rien en terre. Cependant, je garde le monte-plats qui est déjà là. Je le trouve très utile quand on veut transporter de la nourriture dans la mezzanine.

— Tu as raison. Aie… bien oui, le monte-charge à papa. Tu te souviens ?

— Tu parles si je me souviens. Marylou voulait s'asseoir dedans pour se laisser monter à l'étage quand elle était petite. »

* * *

Depuis qu'Emma a emménagé dans son luxueux condo au Rive-Droite, elle file le parfait bonheur. Elle reste toujours la femme secrète qui ne s'ouvre à personne. Marylou l'appelle de temps à autre, mais elle n'a pas eu la chance de connaître le nouvel amoureux. Aux yeux d'Emma, la Poule est une fouine. Elle l'aime bien quand même, mais elle ne lui raconte rien.

Il n'y a pas trois mois que la belle Emma s'est installée que son beau Jean St-Amour déménage ses pénates à son tour. Il habite avec son amoureuse. C'est le bonheur total pour Emma. La jeune femme est enceinte depuis quatre mois. Elle ne voit que rarement son petit garçon gardé par son ex-belle-mère. Sans s'en rendre trop compte, elle s'en détache de plus en plus. Contrairement à ce qui se passait lorsqu'elle habitait avec son mari, elle parle souvent au téléphone avec la mère de ce dernier. Le moindre sentiment d'animosité qui persistait entre les deux femmes a disparu. Elles sont devenues presque des amies. Ce qui fait leur affaire. La grand-mère, ayant la confiance de son ex-bru, peut la tenir à distance et garder ainsi tout l'amour de son petit-fils. Par acquit de conscience, Emma donne l'impression qu'elle s'occupe de son fils, même à distance.

Ce matin, Emma se lève tôt, dans le but de se rendre accomplir son travail professionnel au bureau. Elle doit être médecin de garde toute la journée. Avant de partir, une crampe au ventre la cloue sur sa chaise. Elle tente de se lever, mais elle ressent les effets d'une hémorragie entre ses cuisses. Désespérée, elle crie à son conjoint. Jean arrive en vitesse à la salle à manger. Il découvre une mare de sang sur le plancher. D'un seul mouvement, il prend Emma dans ses bras et la porte dans le lit. Ce n'est pas le moment d'un interrogatoire. Il appelle un service d'ambulance. La chance leur sourit. Quinze minutes plus tard, les secouristes sont là. On transporte Emma, tout éplorée, à l'Hôpital Charles-Le-Moyne.

Le diagnostic est vite fait. Un curetage ne peut être évité. Emma a perdu son bébé. Un fœtus de quatre mois. À son dossier, on inscrit l'expression « avortement incomplet ». Dans tous les cas semblables, c'est la formule habituelle qui est utilisée. Curieusement, la première personne à qui Emma veut parler au téléphone, c'est son ex-belle-mère. Cette dernière exprime aussitôt ses sympathies. Emma pleure avec elle. On pourrait croire que la pauvre Emma est sa fille. La vieille dame console la mère de son petit-fils du mieux qu'elle le peut. Elle termine la conversation en faisant comprendre à Emma qu'elle est toujours la mère d'un petit garçon : son propre enfant à elle. L'ex-belle-mère lui signifie qu'elle ne doit pas oublier cette naissance-là. Emma acquiesce.

La jeune mère éplorée par la perte de son bébé, téléphone ensuite à sa tante Idola qui la console à son tour. Elle termine sa série d'appels par le numéro de la tante Denise, sa mère adoptive. Au signal reçu, cette dernière s'énerve selon son habitude. Elle fait promettre à Emma de venir à Charlesbourg se remettre de cette épreuve. Charlesbourg est un arrondissement où l'air à respirer est meilleur que celui de la Rive-Sud de Montréal. Emma promet.

Ne pouvant garder pour elle seule cette nouvelle trop lourde à supporter, Denise la transmet Marlène. Elle la met au courant du malheur de leur nièce. Marlène Robin ne se gêne jamais pour émettre ses opinions. « Pauvre Emma. Je trouve cela bien triste. Mais en même temps, je crois que c'est une délivrance pour elle. Elle a déjà un petit garçon dont elle n'est pas capable de s'occuper. Qu'aurait-elle fait avec un deuxième enfant ?

— Marlène ! Tu te souviens de sa mère, Pierrette Lafrance ? Elle ne s'est pas occupée d'Emma. Par contre, elle a eu plusieurs autres enfants par la suite et elle s'en occupait très bien. Ce sont les circonstances, tu comprends…

— Ben, voyons donc ! Pierrette Lafrance était mariée avec un pas d'allure. Tu t'en souviens, un gars venu d'une famille dans la misère.

— Oui, Kent n'avait pas d'allure, mais Pierrette en avait.

— Bof ! »

La conversation se termine sur des échanges anodins. Une fois le téléphone de Denise terminé, Marlène n'a pas aussitôt raccroché que la sonnerie se fait entendre de nouveau. C'est la Poule qui appelle. Celle de Longueuil. « Quoi de neuf, la Poule ?

— Rien de neuf, rien que du vieux. Sauf que j'ai reçu une lettre de Georges. Il m'écrit de Kelowna. Il va venir au Québec pour voir sa fille au début de septembre. Évidemment, il va venir à Longueuil. Il arrivera ici et je descendrai à Québec avec lui.

— Ouais… C'est une belle nouvelle, ça Marylou, hein ? Je viens d'apprendre du neuf, moi aussi, mais pas du beau. Emma a perdu son bébé. Je crois qu'elle avait quatre mois de grossesse.

— Hein ! Je lui ai parlé ça fait à peu près deux jours, elle m'a dit que tout allait bien. Elle ne m'a même pas dit qu'elle était enceinte.

— Ah, ben, il ne faut pas lui en vouloir, elle est de même, Emma, hein ? Tu le sais.

— La petite vache.

— Voyons, Marylou… Quand bien même tu ne saurais pas les nouvelles toujours dans la même journée, ce n'est pas grave.

— Oui, c'est grave, parce que je pourrais aider parfois. Tant pis pour elle.

— Ça, c'est méchant, la Poule. »

* * *

Les rénovations chez Marlène vont bon train. Les toitures ont été refaites; les fenêtres et les portes, remplacées; le muret de béton, démoli; les allées et trottoirs réédifiés en pavé uni. À l'intérieur, une climatisation centrale a été installée. Tout le système de chauffage a été converti à l'électricité. Les cheminées ont été reconstruites à neuf. La cuisine : complètement rénovée.

Des armoires nouvelles plus fonctionnelles remplacent les vieilles. Un îlot central sur deux niveaux comprend une plaque chauffante Jenn'Air et une table de travail à l'étage du dessus, en plus d'un comptoir agrémenté de quatre sièges installés sur un côté, à l'étage inférieur. Enfin, Marlène pourra sortir sa belle vaisselle restée dans des boîtes et remisée à la cave. Une porcelaine plus robuste qui convient à la cuisine.

La propriétaire des lieux admire les résultats des travaux déjà exécutés quand elle entend le carillon de la porte. « Mon Dieu à neuf heures un samedi matin, qui cela peut-il être ? » Laura dort encore en haut dans sa chambre. La jeune fille ne se couche jamais tôt, surtout quand elle fait des reportages jusqu'aux heures tardives en soirée. Marlène ouvre et reste sans voix devant le sourire à peine visible de Serge Roussel. Elle ne s'y attendait tellement pas. Il la regarde fixement sans dire un mot pendant des secondes qui paraissent une éternité à Marlène. Enfin, il se décide à parler. « Est-ce que ça va ? – demande-t-il timidement.

— Ça va… Et vous ?

Il répond par un signe affirmatif.
— Vous ne m'invitez pas à entrer ?
— Oui, oui. Bien sûr. Venez.
— Laura…
— Elle dort encore. Venez dans le boudoir. »

Serge suit la propriétaire jusqu'au petit salon. Elle ferme la porte sous prétexte de ne pas réveiller sa nièce qui a travaillé tard la veille. La maîtresse des lieux invite le visiteur à s'asseoir. Elle s'installe dans le fauteuil à côté de lui. Ce dernier raconte qu'il s'est engagé pour une nouvelle session de cours à Québec. Marlène en conclut qu'il veut que Laura soit au courant. Elle lui signale qu'elle communiquera la nouvelle à sa nièce. « Prendriez-vous un café ?

— Non, merci. C'est déjà fait, je viens de déjeuner. »

Il se lève prêt à partir. Marlène est désappointée. « Mosus qu'il est sauvage, ce type. » Spontanément elle s'approche pour l'embrasser avant qu'il ne reparte. Sentant l'attirance trop forte, elle laisse ses lèvres sur celles de Serge. Il se recule spontanément. Marlène sent la colère monter en elle.

— Je laisserai le message à Laura. Peut-être qu'elle ira grossir le nombre de vos étudiants.

— Merci. »

Il sourit en sortant du boudoir. Il se hâte de partir. Marlène ferme la porte derrière lui. « Oui va-t-en, espèce de frigidaire et ne reviens plus ! Et dire que je voulais lui montrer toutes mes rénovations. Tant pis pour lui. Il ne le mérite pas. Espèce de paysan de ta Belgique natale. »

Le malaise persiste en elle. La tante ne veut pas communiquer le message à Laura maintenant. Elle préfère reprendre le contrôle de ses sens. Rapidement, elle téléphone à Denise pour annoncer qu'elle arrive chez elle. Sans attendre la réponse de l'aînée, elle enfile un veston, sort de la maison et saute dans sa voiture. Quelques minutes plus tard, elle sonne chez sa sœur. « Salut. Quel bon vent t'amène ?

— Je n'appellerais pas ça un bon vent.

— Mon Dieu… Tu m'inquiètes. Qu'est-ce qu'il se passe ?

— Serge Roussel sort de chez moi. L'énigmatique Serge !

— Ben voyons… Qu'est-ce qu'il a fait ? »

Marlène raconte sa déconfiture à Denise. Cette dernière rit aux larmes. « Tu trouves ça drôle ? Pas moi.

— J'imagine. Je pense que tu lui as fait peur. Peut-être craignait-il de voir sourdre Laura ?

— Je ne sais plus que penser... La première fois qu'un homme me fait ça.

— Oh, il y a un commencement à tout, ma vieille.

— Je vois bien cela. Je commence à me demander s'il est aux femmes. Tu sais qu'il y a des homos qui font semblant d'aimer les femmes; au fond, ils ne les aiment que comme amies. Je n'ai rien contre. Ce sont souvent les amis les plus sincères. Mais j'aimerais bien savoir où il se loge. As-tu déjà rencontré un homme aussi mystérieux ?

— C'est vrai. C'est pour ça qu'il t'attire tant.

— Je me sens humiliée et tu ne peux savoir à quel point. Je pense que je vais passer la balance de mes jours sous le choc.

— C'est ton orgueil qui est blessé. Ça ne t'est jamais arrivé de reculer devant un homme qui t'embrassait quand tu ne le désirais pas, toi ?

— Oui. Justement quand je ne le désirais pas. C'est bien ça qui m'humilie.

— Bof ! Tu vas t'en remettre.

— Pas sûr !

— Fais bien attention, quand tu le reverras, de ne pas jeter un pavé dans la mare. Tu supposes des choses, mais si c'était vrai... hein ? Tu ne peux dire n'importe quoi. Attention de ne pas éclabousser pour rien.

— J'espère ne jamais le revoir. »

* * *

Une valise encore remplie traîne sur le divan. La vaisselle est empilée sur le comptoir de la cuisine depuis des jours, mais ça ne la gêne pas. Emma sort à peine de l'hôpital. Elle ne trouve plus rien de beau. Ni son condo ni son conjoint. Encore moins son petit garçon. La jeune femme se ferme comme une huître.

Marylou lui téléphone pour annoncer sa visite. Emma lève les épaules. Elle s'en fout. Son silence est interprété comme une invitation par sa tante la Poule. La jeune maman éplorée est seule à la maison. Son Jean restera de garde à la clinique sur le tard.

Une demi-heure après le téléphone de Marylou, la sonnerie de la porte se fait entendre. Emma avait déjà oublié l'annonce de cette visite importune. Elle a envie de ne pas ouvrir. Finalement, elle répond. L'autre s'entend dire « J'ouvre ». Emma déverrouille machinalement la porte de l'entréc principale du rez-de-chaussée.

À peine deux minutes plus tard, la tante la Poule pénètre dans le condo. « Pauvre Chouette ! Je te dis que tu n'as pas bonne mine. Tu sais, Emma, tu es jeune. Tu as le temps d'avoir d'autres enfants. »

Précisément ce que Emma ne veut pas entendre. « C'est celui-là que je voulais.

— Oui, mais celui-là, tu ne l'auras pas. Il ne s'est pas rendu à terme. Tu dois tourner la page. Tu sais, tu n'es pas la seule à qui ce sera arrivé. Il y a toutes sortes de malheurs dans une vie, Emma. Le nôtre semble toujours le pire à nos yeux, mais ce n'est pas vrai. Vous avez une liberté, les jeunes d'aujourd'hui, qu'on n'avait pas à mon époque. Je ne veux pas te relancer, mais moi aussi j'ai pensé que j'étais la fille la plus éprouvée de la terre, quand je me suis ramassée toute seule enceinte, à une époque où tu étais quasiment excommuniée parce que tu étais une fille-mère. Mon chum m'a laissée quand j'étais presque rendue à l'accouchement. Ce n'était pas drôle ça non plus, ma fille. Et je n'avais pas un sou. Ce n'est pas ton cas. Ma famille n'était pas au courant. Ma sœur Fanny mourrait en même temps que mon fils naissait. Toi, tu es médecin, ce n'est pas rien. Tu as déjà un beau petit gars et tu es bien installée. Tu vas t'en sortir, tu vas voir. Concentre-toi sur ton petit garçon qui n'a pas demandé à naître. Prie pour qu'il reste en santé. Car ce n'est pas comique non plus pour une mère d'apprendre que son fils souffre d'une maladie mentale, tu sais. Dis merci à Dieu tous les jours et retrousse tes manches. Laisse de côté ta tête d'enterrement. Regarde en avant. »

Emma éclate en sanglots. Elle pleure pendant plusieurs minutes. Soudain, elle s'arrête net. « Excuse-moi, ma tante. J'ai honte de me plaindre.
— Non. Tu n'as pas à avoir honte d'être dans la peine, c'est normal. Mais il faut que tu t'en sortes par exemple. En attendant, tu vas aller te coucher. Moi, je vais ranger ta cuisine, défaire ta valise et après je partirai sur la pointe des pieds. Je reviendrai dans deux jours. Je veux te retrouver en forme. »

La nièce sourit. La Poule avec ses gros sabots vient d'entrer par la grande porte dans le cœur de la docteure Emma Robin.
Deux jours plus tard, Marylou revient chez sa nièce. Elle répétera ses rencontres au même rythme pendant deux semaines. Quelques jours après sa première visite, la Poule amène Emma dans les magasins du centre-ville de Saint-Lambert. Elles entrent dans les plus belles boutiques de vêtements pour dames. Marylou qui est une couturière émérite connaît la mode et apprécie le beau. Elle déniche un ensemble deux pièces automnal, noir *Simon Chang* pour sa nièce. Elle l'agrémente d'un chemisier de satin vert pomme de la même griffe. Un chapeau en feutre noir

Prudence Millinery, la grande modiste de haute couture opérant à Londres. Le sailor est ceinturé d'un gros-grain de la même teinte que le chemisier. Les deux femmes terminent leurs emplettes au Mail Champlain, chez Brown's par l'achat d'escarpins de suède noir. Marylou, en fine connaisseuse, remarque que ce sont les fameux souliers *Amalfi*. Des chaussures italiennes délicates qui épousent si bien la forme du pied. « Ça, ma fille, ce sont de vraies pantoufles. Même avec les talons aiguilles. »

Un sac à main *High Fashion,* fabriqué au Canada annonce le même suède délicat que celui des chaussures. Des achats de bas, couleur fauve, puis des gants en cuir noir et souple venant de Paris bouclent les emplettes. Oups, un petit carré de soie folle, vert pomme met le point final aux achats.

La Poule est émue devant l'élégance de la docteure Emma Robin. « Si j'avais eu une fille, j'aurais voulu que ce soit elle. Pauvre petite ! Si riche en talent. Si riche en argent. Et si pauvre en sourires. »

* * *

Marylou revient chez elle en fin d'après-midi avec la satisfaction d'avoir tiré sa nièce d'une torpeur inattendue. La boîte vocale clignote. Elle prend ses messages. L'un vient de Georges qui téléphone depuis Kelowna. Il l'informe qu'il rappellera ce soir. L'autre provient de son fils lui laissant le même message. « Coudon, tout le monde va rappeler ce soir, heureusement que je n'ai pas de sortie de prévue. »

Son fils téléphone le premier, dès six heures trente. « M'man, je me suis trouvé un appart.

— Comment ça, un appart ? Je croyais que ton chez-vous c'était ici.

170

— Non. Tu es habituée de vivre seule. Tu n'auras pas à t'inquiéter si j'entre ou si je n'entre pas. Si je viens manger ou pas. Et pour moi, je suis content d'avoir mon chez-nous. Je suis assez vieux pour ça.

— Ah… Je sais bien. À quel endroit tu as déniché ça ?

— Côte-des-Neiges.

— C'est pas à la porte.

— C'est correct.

— Puisque tu le dis. »

Encore quelques phrases anodines, puis la mère et le fils terminent tout bonnement la conversation. Marylou fait mine de rien, mais ravale son tourment. Elle sait bien qu'elle sera inquiète de son fils malade.

« Je ne suis quand même pas pour l'attacher. Il est habitué de vivre seul, malade ou pas malade. »

Par la suite, Marylou n'a plus de nouvelles de Louis-Camille durant trois semaines. Elle commence à faire du sang de punaise. Un bon matin, à onze heures pile, Marylou se prépare à aller faire un tour chez Emma quand la sonnerie du téléphone se fait entendre. Elle s'empresse de répondre. « M'man ?

— Louca ! Comment ça va ? J'avais hâte d'avoir des nouvelles. Es-tu déménagé ?

— Ben oui. Je suis rendu dans mon appart.

— Puis ?

— Puis quoi ?

— Comment trouves-tu ça?

— Ben correct.

— J'ai hâte de voir ça.

— Hum…

— Tu as un numéro de téléphone ?

— Non. Je t'appelle depuis une boîte publique.

— Comment ça ?

— Je ne me fais pas poser de téléphone. Je t'appellerai. C'est payer pour rien, je n'ai personne à appeler.

— Ben non… personne à appeler. Rien que ta mère, hein ?

— Je te téléphonerai. C'est correct de même. Tout est sous contrôle. »

Marylou sent son cœur chavirer. « Mosus qu'il est sans cœur, cet enfant-là ! » Il arrête de jaser sur des peccadilles, quand Marylou lui offre de rappeler dès que le cœur lui en dit. Quelques minutes plus tard, la mère monte dans son auto pour se rendre chez sa nièce. « J'aurais dû avoir une fille. Il me semble que c'est moins sans cœur qu'un gars. »

La tante retrouve Emma en pleine forme. Celle-ci a recommencé à travailler. Les traces de la perte de son bébé n'y paraissent presque plus, sauf un état de tristesse qui lui voile le visage. Marylou décèle une certaine mélancolie au fond du regard. « Tu n'as pas trouvé trop difficile le retour au travail ?

— Non. Au contraire, ça m'a fait du bien. Tu avais raison, il y en a des pires que moi.

— Bien sûr. C'est relatif, le malheur. Il y en a toujours des pires et des moins pires. »

Emma éclate de rire. « Et vous, ma tante ? Des nouvelles de Louca ?

— Oui. Il s'arrange bien. Il habite Côte-des-Neiges.

— Ah ?

— Il mène sa vie comme il l'entend, hein ? »

Marylou avait dit à Emma qu'elle était prête à réparer plusieurs de ses vêtements, puisque sa nièce ne sait pas coudre. Celle-ci a donc sorti des robes de lainage et de soie qui ont besoin d'être retouchées. Quelques-unes, trop longues; d'autres, trop courtes; des fermetures éclair à changer; des boutons à recoudre. Marylou en a plein les bras.

Emma part travailler et laisse sa tante Marylou seule à la maison. - « Le frigo est rempli, ma tante. Il y a même une grosse soupe. »

Laura et ses idées farfelues

Laura exhibe une allure lointaine depuis quelques jours et Marlène se demande bien ce qui l'obsède. S'ennuierait-elle du beau Serge ? Non ! Elle affiche plutôt un air tracassé. « Pauvre petite Laura, qu'est-ce qui te chicote? On dirait que tu as perdu un pain de ta fournée…

— Oh… rien, tante Marlène. Je suis tout simplement après me remettre en question.

— Te remettre en question ?   Ça veut dire quoi ? Si on traduit…

— Que j'arrête mes cours de psycho. Je me suis inscrite à des cours de théâtre à l'École de Paul Hébert, à l'Île d'Orléans.

— Hein ?

— Tu as bien compris.

— C'est quoi, la raison ?

— Bof… Je suis complètement déconnectée de la psycho. Ça ne m'attire plus.

— Si c'est déjà fait, je me demande pourquoi tu sembles si ennuyée. Te rends-tu compte du nombre de cours que tu as suivis dans ta jeune vie, sans aller chercher de crédits et un diplôme les attestant ? Tu as trente-trois ans et tu travailles toujours à la pige.

— Je sais. Je n'ai plus le goût, c'est tout.

— Pauvre enfant ! »

C'est heureux que la tante ne voie pas le rictus de colère que Laura lui envoie. Ce n'est sûrement pas ce que la jeune voulait entendre de la bouche de sa tante. La journaliste s'empresse d'endosser son imperméable et sort en vitesse de la maison.

La sonnerie du téléphone fait sursauter Marlène. Elle reconnaît très vite la voix de Serge. Il désire parler à Laura. « Elle vient juste de sortir. .

— Euh… je voudrais surtout vous parler à son sujet.

— Allez-y…

— Est-ce que je peux me rendre chez vous ? C'est délicat. »

Marlène lève les yeux au plafond. Elle commençait à l'oublier celui-là. Trente minutes plus tard, au premier tintement du carillon, Marlène accourt. Les deux quinquagénaires restent là quelques secondes à se regarder, immobiles et figés sur le pas de la porte. Lui, éprouve une peur bleue que la femme ne lui saute dessus. De son côté, Marlène se garde une petite gêne à cause de l'expérience de leur précédente rencontre. « Entrez, ne restez pas sur le palier. Si une gelée se produit, vous allez figer sur place. »

D'un air timide et le sourire en retenue, Serge pénètre à l'intérieur. « Suivez-moi. »

Avançant vers le boudoir, là où Marlène avait déjà tenté sans succès de prolonger un baiser, celle-ci lui lance à brûle-pourpoint : « Laura vous a probablement dit qu'elle ne voulait plus suivre vos cours.

— Quoi ? »

Et vlan. Marlène n'a pas l'habitude de faire dans la dentelle. Elle se sent presque heureuse de lui jeter la nouvelle en plein front. Elle continue sur sa lancée. « Effectivement. Elle s'est inscrite à l'école de théâtre de Paul Hébert à l'Île d'Orléans.

— Qu'est-ce que c'est que c't'histoire ?

— La pure vérité. Écoutez, cher Serge, vous n'êtes pas sans savoir que vous êtes un peu compliqué sur les bords.

— Moi ?

— Oui, vous. Vous laissez croire aux femmes que vous les aimez, puis vous vous sauvez.

— Pardon ?

— Je ne mâcherai pas mes mots. Voilà plusieurs fois que je vous rencontre et que je vous vois agir. Laura s'est morfondue pour vous. Et j'en connais d'autres aussi. En raison de vos agissements, votre manière d'aborder les femmes, votre façon de les regarder pour laisser croire à chacune qu'elle est la seule sur terre, vous n'allez jamais plus loin que de leur serrer les mains.

— Qu'est-ce que vous en savez ?

— Vous n'aimez pas les femmes. Est-ce que je me trompe ?

— Ce ne sont pas de vos affaires.

— Gentil en plus. Merci. »

Marlène se sent soudain dégagée de ce qu'elle retenait depuis des mois. Elle n'entend pas freiner son irritation véhémente. La libération ne fait que commencer. « Vous êtes peut-être gai ? L'ami verdoyant avec qui vous avez fait un accident..., est-il votre amoureux ? »

Marlène lit tellement de surprise et de colère dans les yeux de Serge qu'elle se sent soudainement effrayée. Debout devant cette femme, Serge la regarde avec des yeux exorbités. La panique s'empare d'elle. Elle est seule dans la maison. Il pourrait l'étrangler et personne ne saurait qui aurait commis le crime. « Je vous dis tout ça avant que ma sœur n'arrive, car elle s'en vient.

— Parce que je ne vous tombe pas dans les bras, vous en déduisez que je suis aux hommes. Je vous trouve très prétentieuse, Madame.

— Ce n'est pas juste pour cela. C'est pour l'ensemble de votre oeuvre Monsieur. Vous m'avez provoquée. Vous l'avez aussi fait pour ma sœur et pour ma nièce. Vous vous avancez, puis si nous faisons un pas en avant, vous prenez peur et vous reculez.

— Vous autres, les Québécoises, si l'on se montre gentil avec vous, vous croyez que c'est pour vous séduire. Vous sortez d'où ? De la forêt en même temps que vos hommes ? La délicatesse, vous ne connaissez pas ça ? »

La sonnerie du téléphone vient interrompre cet affrontement verbal. Marlène se sent soulagée. Elle s'empresse de décrocher l'appareil et de répondre. « Laura... Je suis contente que tu appelles ! Tu as un visiteur ici même. Serge.... Attends, je te le passe.

Sauvée ! – se dit-elle.- Si jamais il lui saute à la gorge, la nièce saura qui est le meurtrier.

Les genoux de Marlène tremblent encore quand Serge se tourne vers elle. Il lui annonce doucement que Laura les rejoindra dans une dizaine de minutes. De mieux en mieux. Apaisée, elle offre un fauteuil à son visiteur. Puis, elle se rend à la cuisine pour lui préparer un café. Elle l'entend soudain se rapprocher. Ses jambes redeviennent comme du coton. « Ce ne sera pas long, le café est presque à point.

— Je vous demande pardon de vous avoir donné une fausse impression de mes intentions.

— Je ne sais pas quoi vous dire.

— J'éprouve le même sentiment pour vous que pour Denise ou Laura.

— Eh, ben ! c'est toujours ça de pris. Et c'est quoi, le sentiment ?

— Une grande amitié. Une attirance. Je devrais peut-être repenser mes manières d'aborder les femmes. Du moins ici, au Québec. Ce n'est pas que vous ne me plaisez pas, mais je ne suis pas libre. »

Marlène en reste bouche bée. Elle lui fait signe de s'asseoir à table. Elle prépare un petit plateau de biscuits. Puis, elle sert le café. Lorsqu'elle s'apprête à lui demander s'il a laissé une femme et des enfants en Belgique, la porte de l'entrée s'ouvre brusquement. C'est Laura qui pénètre en coup de vent dans la cuisine. « Allo ! Je m'excuse. J'ai fait le plus vite possible, mais la circulation est dense…

— Pas de faute, Laura. »

Marlène s'empresse de mettre les pendules à l'heure. - « J'ai informé Serge pour tes cours à l'Île.

— Oh, c'est O.K. J'allais le lui dire. »

Serge plonge son regard dans les grands yeux de Laura. « Tu n'apprécies plus mon enseignement ? As-tu trouvé un meilleur professeur à l'Île d'Orléans ?

— Euh…Oui à tes deux questions… Bien non, Serge… Je me sens soudain attirée vers le théâtre.

— Tu devrais aller te chercher des diplômes, Laura. Tu étudies, tu réussis bien. Mais vas-tu rester une dilettante toute ta vie ? Ce n'est pas rien, mais ce n'est pas ainsi que tu décrocheras un bon salaire.

— C'est ce que je lui disais ce matin, Serge. Elle essaie tout, comme une fille de seize ans. »

Laura sourit et s'assoit à la table auprès de sa tante et de son ex-amoureux. Elle se rend compte qu'elle ne l'aime vraiment plus. Il lui fait penser à son père. Même vieux raisonnement. Évidemment, ils ont le même âge. Marlène aussi est de cette époque. Tiens, il lui ferait un bon chum. Laura pense leur offrir à chacun le disque *Les vieux* de Jacques Brel. Ils pourraient apprendre les paroles par cœur.

179

Les vieux ne se parlent plus ou alors seulement parfois
du bout des yeux.

Marlène croit bon de les laisser seuls afin qu'ils s'expliquent. Elle s'excuse, prétextant avoir des choses à faire dans le boudoir. Dès qu'elle met le pied hors de la cuisine, elle respire profondément. Ouf ! Elle espère que Laura saura faire mieux qu'elle les mises au point qui s'imposent. Après tout, c'est elle qui a suivi des cours de psycho.

La tante s'installe dans le boudoir. Elle prend un livre pour occuper son temps. Soudain, elle prête une oreille du côté de la cuisine. Quinze minutes plus tard, Serge vient la saluer avant de se sauver.

Peu de temps après son départ, Laura se pointe dans le petit salon. « Marlène, je m'en vais à l'Île. Le vieux Serge était un peu déçu de ne plus me voir à ses cours, mais je lui ai suggéré que nous restions amis. Il a eu l'air rassuré quand je lui ai dit que tu serais toujours là pour lui, parce que tu es une personne généreuse. Il est reparti content… je pense… Je reviens en soirée. Ciao ».

« Chère Laura, un vrai courant d'air- murmure-t-elle à voix basse. Elle ne sait pas la portée de ce qu'elle avance, elle. C'est vrai que moi aussi je le garderais bien comme ami le reste de ma vie, ce type. Elle ne se mêle jamais de ses affaires, la jeune. Elle arrange toujours les choses comme elle l'entend. De qui qu'elle tient, pour l'amour ? »

La vie reprend son élan au Trait-Carré. Les rénovations sont presque terminées. Marlène projette déjà de se louer un appartement à Longueuil, juste pour avoir un pied à terre dans la région. Cela permettrait à Laura de vider son appartement là-bas et de profiter de celui de la tante.

« Pauvre petite, elle est orpheline ! »

Les trois quarts de l'année sabbatique de Marlène Robin sont déjà écoulés. Parfois elle se pose la question, à savoir si elle a bien fait de demander d'être mutée à Québec. Sera-t-elle capable de s'ajuster à une aussi belle mentalité délaissée depuis les vingt dernières années ? Ces gens-là causent avec tout le monde, comme s'ils se connaissaient depuis la nuit des temps. Quand on a été une transfuge aussi longtemps, sera-ce difficile de revenir en arrière ?

Marlène parle de ses craintes à sa sœur Denise. « Ben dis donc ! t'es pas déjà tannée de moi ? Tu veux retourner à Montréal ?

— Pas à Montréal, Denise. Nuance. La Rive-Sud n'est pas Montréal.

— Pour une Québécoise, c'est pareil. On vient à peine de se retrouver. On s'entend pourtant bien. Tu veux déjà tout remettre en question.

— Je n'ai parlé que d'un pied-à-terre, Denise.

— Ouais… on commence comme ça. Tu sais, Charlesbourg c'est une grande ville. On a atteint le chiffre de soixante-neuf mille habitants. Ce n'est plus un village.

— Je le sais, c'est gros comme Brossard. Ça n'a rien à voir, Denise.

— Où habite Serge ?

— Serge Roussel ? Euh… Longueuil, je crois.

— Ah, je comprends.

— Ben, voyons donc, Denise Robin. Je ne suis pas une enfant. »

Marlène raconte à son aînée la dernière visite de Serge. Denise reste stupéfaite devant l'audace de sa sœur. « Tu peux bien avoir eu peur. T'es pas gênée !

181

— Il fallait que je lui dise ce que je pense. Son comportement m'intrigue.

— Et puis ?

— J'en sais moins que jamais.

— Vraiment étrange... »

Ce midi-là, Denise dîne avec sa soeur. Elle a déjà pris un rendez-vous chez le dentiste pour deux heures, en après-midi. À son départ, Marlène l'accompagne sur le perron vers une heure et demie. Elle vide la boîte aux lettres avant d'entrer.

« Des comptes, des comptes... oups...» Une enveloppe carrée sous forme de carte de souhaits. « Pour moi ? Ce n'est pourtant pas ma fête ».

Elle se rend dans le boudoir avec ses trois enveloppes. Intriguée, elle s'assoit dans sa bergère. Lentement, elle s'empare du coupe-papier couché en permanence sur le guéridon et commence par ouvrir le pli qui l'intrigue. Elle va droit à la signature. *Serge.* Ses mains tremblent.

Chère Madame, je vous écris pour trois raisons : d'abord pour m'expliquer, ensuite pour m'excuser et enfin pour vous exprimer mes sentiments. Ce n'est pas dans mes habitudes d'écrire aux femmes et quand je le fais, ce n'est surtout pas pour me les approprier, comme vous pourriez peut-être le penser. Je suis trop occupé dans mon travail pour m'adonner à l'art épistolaire. Je crois vous l'avoir déjà dit. Je ne veux pas entretenir des amours de papier avec vous. D'ailleurs, je ne veux pas nourrir aucune forme d'attachement avec qui que ce soit. Cessez de cultiver vos soupçons et vos craintes à mon endroit. La vie n'est pas un roman où les uns essaient de prendre les autres dans leurs filets. Mes intentions ont toujours été loyales, autant envers vous, chère Marlène, qu'envers votre sœur ou votre nièce. Je m'excuse de vous avoir causé des désagréments. Si mon statut avait été autre, j'aurais sûrement pu aimer l'une de vous trois, mais je ne le peux pas. Mes choix sont faits. Dormez tranquille et ne gardez que de bonnes pensées envers moi. J'en ferai autant pour vous. Je vous souhaite la sérénité. Au plaisir d'avoir de vos nouvelles. Je vous laisse mon adresse postale confidentielle. Amitiés sincères.   *Serge*

« Je vais lui en faire, moi, des amours de papier. Il se prend pour qui, le grand Belge ? »

Elle relit la missive au moins trois fois de suite, analysant chaque mot et surtout, essayant de lire entre les lignes. S'il lui était possible de tasser les mots ou gratter une virgule pour voir en dessous, elle le ferait.

« Merde ! Monsieur ne veut pas s'adonner à l'art épistolaire, mais il laisse son adresse pour que moi je lui réponde. Wow ! » Elle replie la lettre, la remet dans l'enveloppe. Lentement, elle monte à sa chambre pour glisser sous son oreiller le message écrit.

* * *

Ce matin, Marlène entreprend une recherche dans l'ancienne chambre de son père pour retrouver le testament de sa mère, morte en 1940.

« Je me souviens que papa m'en avait déjà lu le contenu. Plus personne n'a jamais revu ce document. À l'époque, je n'avais pas compris tout ce qui y était écrit. Je suis certaine qu'elle parlait de son premier fils né avant son mariage avec papa. Notre demi-frère. Je veux ce papier. »

Marlène a presque tout vidé le placard, un ramassis de toutes sortes de souvenirs, à l'instant où elle entend le carillon de la porte.

« Mosus ! Qui c'est, ça, encore ! »

Elle enjambe le fourbi, s'agrippe au fauteuil pour éviter de tomber et descend au pas de course pour ouvrir. « T'étais donc bien loin ?

— Oui. En plein grand ménage.

— Mon Dieu… en quel honneur ?

— Je cherche le testament de maman.

— T'es malade…

— Non. Curieuse.

— Maman était bien trop jeune pour avoir fait un testament.

— Oui, il y avait un papier.

— Eh, ben, t'es plus fouineuse que moi.

— Pas difficile, Denise Robin, tu ne te poses jamais de questions.

— Et toi, trop.

— Viens m'aider. On va avoir du fun.

— On va se salir.

— On se lavera.

— T'es folle… Allons-y. Ça va te contenter. On dirait que tu cherches toujours un trou de vase pour patouiller dedans, hein ?

— C'est fin pour notre mère, ça ! »

* * *

Pendant que Marlène relit pour la énième fois la lettre reçue de Serge, sa nièce Laura file le parfait bonheur en suivant ses nouveaux cours de théâtre à l'Île d'Orléans. La journaliste croit avoir enfin trouvé sa voie en même temps qu'un nouvel amour. L'homme de sa vie. « Tante Marlène, je sens que cette fois c'est la bonne. Si tu voyais le beau Martin performer sur scène. Il est incroyable ! Tu verras, il deviendra un grand acteur.

— Tu ne penses plus à Serge ?

— Ben, voyons donc ! Bien trop vieux pour moi. Lui, pis ses cours de psycho. Ça n'a fait que passer et ça n'a laissé aucune trace, crois-moi!

— Je trouve cela dommage. Il a quand même beaucoup de charme cet homme.

— Bah ! Je me demande comment j'ai fait pour triper sur lui.

— Que t'es donc girouette. On dirait que tu as dix-sept ans.

— Dans mon cœur, oui. Je ne veux vraiment plus entendre parler de Serge Roussel. Il est libre. Prends-le si tu le veux. Pour moi, c'est terminé. »

De son côté, Serge s'adapte rapidement à la mentalité chaleureuse des Québécois. Il se sent proche de ses étudiants et continue de dispenser des cours de psychologie, le jour et même le soir, à l'Université Laval. Il suggère à Marlène de s'inscrire à la session. Après mûre réflexion, elle accepte. Serge devra se trouver une pension aux alentours du campus. Puisqu'il doit donner ses cours le jeudi en après-midi et en soirée, il ne retournera à Longueuil que le lendemain.

Marlène lui offre le gîte. Elle suivra la session d'automne. À l'hiver, elle verra si elle peut continuer, car elle doit recommencer à travailler à Québec dès février prochain. Si elle aime le contenu pédagogique des cours, elle continuera de suivre ceux qui sont dispensés en soirée. Pour le moment, elle s'inscrit à la session de jour en automne. Dès les premiers cours, le professeur prend toute la place dans son cœur et dans sa tête. Pour la nouvelle étudiante, il n'y a pas de meilleur pédagogue que ce Serge Roussel.

« Comment Laura a-t-elle pu faire pour laisser tomber cette série-là ? Faut pas aimer s'instruire, ma foi du bon Dieu. »

Le professeur se montre heureux de loger chez Marlène pendant les nuits passées à Québec. S'il avait dû coucher à l'hôtel, aurait-il signé un autre contrat avec l'Université Laval ? Peut-être pas.

Marlène tente de convaincre sa sœur Denise et son amie Marie de s'inscrire, elles aussi, aux cours. Peine perdue. Serge n'est pas l'homme que Denise aimerait voir devant elle et Marie vient de se trouver un nouvel emploi. Cette dernière n'est pas intéressée à se jeter une pression supplémentaire sur les épaules. Seule de sa gang, Marlène suit donc ses cours.

Peu à peu, elle se lie d'amitié avec d'autres camarades de classe. Des personnes qu'elle découvre très intéressantes, femmes et hommes qui deviennent des amis. Un autre univers s'ouvre devant celle qui commençait à se sentir seule. Avec quatre autres étudiants, elle a formé un groupe de travail. Une fois par semaine, l'équipe se réunit pour discuter du cours qui vient d'être donné. Marlène reste discrète sur le fait que Serge habite chez elle, une ou deux nuits par semaine.

En réunion, deux femmes semblent vanter un peu trop le conférencier. Celles-là sont vite mises de côté. « Elles ne commenceront pas à noircir mon horizon, elles. » – conclut Marlène.

Un après-midi, à la fin du cours, elle aperçoit une de ses copines tenant la main du professeur tout le temps qu'elle lui parle, les yeux dans les yeux. Ce moment apparaît à Marlène comme une éternité.

« Il est donc bien innocent, ce grand flanc-mou. Il se soucie peu des qu'en-dira-t-on. Au fond, c'est lui le coupable. Il semble même savourer ce tête-à-tête avec la greluche. »

Sans plus attendre, ne pouvant en voir davantage, Marlène se hâte de reprendre ses affaires et sort en vitesse. Elle laisse aller la porte qui se referme bruyamment.

La Grébiche du Trait-Carré

Un soir de mars 1990, alors que la neige a déjà commencé à fondre devant la maison, Marie Sylvain, veuve depuis peu, sur l'invitation de son amie Marlène, passe la nuit au Trait-Carré. Épuisée, elle s'endort aussitôt la tête sur l'oreiller.

Soudain, Marie se réveille en sursaut et crie à tue-tête. Marlène accourt et retrouve son amie debout près du lit, tremblante comme un pommier qu'on secoue. « Veux-tu bien me dire ce qui t'arrive ?

— Quelque chose m'a réveillée, je ne sais pourquoi. J'aperçois au pied du lit une grande madame avec un turban sur la tête et un époussetoir dans les mains. J'ai pensé que c'était toi qui me jouais un mauvais tour. Mais à mesure que je la regardais, je lisais tant de colère et de haine dans ses yeux. Je me suis bien aperçue que ce n'était pas toi.

— Hum… Est-ce qu'elle t'a parlé ?

— Oui… Elle m'a dit : « Va-t-en chez vous, espèce de traînée. Ta place n'est pas ici. »

— Elle n'est pas gênée, la Grébiche. C'est ma grand-mère. Ne t'en occupe pas. Coudon, je ne savais pas que tu étais médium, toi ?

— Curieux… j'ai déjà couché ici et je ne l'ai jamais vue.

— Oui, mais là, tu es dans sa chambre. »

Marie sort de la pièce en courant. Marlène rit à gorge déployée. « Pourquoi tu m'as donné sa chambre ?

— Je ne pensais pas qu'elle l'habitait encore. Va coucher dans la mienne. Je vais dormir ici, moi. On va bien voir si elle viendra m'affronter.

— T'es pas peureuse ! »

Les deux femmes changent de chambre. Marlène pense à Louis-Camille. « Il n'est peut-être pas si fou que ça mon Louca. La Grébiche vient vraiment faire son tour. Ou peut-être habite-t-elle ici ? »

Laura rentre au petit matin. Marlène dort dans la chambre de sa grand-mère et Marie dans la sienne. Comme la journaliste a bu pas mal de vin dans la soirée, politesse exige, elle titube en se rendant à la cuisine. Vacillant soudain vers la droite, elle s'accroche dans la console près de la porte. Oups... La lampe vole en éclats en atteignant le sol. Ce qui réveille les dormeuses à l'étage. Toutes les deux débarquent dans la mezzanine en criant : « Qui est là ? »

Laura reste pétrifiée. « Je m'excuse ! J'ai accroché la petite table de l'entrée.

— Seigneur ! On ne peut pas dire que tu passes inaperçue, toi. La lampe est cassée, là, hein ? Tu t'organiseras pour la remplacer.

— Oui, oui, ma tante, t'inquiète pas. C'était une lampe à ta mère ? Oh, je suis désolée !

— Non. À ma grand-mère. C'est un débarras. Va te coucher, on ramassera le dégât demain matin.

— Merciiiiii. J'ai rencontré plusieurs personnes en conférence de presse ce soir... »

Mots inutiles, la tante et l'amie sont déjà rentrées dans leurs chambres respectives. « Pauvre petite Laura, - pense Marlène – elle qui est toujours comme une petite souris. Elle n'est pourtant pas bruyante. Un accident, c'est tout.

Le matin vient trop vite pour la quinquagénaire. Elle téléphone à Marylou pour lui raconter ce qui est arrivé à son amie Marie. La mère de Louis-Camille est heureuse de constater que son fils n'est pas aussi malade que tout le monde le pensait. Il y a du vrai dans ses histoires, et peut-être voit-il vraiment des vivants dans un autre monde. C'est peut-être vrai qu'il est un voyant. La Poule se sent appuyée par sa grande sœur. Elle s'enorgueillit même d'avoir un fils qui jouit d'un tel privilège.

Quelques jours plus tard, dès que Louca téléphone à sa mère, cette dernière lui relate ce qui est arrivé à Marie Sylvain. Le jeune homme aimerait mieux ne pas entendre parler de la Grébiche. Il se sent plus tranquille depuis qu'il vit à Montréal. Elle ne fait plus partie de ses monstres qui le visitent. Il ne s'en plaint pas. Le jeune homme en a assez de subir les affres constantes de ceux qui restent. Louis-Camille est épuisé de se retrouver toujours le Crapoulou de son monde parallèle rempli de gnomes qui ne grandissent et ne vieillissent jamais. Il est le seul à subir le poids du temps.

* * *

Loger chez Marlène une ou deux nuits par semaine rend Serge quelque peu mal à l'aise. Il aurait préféré payer son écot. Cependant, la propriétaire insiste pour le loger gracieusement. Il cherche donc à acheter une maison, ou un chalet habitable à l'année. Un pied-à-terre qui serait situé entre Québec et Montréal, sur le bord du fleuve, si possible.

Il n'a pas à fouiller longtemps. Un collègue de travail, citoyen de Saint-Antoine-de-Tilly, connaît un voisin, en instance de divorce, qui vient de mettre sa maison du bord de l'eau à vendre. Il transmet la référence à Serge. Ce dernier visite la demeure. Six grandes pièces et un sous-sol fini lui tombent dans l'oeil. Trois chambres à coucher au rez-de-chaussée et deux au sous-sol. En plein ce qu'il lui convient. Puis, une grande cuisine ouverte sur la salle à manger et le salon. Un foyer de pierre trône entre les deux pièces principales. Les appareils électriques sont inclus dans le prix. D'immenses fenêtres du côté du cours d'eau apportent aux observateurs une vue insaisissable sur un soleil couchant. Le fleuve, formant un crochet à cet endroit, laisse croire que les bateaux s'avancent directement vers la maison. Serge reste fasciné devant cette illusion d'optique.

Il y a un autre domaine à visiter au nord du fleuve. Précisément, à Neuville. On ne sait jamais… Encore une référence d'une autre collègue de travail. Cette dernière l'amène donc pour visiter les lieux. Un coup de cœur s'ajoute. Il aurait préféré ne pas avoir de choix.

Au Trait-Carré, le soir même de sa visite à Neuville, après le souper il s'assoit avec Marlène dans la mezzanine. En sirotant un verre de cognac, la langue de Serge se délie à partir du deuxième verre. « Je veux acheter une maison au bord du fleuve.

— Hein ! À Longueuil ?

— Non, du côté de Québec.

— Tu n'habiteras plus à Longueuil ?

— Oui, oui. Ce sera notre deuxième maison.

— Notre ? »

Le cœur de Marlène fait un bond. « Oui. Nous sommes trois personnes habitant ensemble, parfois quatre.

— Quatre hommes ?

— Non. Trois hommes et une fille de temps à autre. Ce sera donc notre maison de campagne.

— Eh, ben ! J'en apprends des nouvelles ce soir, moi ! »

Marlène ne sait plus que penser. « Évidemment, les colocs, ça existe, pourquoi pas les copros ? À son âge, tout de même… »

— Laquelle préfères-tu ? – Depuis qu'il loge chez Marlène, les deux amis se tutoient.

— J'aime les deux propriétés. C'est embêtant. La maison de Saint-Antoine est sur deux paliers, tandis que celle de Neuville l'est sur trois. Plus c'est grand, plus cela fait notre affaire. On ne risque pas de se marcher sur les pieds.

— Non, mais vous risquez de vous ennuyer si c'est trop grand.

— Pourquoi ? Vous êtes deux personnes, ici, dans ce grand château.

— Bah, on s'ennuie aussi. Il me semble, en tout cas…

— Je vais voir ce que les autres diront. Dimanche, je les amènerai visiter les deux maisons.

— Serge, je ne comprends pas.

— Ce ne sont pas tes af…

Il s'arrête et change de propos. Marlène n'est pas sûre d'avoir bien entendu. Il a murmuré à peine sa dernière phrase.

« J'aimerais ça, voir ces maisons.

— Tu peux y aller. Je te donne les adresses. »

Si elle ne se retenait pas, elle éclaterait en sanglots.

« Il est donc bien bête ! Et fret comme un glacier de l'Arctique. » Serge griffonne un bout de papier et le laisse tomber sur la table à café. « Voilà. Tu me diras ce que tu en penses. »

Il aurait pu lui offrir de l'accompagner. Mais non. Aucune délicatesse. Évidemment, s'il est habitué de vivre avec des hommes… Le découragement s'empare d'elle. Serge se rend compte qu'il a peut-être blessé son amie.

« J'aurais aimé te la faire visiter moi-même, mais je n'aurai pas le temps. Je vais quitter la ville après mon cours dès demain. Je reviendrai avec les autres, dimanche. Ce sont des Anversois, comme moi. Ça me fera plaisir que tu ailles visiter. Ton opinion me sera précieuse. »

Un baume au cœur de Marlène. Elle respire un bon coup. Cette phrase du professeur la remet d'aplomb. Au moins, il se rend compte.

« Il est si doux quand il s'y met ! »

La soirée ne s'éternise pas. Ils se disent bonne nuit et chacun regagne sa chambre. Lui, marchant sur des œufs à cause de la lourdeur installée dans la maison depuis leur entretien. Elle, le cœur gonflé de larmes devant son incapacité à percer un tel mur de béton.

« Un Anversois… Anvers, la ville des diamants située sur la rive de l'Escaut. Ouais… »

Elle ferme le dictionnaire.

Marlène met du temps à s'endormir.

Deux heures du matin

Laura, toujours de bonne humeur, s'est très bien acquittée de sa fonction ce soir-là. Elle vient tout juste d'interviewer une chanteuse-vedette dont les services ont été retenus par la maison. À deux heures du matin, elle sort d'un restaurant populaire de la Haute-Ville de Québec. La jeune femme marche jusqu'au stationnement à peine éclairé derrière l'édifice. Elle se hâte de monter dans sa voiture et tente de démarrer. Impossible. La batterie s'annonce morte.

« Qu'est-ce que je fais avec ça, moi ? Tout le monde doit être parti chacun de son bord. Il n'y avait presque plus personne à l'intérieur quand je suis sortie. »

Elle retourne au restaurant après avoir verrouillé les portes de l'auto. Désappointée, elle ne rencontre que le cuisinier qui accroche ses chaudrons. Par-dessus le marché, cet homme n'a pas de voiture. En sortant de là, la belle Laura remarque un individu qui se promène seul devant l'établissement, tout en grillant une cigarette. Elle se souvient d'avoir déjà vu cet étranger à quelques reprises dans la boîte de nuit. « Pardon Monsieur, vous avez une voiture ?

— Euh... Oui...

— La mienne est dans le parking, à l'arrière de l'immeuble. Je suis incapable de la démarrer. Il n'y a plus de courant.

— Montez avec moi, on va aller voir ça.

— O.K. Si vous ne réussissez pas, je trouverai un téléphone pour appeler le CAA.

— On va commencer par essayer, toujours bien...

— Merci. Vous êtes bien gentil. »

Laura s'assoit à l'avant dans l'automobile de l'inconnu qui affiche l'allure du bon samaritain dans la mi-quarantaine. Il roule jusqu'au stationnement. Il prend avec lui la lampe de poche qu'il gardait sur le siège arrière de sa voiture. Une fois dehors, il lève le capot de la bagnole en panne et vérifie les fils. Tout lui semble correct. Il essaie de partir l'auto, rien. « J'ai des câbles. Vous allez vous asseoir au volant de votre véhicule. Moi, je vais brancher les fils et quand je vous ferai signe, vous démarrerez.

— O.K. »

Une minute plus tard, la voiture se remet en marche. Laura se sent soulagée. Folle de joie, elle offre de l'argent à son secouriste. Ce dernier ne veut rien accepter. Il la laisse partir avant de quitter à son tour le stationnement.

« Hum… protecteur, en plus… » Laura remarque qu'il manque une petite lumière à droite, sur l'avant de l'auto qui suit derrière elle. Elle continue sa route. Heureuse d'être enfin sur le chemin du retour, elle allume la radio. Une quinzaine de minutes plus tard, elle l'éteint et s'engage sur la voie rapide qui monte vers Les Laurentides. Elle fredonne :

Quand notre Laurentie se glisse dans la nuit…

« À ce qu'il paraît, c'était la chanson préférée de grand-maman Robin. » Dans le rétroviseur, elle aperçoit soudain l'auto où il manque la petite lumière jaune.

« Hein ! C'est lui qui me suit. ! Qu'est-ce que c'est ça ? Oh, mon Dieu, qu'est-ce que je fais ? »

Ses genoux tremblent. Elle sort du Boulevard Laurentien à l'annonce de la 80e rue[6], à Charlesbourg. L'étrange voiture la suit toujours. Devant l'église, au lieu de tourner vers le sud pour se rendre chez elle, elle continue vers l'est, toujours sur la 80e qui forme un crochet devant le temple catholique. Elle file jusqu'au Boulevard Henri-Bourassa sur lequel elle tourne à droite. La

---

[6] Aujourd'hui le boulevard Louis X1V

voiture talonne toujours derrière. Au poste de police, elle s'arrête. L'auto suiveuse ralentit, puis continue lentement sa route. Laura ouvre la portière et entre en toute vitesse au bureau des agents municipaux, les jambes comme du coton. « Bonjour belle Dame. Qu'est ce qu'on peut faire pour vous ? »

Laura essaie de parler, mais aucun son ne sort de sa bouche. « Qu'est-ce qui se passe ? Assoyez-vous et respirez lentement. Pour moi vous avez eu peur, vous, hein ? »
Laura fait un signe affirmatif. Un collègue policier entre à ce moment avec deux cafés. Il en présente un à son copain et garde l'autre pour lui. Il regarde Laura qui est restée debout. Il tourne la tête vers son camarade et l'interroge du regard.
« Madame vient d'entrer. Elle est sous le choc, je pense bien. Pas moyen de la faire parler. »

Le second policier s'approche de Laura et la guide par la main jusqu'à un fauteuil. Elle s'assoit. Il se rend compte que la main de la jeune femme est glacée et tremblante. Il lui demande où elle habite, histoire de lui changer les idées. Ça réussit. Laura lui donne l'adresse.
« Vous habitez dans la maison du Docteur Robin ? »

Un signe de tête. Soudain, elle prend une grande respiration et raconte d'un trait ce qui vient de lui arriver. Le policier essaie de la rassurer. « Peut-être vous a-t-il suivi pour être sûr que vous ne tombiez pas en panne. Mais vous avez bien fait de vous arrêter ici. On n'est jamais trop prudent. »

Encore quelques signes affirmatifs. « Écoutez, vous allez partir et moi, je vais vous suivre jusque chez vous. S'il est dans les parages, je le verrai bien. Êtes-vous en mesure de conduire ?

195

— Oui ! Merci beaucoup. »

Laura sort du poste de police et monte dans sa voiture. Le policier s'assoit dans la sienne. Il attend le départ de la jeune femme avant de la suivre. Au coin de la 80e rue, Laura laisse le boulevard Henri-Bourassa et tourne à gauche. Elle défait son chemin de tout à l'heure. Soudain, elle aperçoit la voiture de son secouriste stationnée au côté de la route. Laura la dépasse sans jeter un regard vers celui qui l'avait dépannée dans le stationnement du restaurant. Elle suppose que c'est bien la voiture sur laquelle une lumière est demeurée manquante. Le policier qui suit Laura remarque lui aussi le phare brûlé, une fois qu'il eut devancé de quelques mètres l'automobile suspecte. L'agent de police se positionne devant l'auto, sort de sa voiture et se rend à la portière du conducteur. Laura voit tout cela dans son rétroviseur. Elle fait comme si elle n'avait rien vu et s'en va directement chez elle.

En vitesse, elle ouvre la porte électrique du garage en appuyant sur le bouton de la manette installée au garde-soleil de son auto. Une fois la bagnole en place à l'intérieur, elle referme aussitôt.

« Ouf ! » Ses jambes tremblent toujours quand elle met le pied hors de la voiture. Elle emprunte le corridor vitré qui conduit à la porte de la maison. « Voyons niaiseuse. T'es rendue. Arrête de t'énerver ».

Elle se rend d'abord à la cuisine. Elle fait de la lumière, mais s'empresse d'éteindre aussitôt.

« Tout d'un coup il viendrait écornifler par les fenêtres, cet homme qui m'a prise en chasse. »

Dans la pénombre, Laura monte à sa chambre. Là aussi, elle s'abstient d'allumer une seule lampe. Toujours tremblante, elle enlève ses vêtements; enfile son pyjama et se glisse sous les couvertures. Soudain, elle se relève en vitesse.

« Mon trousseau de clefs de maison ! Il me semble que je l'avais laissé sur le siège de l'auto du monsieur. »

Énervée, elle prend son sac à main, le vide sur le lit et n'y voit aucune clef.

« Ah non ! Pas vrai… »

Pieds nus, le cœur battant, elle descend en courant au rez-de-chaussée et se rend au placard d'entrée pour chercher dans les poches de son anorak. En vitesse, elle fouille dans celle de gauche. Elle trouve les clefs de la voiture. Dans la poche droite… Le trousseau de clefs de maison !

« Ouf ! Que je suis chanceuse ! Merci mon Dieu ! »

Elle porte les clefs à ses lèvres. Aussi vite, elle remonte à sa chambre et se couche l'âme un peu plus tranquille. Elle met du temps à s'endormir, mais y parvient finalement.

Le téléphone réveille la journaliste à dix heures trente le lendemain matin. « Madame Leblanc ? Ici le sergent Lemieux. On s'est rencontrés au poste cette nuit.

— Oui, oui, monsieur le policier. Et puis ? J'ai vu que vous êtes allé lui parler.

— Oui, ah, vous m'avez vu faire ? Je pense bien que c'est comme nous avions pensé. Le conducteur avait peur que vous tombiez en panne. Je lui ai donné un vingt-quatre heures pour qu'il fasse changer son phare défectueux. C'est un homme politique. Vous ne l'avez pas reconnu ?

— C'est qui ?

— Roger Lacroix ?

— Hein ? Ben… Jamais de la vie. Je connais Roger Lacroix. Ce n'est pas lui qui m'a dépannée.

— Avez-vous déjà vu Roger Lacroix en personne ?

197

— Oh, oui. Souvent. Je le connais. Je suis journaliste. Je l'ai interviewé à quelques reprises.

— Donc, ce n'est pas lui votre dépanneur qui vous a suivie.

— Je ne comprends plus rien. Lui avez-vous demandé s'il me suivait ?

— Évidemment. Il est tombé des nues. Il ne suivait personne à ce qu'il a dit.

— …

— Êtes-vous toujours là ?

— Euh, oui. Je ne sais plus quoi vous dire.

— En tout cas. Si vous avez d'autres problèmes, n'hésitez pas, appelez-moi. Bonne journée, Madame.

— Merci, monsieur. »

Laura reste pensive. « Pas de bon sens, ça. J'ai l'air de quoi, moi, là ? Roger Lacroix. À moins que j'appelle le Roger Lacroix que je connais pour faire mon enquête personnelle ? »

Elle prend le temps de descendre déjeuner à la cuisine. Laura se demande bien où est rendue sa tante Marlène. Elle n'entend aucun bruit dans la maison. En passant dans la salle à manger, elle voit un billet sur la table.

« Laura, je pars avec Denise. Nous allons à St-Lambert pour deux jours. Il est quatre heures, nous arriverons chez Idola pour le souper.

« Hein ? Elle n'était pas là cette nuit, elle ? Heureusement que je n'ai pas aperçu ce billet à ce moment, j'aurais crevé de peur. C'est vrai, sa voiture n'était ni dehors ni dans le garage. Elle est toujours partie. Une vraie girouette ! Pauvre matante… elle fait bien quand même. »

En plein jour, Laura n'a peur de rien. Elle se sent bien, même si elle se retrouve seule à la maison. Sachant qu'elle a un article à écrire, lequel doit être rendu à la salle de rédaction pour midi tapant, elle n'a pas une minute à perdre. Elle déjeune en vitesse. Tout de suite après, elle se met à l'œuvre. À onze heures trente, elle imprime son texte et s'empresse de le télécopier au journal.

Vers les trois heures, elle appelle au bureau de comté de Roger Lacroix. La réceptionniste la fait attendre quelques minutes au téléphone. Puis, elle réussit à la mettre en communication avec le député. « Monsieur Lacroix, Laura Leblanc, journaliste pour *Le Grande-Rivière*. Bonjour.

— Bonjour Laura. Comment allez-vous ?

— Bien, en principe, mais j'ai quelque chose qui me chicote. Je voudrais vous raconter, mais je ne sais pas par où commencer.

— Par le commencement, ma belle Laura, par le commencement. C'est de même qu'on arrive le plus vite au but. »

Laura émet un petit rire. Bafouillant un peu pour amorcer son histoire, elle se rattrape très vite et déboule son boniment sans bavures.

« Votre policier ne me connaît sûrement pas pour affirmer qu'il m'a parlé hier soir. D'abord, je n'étais pas à Charlesbourg. Je suis arrivé de Montréal à onze heures cet avant-midi. Quelle sorte d'auto il avait votre monsieur qui vous poursuivait?

— Je ne sais pas, c'était une auto noire ou marine.

— Moi, j'ai une BMW grise.

— Curieux quand même. Le monsieur s'appelle peut-être Roger Lacroix comme vous.

— Il s'appelle peut-être comme moi, mais il n'est pas député de mon comté. Ça n'a pas de bon sens.

— Je vous avoue que j'ai la frousse.

— Regardez ce qu'on va faire. Je vais vous rencontrer au poste de police et on verra bien si votre policier dit que c'est moi la personne à qui il a collé un vingt-quatre heures.

— O.K. Il est là aujourd'hui, puisqu'il m'a appelée à dix heures et demie ce matin. À moins qu'il l'ait fait de chez lui.

— Allons-y tout de suite, on verra bien. »

Laura accepte. Elle s'habille en vitesse. Quinze minutes plus tard, elle arrive la première au poste de police. C'est ce qu'elle voulait. Le sergent Lemieux est là. Il sort son plus beau sourire quand il voit approcher la belle journaliste. « Coudon, travaillez-vous jour et nuit, vous ?

— Non Madame. Je remplace un collègue malade. C'est temporaire. »

Elle lui raconte son téléphone au député. Il semble offusqué. « Vous autres les journalistes… Vous êtes capables de faire foirer n'importe quelle enquête. Imaginez-vous donc que je m'apprêtais à le faire…

— Tiens donc. Vous n'êtes pas vite sur la gâchette, hein ? Moi, j'ai eu le temps de le faire.

— Fantasque en plus, hein ?

— Non, Monsieur l'agent. J'ai peur, tout simplement. Et comme je connais le député Lacroix, je l'ai appelé. Je ne voulais pas vous faire la leçon. Voilà, il arrive. »

Le policier change d'air. Il donne la main au député. Ce dernier, après avoir embrassé Laura, entre tout de suite dans le vif du sujet. « Comme ça, vous avez rencontré mon homonyme cette nuit ?

— Je ne sais pas s'il est votre homonyme. Je lui ai demandé s'il était le député, il m'a fait un signe de tête affirmatif. Ben... à ce qu'il me semble en tout cas. Attendez-moi, je vais vérifier s'il n'y a pas un autre Roger Lacroix.

— Y avait-il une adresse sur son permis ?

— Monsieur le député, c'est moi qui pose les questions.

— Ah, bon... Il faudrait peut-être poser les bonnes.

— Merci, Monsieur et Madame. L'entrevue est terminée. Je vous appellerai s'il y a du nouveau, Madame Leblanc. »

À l'instant même, le copain du policier, celui qui travaillait la nuit dernière arrive à son tour, habillé en civil. Donc il ne travaille pas dans la pensée de Laura. Il la reconnaît et la salue. Elle lui rend sa politesse. Après les échanges, le patron s'adresse à son sergent : « Quoi de neuf ?

— Rien en somme. Voici le vrai Roger Lacroix. Celui que j'ai vu hier soir n'est pas le bon.

— Oh... Nous voilà plongés dans un roman policier.

— Ça a l'air... oui. »

Laura et Roger Lacroix saluent les deux policiers et sortent du poste. Le député invite Laura à prendre un café dans un restaurant du boulevard Henri-Bourassa. La journaliste accepte avec plaisir. « Il y a un St-Hubert près d'ici de l'autre côté du boulevard. Est-ce que cela ferait votre affaire ?

— Choisis ça à ton goût, ma belle. Et tu peux me tutoyer, tu sais, on a à peu près le même âge. »

Laura sourit. Ils se rejoignent au St-Hubert deux minutes plus tard. La jeune femme se sent à l'aise en compagnie du député. Ils causent de choses et d'autres. Une heure plus tard, les deux se quittent en se souhaitant une bonne soirée, la journée étant déjà très avancée.

La journaliste retourne à la maison.

« À ce qu'il semble, je vais coucher seule ce soir. Tante Marlène ne reviendra que demain. J'aime moins ça. »

Comme elle met le pied dans la maison le téléphone sonne. Elle s'empresse de répondre. Elle répète trois fois allo et pas de réponse. La ligne se ferme. Laura reste hébétée. Elle recommence à avoir peur.

« Qui c'est ça, maudite merde ? Je ne couche pas ici ce soir, moi. Jamais de la vie, je vais crever. »

Elle prépare sa valise. Comme elle vient pour sortir la sonnerie du téléphone se fait de nouveau entendre. Elle hésite, mais comme elle va quitter la maison à l'instant, elle se permet de répondre. « Laura ?

— Louca ! T'es où ?

— À Montréal. j'avais envie d'aller faire un tour à Québec. Penses-tu que je peux aller coucher chez vous ?

— Ben, voyons donc ! C'est sûr. Quand veux-tu venir ?

— Maintenant.

— T'as plus peur de la Grébiche ?

— Non. Je me sens d'attaque.

— Viens-t-en. Je t'attends. »

Laura défait son sac de voyage. Que son cousin vienne au Trait-Carré la rend folle de joie ! Elle oublie pour un moment l'événement de la nuit précédente.

La jeune femme ouvre le frigo pour planifier un souper à deux.

« Louca sera ici dans trois heures environ, c'est bien sûr. À moins qu'il roule à une vitesse vertigineuse. J'ai le temps de préparer un bon repas. »

Le téléphone l'arrête dans sa planification. « Allo… »

Rien au bout du fil. Sa mésaventure lui revient à l'esprit. La peur l'envahit de nouveau. Elle monte le ton. « ALLO !
— Laura ?
— Serge ! Pourquoi tu ne répondais pas ?
— Je voulais parler à Marlène. Je ne m'attendais pas à ce que ce soit toi qui me répondes.
— Ben oui, c'est moi. Tante Marlène est à St-Lambert, chez Idola. Elle reviendra demain.
— Alors, je rappellerai demain. Tu vas bien, toi ?
— Autant que faire se peut, oui. »

Laura lui raconte sa mésaventure de la veille. Serge l'écoute sans l'interrompe. À la fin de son récit, il lui dit : « Chère Laura. Tu te prends toujours les pieds dans des ornières… Essaie donc de te trouver un travail de jour, tu seras plus en sécurité.
— Je l'aime mon travail, moi. C'est rare qu'il m'arrive des choses de même. »

Serge n'en rajoute plus. Il s'empresse de mettre un terme à la conversation. Laura raccroche.

« Espèce de prêchi-prêcha. Lui, pis ses conseils de grand-père ».

Elle retourne au frigo. Enfin, elle déniche dans le congélateur des filets mignons.

« Oh, Louca aime tellement ça. Ils auront le temps de dégeler. Tante Marlène en achètera d'autres. Après tout, c'est pour son neveu orphelin de père et malade en plus. »

La jeune femme s'empresse de dresser la table de la cuisine d'une belle nappe de toile rouge flamme. Elle prend le bouquet de fleurs séchées sur la table de la salle à manger et l'apporte à la cuisine. « Tiens… la monnaie du pape pour mon cousin préféré. »

Elle choisit un vin rouge dans le présentoir à vin à côté du frigo et sort les plus belles coupes de sa tante. « Waw… on fait dans la dentelle, c'est le cas de le dire ! »

Laura ne se doute pas que pendant ce temps, Idola et Marlène sont en grande conversation.

Quelques heures après le téléphone de Louis-Camille la sonnerie de la porte se fait entendre.

« Louca, Louca. Ça fait longtemps que je l'ai vu… Comment se fait-il qu'il n'ait pas sa clé, lui ? »

Elle vient pour ouvrir, mais se rend compte en regardant par la vitre givrée que la personne n'a pas l'allure de son cousin. Avant d'ouvrir, elle demande. « Qui est-ce ?

— Roger Lacroix.

— Vous n'êtes pas Roger Lacroix.

— Oui. Ouvrez-moi

— Je ne vous reconnais pas. Je téléphone au poste de police avant de vous ouvrir. »

Laura ferme la seconde porte, celle de l'intérieur. Elle s'apprête à téléphoner quand elle entend une auto arriver. Elle s'approche de la fenêtre du salon et reconnaît la voiture de son cousin. Folle de joie, elle retourne à la porte, ouvre et saute dans les bras de Louis-Camille. L'inconnu a disparu. « Louca ! Que je suis contente de te voir. Que je suis donc contente ! As-tu vu quelqu'un sortir d'ici ?

— J'ai vu un homme quittant l'entrée. Il est monté dans une auto stationnée dans la rue. La voiture était placée un peu en retrait. Pourquoi tu me demandes ça ?

— Entre que je te raconte. Il avait l'air de quoi, l'homme ?

— Il avait l'air d'un homme.

— Niaiseux. Était-il grand, petit, gros, maigre ?

— Bah, je n'ai pas trop remarqué. D'abord, j'ai pensé que c'était ton père. Cet homme sortait de la cour à pied quand je suis arrivé. Je me suis vite aperçu que ce n'était pas lui. Je l'ai laissé sortir. »

Laura lui défile dans un trait, son aventure du stationnement. Louis-Camille l'écoute religieusement. Il trouve toujours que sa cousine en ratisse large pendant la nuit. « Tu ne pourrais pas te trouver un job comme tout le monde, pour travailler pendant la journée ? Il va finir par t'arriver quelque chose de pas correct, toi.

— Ah, ben… commence-moi pas ça, toi aussi.

— J'ai raison, Laura. »

Les deux jeunes changent de propos. Laura parle, parle sans arrêt. Elle en a tellement à raconter. Ses cours de théâtre à l'Île d'Orléans. Son nouveau chum. Son histoire terminée avec Serge. Elle n'omet rien. Ils prennent une bière avant le repas. Laura fait cuire les filets mignons, pile les patates et sort la salade d'asperges qu'elle avait mise au frigo en attendant son invité. Elle récupère le tire-bouchon dans le tiroir aux couteaux. « Tiens, Louca, prends ça et ouvre la bouteille de rouge sur la table.

— Waw… La grande vie, hein ?

— Oui, M'sieu. On vire un party. Oh, je veux t'annoncer une primeur, Marlène est en amour avec Serge mon ancien prof et ex-amoureux. Chut ! Top secret. Pas mal cute, hein ? »

Au même moment Marlène téléphone pour savoir comment ça se passe à la maison. Laura lui apprend la visite de Louis-Camille. Dès qu'elle ferme le téléphone, la conversation continue avec le cousin qui se range du côté de la tante Marlène.

« Bah, tu sais avec tante Marlène. En amour aujourd'hui, demain on verra. Elle va faire ça jusqu'à sa mort, crois-moi.

— Je le sais donc bien ! Les coupes sur la table, elle les a achetées pour lui. Elle pense que je ne vois rien... Ah, ah, ah... La journaliste reste à l'affût. Il y aura de quoi alimenter un bon roman.

— Ne ris pas d'elle, Laura. Elle a toujours été tellement généreuse pour nous tous.

— Je ne ris pas d'elle, Louca. Je l'aime bien trop pour ça. Je trouve cela cute, je te le répète. C'est tout. »

L'hôtesse du jour éclate de rire. Qui aurait cru que la timide Laura, qui s'avance toujours devant les gens comme une petite souris, pouvait se montrer aussi moqueuse ? Le cousin croit même déceler une pointe d'ironie dans sa manière de révéler ce qu'elle sait. Il a peine à reconnaître sa cousine. « On dirait que tu es jalouse.

— Es-tu malade ! Je n'aime plus Serge. C'est un vieux. Il est bien plus de l'âge de Marlène. Si tu connaissais mon nouvel amoureux...

— Amoureux ? Vraiment ?

— Bah... Amoureux est peut-être un bien grand mot. Disons qu'il fait bien l'amour. C'est toujours ça de pris.

— Et Serge ? Faisait-il bien l'amour ?

— Jamais essayé...

— Ben, voyons donc...

— Je te dis... Jamais.

— Il est impuissant ou quoi ?

— Sais pas. Pour moi, il est homo.

— Alors, il ne sera pas plus dangereux pour Tante Marlène.

— Non, mais je vois bien qu'elle se morfond pour lui, quand même.

— Je trouve ça triste.

— Triste pour qui ?

— Pour tout le monde impliqué. »

Laura change le cours de la conversation, comme elle seule sait si bien le faire. De sorte qu'une minute plus tard, ni l'un ni l'autre ne pense plus à Serge, ni à son passage dans la famille. Les deux jeunes sont heureux de souper ensemble. Le téléphone résonne de nouveau vers neuf heures et demie, Laura répond en toute quiétude. Elle n'a plus peur, son cousin est avec elle. C'est Marlène qui rappelle. Elle annonce son retour pour le lendemain en avant-midi avec Denise et Marylou. Laura reste de glace devant la situation. Une fois l'écouteur déposé sur sa base, elle place une main sur sa bouche. « Oups. Changement de cap. On est mieux de débarrasser la table et de faire la vaisselle ce soir, mon vieux. Les matantes débarquent ici demain matin. Ta mère incluse.

— Bon. C'est correct. On va arranger la cuisine. Ça ne prendra pas de temps, tu vas voir.

— J'avais loué un bon film.

— On le regardera après. Allez, ouste… »

Une heure plus tard, les deux jeunes sont assis dans la mezzanine, un verre de coke à la main. Ils regardent le film de science-fiction que Laura a loué. Ils montent se coucher à une heure du matin. Laura s'endort, mais reste un peu craintive. Elle a peur que Louis-Camille voie la Grébiche et se mette à frapper dans les murs.

Shirley Worth / Michel Pichot

Depuis la mort de Jean Robin, sa veuve, Shirley Worth compte beaucoup sur Michel Pichot et Idola Robin, son épouse, pour l'aider à survivre au départ subit de son mari. Même si Shirley était toujours à couteau tiré avec son beau Jean, elle l'aimait quand même à sa manière. Malgré les maîtresses qui se sont succédé, le beau psychiatre est resté bien ancré dans le cœur de sa veuve.

Voilà quatre ans que Jean est parti et l'aide apportée par les Pichot se continue. Surtout celle de Michel, car Idola s'est peu à peu retirée du projet. Elle ne se sent pas très bien depuis deux ans. Elle a démissionné de son poste d'infirmière à l'hôpital Charles-Lemoyne. Depuis, elle ne quitte pas la maison. Idola, toujours si forte tout au long des années, ne réagit plus beaucoup à ce qui se passe autour d'elle.

Depuis que ses deux filles n'habitent plus à la maison, l'ancienne religieuse devrait se sentir beaucoup plus libre de fonctionner à son rythme. Caroline, son aînée, âgée de vingt et un ans étudie en médecine. Elle est locataire avec d'autres étudiants dans un secteur près de l'Université de Montréal. Norma, la deuxième fille des Pichot, âgée de vingt ans, étudie pour devenir travailleuse sociale. Elle et son copain habitent ensemble dans la métropole. Idola et Michel sont seuls dans leur grande maison de Saint-Lambert. Michel travaille toujours comme médecin à l'hôpital Charles-Lemoyne.

Hier, Idola recevait la visite de ses deux sœurs aînées, Marlène et Denise. Elle les attendait pour souper. Cette réception était une occasion de la faire revivre. L'hôtesse avait préparé un bon repas, dans l'espoir d'accueillir ses sœurs avec joie. Elle ne ressentait presque plus son mal.

209

Les deux visiteuses arrivèrent vers six heures trente. Idola pleurait de joie. Marlène se sentit triste de voir sa cadette chargée d'une telle émotion. Les larmes de la gentille Idola n'ébranlèrent cependant pas Denise, puisque cette dernière se fait moins sensible à de tels attendrissements.

Les trois femmes conversèrent plusieurs minutes en dégustant un apéro. Au moment de passer à table, Denise se souvient qu'elle s'informa. « Michel ne soupe pas avec nous ?

— Non, il est à Québec.

— À Québec ?

— Oui, par affaire.

— Ah… »

Marlène fit les gros yeux à Denise. Cette dernière ne poussa pas plus longuement son investigation. Les trois femmes soupèrent ensemble en bavardant. Les deux sœurs en visite semblaient étonnées de l'attitude de Dola, comme elles l'ont toujours appelée. Elle riait pour rien et pleurait pour rien. Marlène cependant, ne détesta pas cette attitude.

« Elle a perdu ses manières de mère supérieure et c'est tant mieux. La voilà devenue plus humaine. »

Les trois sœurs montèrent se coucher vers dix heures. Le matin, Denise quitta Marlène et Dola pour aller dîner avec leur nièce Emma, à cinq minutes de voiture de la maison des Pichot. Une fois seule, Idola commença à s'ouvrir. « Tu sais, Marlène, ça ne va plus très bien avec mon Michel. Il s'éloigne.

— Je pense qu'il y a quelque chose de plus important. Tu me sembles malade.

— Ça me rend malade.

— Qu'est-ce qui se passe ?

Idola éclata en sanglots. Marlène la prit dans ses bras et la laissa pleurer. Enfin, Idola se ressaisit. « C'est Shirley.

— Qu'est-ce qu'elle a, Shirley ?

— Il descend à Québec presque chaque fin de semaine. Il va aider Shirley. Les filles sont assez fâchées après lui, elles ne viennent plus quand il est ici. Elles appellent avant.

— Ben… Je suis tombée en bas de ma chaise, moi là…

— Oui, Madame. C'est comme ça.

— Effrayant ! Penses-tu qu'ils se voyaient avant que Jean ne meure ?

— Je ne crois pas. Mais je ne sais pas. Il l'a toujours regardée avec de la lumière plein les yeux. Je me souviens qu'il en voulait à Jean d'avoir des maîtresses.

— Nous aussi on lui en voulait. Mais aujourd'hui, c'est à son tour.

— Que veux-tu ! N'en parle pas au reste de la famille. Mes sœurs vont haïr Michel pour rien.

— T'appelles ça, pour rien ?

— Michel a toujours aimé ma famille.

— Surtout ta belle-sœur.

— Hum. »

Idola raconta à sa sœur, que Shirley appelait souvent Michel. Une fois, Idola s'est fâchée. Elle a demandé directement à sa belle-sœur si elle couchait avec son mari. Shirley lui avait fermé la ligne au nez.

Marlène essaya de savoir quel mal affligeait Dola. Celle-ci lui avoua que son dos la faisait beaucoup souffrir. « Est-ce que tu te fais suivre par un médecin ?

— Oui, j'ai passé des radios. J'attends les résultats. J'ai aussi beaucoup mal dans le ventre.

— Ce ne serait pas dû au stress que te cause cette histoire ?

— Je ne sais pas. Je me sens au bout de ma corde

— Ben, voyons donc. Tu n'es même pas à la mi-cinquantaine. Remonte-toi.

— Facile à dire. Je n'ai plus le goût. »

Marlène n'en revenait pas de voir sa sœur ainsi désorganisée. Elle remarqua qu'elle avait beaucoup engraissé ces derniers mois. La grande sœur tenta une manière de la sortir de ses problèmes.

« Depuis votre mariage, vous êtes toujours collés l'un sur l'autre, Michel et toi. Viens te promener chez nous. On va sortir. On ira voir l'autre Poule dans la Beauce. Ça va être le fun. Viens donc !

— Pas cette semaine, certain. J'attends les résultats de mes radios. Quand je les aurai eus, je t'appellerai et je m'arrangerai pour aller me promener.

— Promis ?

— Promis. »

Denise revint de sa sortie à ce même moment. La conversation bifurqua dans une autre direction. « Et puis, chère Denise ? Comment elle va, notre nièce, la vedette du condo de la Rive-Droite ?

— T'es donc bien pas fine, Marlène Robin. Elle va bien, la belle Emma. Elle ne pense plus ni à son dernier chum, ni à son mari.

— Ni à son fils non plus, je suppose.

— Méchante ! Elle le garde avec elle. Sa belle-mère est en phase terminale à l'hôpital. Alors, c'est la garde partagée, la vraie, entre le papa et la maman.

— Tiens donc ! Tant mieux. Elle va s'attacher à son petit gars.

— Je pense que oui. Il est beau et il est fin ! Un ange. »

Tout s'est passé tellement vite. Les trois sœurs causèrent pendant un moment et Marlène suggéra d'appeler Marylou afin qu'elle vienne les rejoindre. Les deux autres se dirent d'accord. La Poule se pointa une demi-heure plus tard, comme si elle avait attendu cette invitation sur le bord de la porte, bien coiffée, prête à sortir. Marlène proposa de faire venir le souper du restaurant. Idola se sentit un peu à la gêne, mais elle accepta, à condition de payer elle-même le repas. On lui laissa le plaisir. Elles prirent un verre en attendant.

C'est ce même samedi soir que Marlène téléphona à Laura, au Trait-Carré avant que les mets commandés n'arrivent du restaurant. Elle apprit que Serge l'avait appelée et que Louca était à la maison. Laura lui dit qu'elle avait plein de choses à lui raconter dès son retour. En fermant la ligne téléphonique, Marlène répéta à ses sœurs les paroles de Laura. Marylou resta médusée. « Comment ça, Louca est à Québec ? Il ne m'a pas appelée depuis trois semaines, celui-là.

— La Poule ! C'est un homme, ton fils ! Il n'est pas obligé de se rapporter à sa maman aux cinq minutes.

— Je le sais. Mais j'aimerais ça avoir des nouvelles, des fois.

— Ben, t'en as, là. »

Marylou afficha une allure si triste que la grande sœur l'invita à descendre avec elles à Québec. Le lendemain, elle reviendra avec son fils. Marylou sauta de joie. « Que t'es donc ben fine, Marlène ! Fiou ! Je pensais que tu ne m'inviterais pas.

— Les sœurs éclatèrent de rire toutes ensemble. Cette Poule qui les a toujours fait rire. Soudain Marlène se rappela.

— Tu sais à qui tu me fais penser, la Poule ? À la cousine Marcelle. Tu sais la cousine de p'pa qui a été l'éternelle amoureuse de l'oncle Philippe ?

— Oui, oui, oui. Je me rappelle. Je l'aimais donc, elle. Toujours de bonne humeur, tu te souviens ?

— Oui. Comme toi. Pauvre petite. On t'aime toutes, tu le sais bien !

— Ah ben, là, vous m'en apprenez une bonne. Si ça continue, je vais pleurer. »

Ça y est. Marylou a réussi à détendre l'atmosphère et à rendre tout le monde de bonne humeur comme elle seule sait si bien le faire.

Elles n'avaient pas si tôt terminé leur repas, qu'elles entendirent claquer la porte d'entrée. Michel arriva plus tôt que prévu. « Michel ? – s'exclama Idola.

— Bien oui, c'est moi. Je suis revenu plus tôt comme tu vois. Bonjour tout le monde.

— Allo Michel – s'écrie Marylou qui n'était au courant de rien.

— Denise en fit autant. Et cette dernière ajouta : Tu te permets du travail à Québec les fins de semaine, toi ?

— Eh, oui, comme tu peux voir. »

Le docteur Pichot causa avec ses belles-sœurs. Denise et Marylou se montrèrent de bonne humeur, mais Marlène ne dit plus un mot. Pendant qu'Idola aidait Michel à transporter des choses, Marlène s'empressa de dire à Marylou. « Tu nous invites à coucher chez vous. Je vous expliquerai. »

Elle n'eut pas le temps d'en dire plus que les Pichot revinrent au salon. Une demi-heure plus tard, Marlène expliqua à leurs hôtes qu'elles devaient partir. « Marylou nous invite à coucher chez elle. Comme Denise n'est jamais allée chez Marylou, on ne peut pas lui refuser cela. »

Et la Poule en remit. « Oui. Et tu mériterais que je ne t'invite pas. C'est honteux. Ta pauvre petite sœur chez qui tu n'as jamais daigné mettre les pieds.

— Ben là. Ne charrie pas, Marylou Robin. L'occasion ne s'est jamais présentée, c'est tout.

— Fiou ! »

Michel afficha une allure vraiment désolée de les voir partir. Le Français s'est toujours bien entendu avec sa belle-famille. Idola se sentit soudain tellement fatiguée qu'elle n'insista pas. Vers huit heures, les sœurs Robin quittèrent la maison des Pichot. Dans l'auto, Marlène était seule avec Denise. Marylou ramenait sa propre voiture. Marlène profita de cette occasion. « Je me dépêche de t'expliquer la situation, car dans dix minutes on sera chez la Poule. Je ne veux pas lui en parler maintenant. Michel Pichot est en amour avec Shirley. Il descend presque tous les fins de semaines pour la voir à Québec. »

En peu de temps elle communiqua à son aînée tout ce que sa sœur éplorée lui avait raconté. Denise n'en revenait pas. À son tour, elle restait complètement renversée. « Ça n'a quasiment pas de bon sens. Mais c'est pas Michel, ça.

— Oui Madame. C'est Michel, ça.

— Marlène, nous savons que Dola a l'air d'être malade. Si elle fabulait ? Si ce n'était que dans sa tête tout ça ? Michel, il avait l'air très normal quand on l'a vu tout à l'heure.

— Ben, voyons donc ! Je ne peux pas croire... Tiens, on arrive chez la Poule. Plus un mot. Les autres l'apprendront bien assez tôt.

— Surtout qu'on n'a de preuves de rien.

— Comme tu dis. »

215

Marylou venait tout juste d'arriver elle aussi. Elles entrèrent dans la maison toutes les trois, ensemble. Denise était heureuse de voir la demeure de sa petite sœur. Elle se souvint des paroles de son père lorsqu'il disait que Marylou était une femme rangée, propre et que tout luisait comme un sou neuf. « Eh, que papa avait donc bien raison. C'est donc bien beau chez toi, la Poule !

— Ben, voyons donc. C'est ordinaire.

— Non, Marylou. C'est d'une propreté exemplaire, et tu as de l'ordre. On dirait que tout est neuf... Tu as beaucoup de goût pour décorer. C'est pas ordinaire !

— Merci beaucoup. Je prends le compliment. C'est pas riche comme chez vous, par exemple.

— Peut-être pas, mais c'est pas à la traîne comme chez nous non plus. »

Les trois sœurs éclatèrent de rire. « Venez. Installez-vous. J'ai converti la chambre de Louca en chambre d'invités. Vous avez chacune votre lit. C'est une grande chambre. »

Marlène reconnaissait le bon cœur de Marylou. Elle aurait pu garder cette chambre pour la partager avec Marlène qu'elle aime tant. Non. Elle laissa ses deux sœurs ensemble pour qu'elles puissent converser entre elles.

En soirée, Marlène téléphona de nouveau à Laura pour annoncer leur arrivée le lendemain matin. Lorsqu'elle raccrocha, elle éclata de rire en s'adressant à ses sœurs. « Oups. J'ai dû déranger Mademoiselle. Ils sont après souper, Louca et elle. Laura va être obligée de tout ramasser après le repas et ce n'est pas son habitude.

— À deux, ils sont toujours bien capables de se ramasser. Louca est devenu traîneux lui aussi. Quand il vient ici, il enlève ses chaussures et il les laisse au milieu de la place.

Il me trouve fatigante quand je lui dis de se ramasser. Pauvre jeunesse ! »

À onze heures, les trois femmes sont couchées. Marlène et Denise ont causé un long moment à voix base. Puis, elles se sont endormies.

Brouhaha au Trait-Carré

Le tintamarre déclenché par les tantes à onze heures trente le lendemain matin réveille les deux jeunes de la maison. Laura se lève et se lave la figure dans sa salle de bains. En pyjama et pieds nus, elle descend à la cuisine.

Après avoir embrassé les matantes, elle se verse un grand verre de jus. Denise en profite pour dire bonjour à tout le monde et sort pour retourner chez elle à pied. Dès qu'elle s'apprête à passer la porte, un homme est déjà arrivé dans la cour. En l'apercevant, Denise le salue. Mais sans connaître l'individu, elle se risque à l'aborder. « Vous chercher quelqu'un, Monsieur ?

— Oui, je cherche une jeune journaliste que je connais de vue et pour lui avoir déjà parlé, mais je ne la connais pas personnellement.

— Ah, ben… Je ne sais pas à qui vous voulez vous adresser. Ici, c'est la maison des Robin. Je suis Denise Robin. Venez avec moi, je vais vous faire rencontrer ma nièce. Peut-être est-ce la personne que vous cherchez. »

Denise retourne vers la maison avec l'inconnu. En mettant le pied sur la galerie, elle se demande si elle fait le bon geste. Sans plus hésiter, elle sonne à la porte. Louis-Camille qui vient à peine de se lever, va répondre. Il reste étonné à la vue d'un homme accompagnant sa tante Denise. Un homme qui semble embarrassé par la situation. « Oui ?

— Louis-Camille, je crois que Monsieur veut voir Laura. »

Louca a vite la puce à l'oreille, puisque sa cousine lui a déjà raconté l'histoire du stationnement. Aussi mal à l'aise que les deux autres, il fait patienter le visiteur. Se pointant au milieu de la cuisine où règne toujours le même chahut, Louca voit sa mère s'approcher et lui sauter dans les bras. Le jeune homme met un doigt sur sa bouche pour leur signifier le complet silence. Il s'adresse à sa cousine. « Laura, tante Denise a introduit à l'entrée un monsieur inconnu. Il veut voir la journaliste dont il ne sait pas le nom. »

Laura écarquille les yeux et se met à trembler. Elle se tourne vers Marlène, l'air éploré. Cette dernière se demande dans quel guêpier sa nièce s'est fourré les pieds. À son tour de mettre le doigt sur sa bouche. D'un seul élan, elle sort de la cuisine et se rend à la porte d'entrée. « Bonjour Monsieur. On me dit que vous voulez parler à ma nièce ? C'est regrettable, elle vient de se lever et comme elle n'est pas habillée convenablement, elle hésite à venir parler à un inconnu.

— Ah, ben… ce n'est pas grave. C'est que je l'ai dépannée dans un terrain de stationnement, voilà quelques jours. Elle est montée dans mon auto et je crois qu'elle a oublié ce porte-monnaie avec ses cartes et son permis de conduire. J'ai trouvé ça sur le siège. J'ai essayé de l'appeler plusieurs fois et ça n'a pas répondu. Alors, j'ai noté l'adresse qui se trouve sur son permis de conduire. Et me voilà. »

Laura, ayant entendu la conversation, arrive en pyjama devant l'inconnu. Tout énervée, le sourire fendu jusqu'aux oreilles elle s'adresse à ce bon samaritain. « Je m'excuse de me présenter devant vous ainsi vêtue, cher Monsieur. Je n'avais pas le choix. J'avais oublié mon portefeuille dans votre auto ? Mais c'est épouvantable ! Je pensais d'abord y avoir laissé mes clefs. »

Le visiteur éclate de rire devant la spontanéité de la jeune femme. « Ça veut dire que vous avez conduit votre auto sans permis depuis deux jours ?

— Ben oui. Pas brillant, hein ? Quel est votre nom ?

— Roger Lacroix. Comme le député.

— Hein? Mais c'est donc bien vous qui me suiviez avec votre lumière manquante sur l'avant de votre voiture.

— Bien oui. J'essayais de vous rattraper pour vous remettre votre porte-monnaie. Quand j'ai vu que vous vous rendiez au poste de police, ca m'a placé dans l'embarras. Je me suis dit : tant pis, elle l'aura une autre fois.

— Mais quand le policier vous a demandé si vous suiviez mon auto, vous lui avez dit non...

— Le policier ne m'a jamais demandé ça. Il m'a intercepté parce que j'avais un phare de brûlé.

— Oups... ben, coudon. Mais, est-ce bien vous qui êtes venu ici, hier ?

— Ben oui... et vous m'avez dit que vous appeliez la police. Je ne voulais pas de troubles. Je suis reparti. Mais ce matin, je me suis dit, il faut toujours bien que je lui remette son portefeuille. Je vais essayer une dernière fois. Sinon, je le lui enverrai par la poste.

— Je vous remercie grandement, monsieur Lacroix. C'est très gentil d'avoir insisté. Au revoir et mille excuses pour mon comportement. »

Denise ne sort pas tout de suite. Elle attend que le monsieur reparte. Louis-Camille écornifle par la fenêtre du salon. Quand il voit démarrer l'auto, il n'a plus de doutes. « C'est le même homme qui était sorti de la cour, hier quand je suis arrivé.

— Si l'on me racontait ce qui s'est passé chez moi, pendant mon absence...- s'impatiente Marlène. »

Laura relate son histoire aux tantes. Mais pas exactement dans les mêmes mots qu'elle avait utilisés la veille au soir devant son cousin. Louis-Camille n'en croit pas ses oreilles. « Mosus qu'elle est menteuse, ma cousine. Où est la vérité ? Et le passage où Marlène est supposée être en amour avec Serge, c'est peut-être tout inventé ça aussi. »

En milieu d'après-midi, les deux jeunes sortent en ville. Marlène reste seule avec Marylou. La Poule affiche une allure tellement heureuse d'avoir un tête-à-tête avec sa grande sœur au Trait-Carré. Cette dernière pense qu'il serait bon de la mettre au courant de l'histoire de Michel Pichot et Shirley. Elle allait s'aventurer dans le sujet de la conversation quand la sonnerie du téléphone l'arrête dans son élan. Lorsque Marlène saisit l'appareil et répond à l'appel, Marylou voit pâlir sa sœur. Elle la regarde en haussant les épaules. En écoutant le message, elle comprend que c'est Norma, la fille d'Idola qui est au bout du fil à Saint-Lambert. Marlène termine vite l'entretien. « Bien, ma petite sœur, je pense qu'on va retourner vite dans ton coin. Idola vient d'entrer à l'hôpital.

— Hein ? Il me semble qu'elle n'avait pas l'air si malade que ça.

— Hé bien, oui. Viens-t-en. On s'en va à l'hôpital Charles-Lemoyne. Écris un billet aux jeunes, pendant que je change de vêtements. Appelle Marysol et Denise. Elles aussi doivent venir. On part dans une heure. La Poule, peux-tu recevoir tes sœurs à coucher ? »

Marylou se sent tout énervée. Elle se met à pleurer. « Est-ce que j'appelle aussi Shirley ?

— Non ! Es-tu folle ? Jamais de la vie.

— Ben, voyons donc…

— Viens t'asseoir deux minutes, la Poule, avant de faire tes appels. Il faut que je te raconte. »

Marlène, pour la deuxième fois depuis la veille, rappelle l'histoire d'amour entre leur beau-frère et Shirley. La Poule ouvre grand les yeux. Elle n'en croit pas ses oreilles. « C'est donc bien poche, ça ! Que je n'aime donc pas ça…

— Moi non plus. Maintenant, appelle les filles et écris le petit mot. »

Marlène monte à l'étage pour prendre une douche et changer de vêtements. Quand elle redescend, les appels téléphoniques de la Poule sont faits. Les deux femmes attendent les autres. Marysol qui vient de la Beauce tardera sûrement à arriver. Les jeunes sont revenus de leur sortie avant que la jumelle ne soit là. Le petit mot écrit devient donc inutile, Marylou le jette au panier. Marysol se pointe à trois heures moins le quart. Denise est déjà présente. Marlène respire un bon coup. Elle est fatiguée d'entendre son aînée répéter comme une perruche : « Pas Idola, pas Idola ! Ah non ! »

— Bon, les filles, on prend mon auto. Denise, tu conduiras la moitié du chemin.

Marysol intervient. « Pourquoi pas la mienne, Marlène ? Marylou et moi pourrions nous partager le temps de la conduite au volant. Nous sommes plus jeunes que vous.

— Non. Tu n'es pas habituée dans la région de Montréal, Marysol. Le trafic est trop lourd. »

Quand Marlène Robin échafaude un plan, son entourage a intérêt à ne pas le changer. Les quatre sœurs montent dans la voiture de Marlène. Les deux Poules assises sur la banquette arrière se regardent avec un sourire en coin.

Pendant plus d'une heure, les femmes se rappellent des souvenirs de leur sœur Idola, autrement appelée : Sœur Marie-

Noëlle. Enfin, Marlène sort de l'autoroute pour faire une petite halte dans un restaurant. « Ça y est, *Chemin haut de la rivière. Château Madrid.* On change de chauffeur. Marylou est plus jeune; elle est habituée de conduire dans le coin. Je pense qu'on va lui laisser la roue. Ça ne te fait rien, Denise ?

— Oh, je suis bien d'accord, moi. Tu sais, je ne suis pas une mordue de l'automobile. »

Ensemble, elles entrent au restaurant. Les voyageuses commandent du café pour les unes, du thé pour les autres. Une demi-heure plus tard, elles repartent, un peu reposées par cette petite halte.

En fin d'après-midi, elles pénètrent dans le stationnement de l'hôpital Charles-Lemoyne de Longueuil. Les sœurs Robin sont inquiètes. Elles ont hâte de retrouver Idola. Elles apprennent en arrivant que leur sœur est rendue aux soins intensifs. Norma et Caroline sont auprès de leur mère. Michel est assis dans le corridor, l'air dévasté. Malgré ce qu'elle a appris, Denise s'approche de lui. « Et puis, les dernières nouvelles, Michel ?

— Pas roses du tout.

— Ça veut dire quoi ?

— Leucémie. C'est la fin.

— Quoi ? Est-ce toi qui l'as entrée à l'hôpital ?

— Non. Elle est entrée en ambulance. Elle m'a appelé pour me dire qu'elle avait demandé le Service ambulancier. J'imagine qu'elle se sentait trop souffrante et n'en pouvait plus. Moi, j'étais au travail. Ensuite, c'est un confrère qui est venu me dire que ma femme venait d'arriver à l'urgence.

— Qui a appelé vos filles ?

— Ce doit être Idola avant de partir… je suppose. J'étais énervé. Je n'y ai pas pensé. »

Denise lui passe la main dans le dos, comme pour le consoler. Marlène réfléchit et ne dit rien. Elle donne encore le bénéfice du doute à son beau-frère.

« Peut-être, Denise a-t-elle raison et que tout se passait dans la tête de Dola. »

Marylou, pour sa part ne pense plus à sa belle-sœur, Shirley. La Poule a de la peine pour Idola. Elle se sent aussi triste pour Michel et leurs filles. Quant à Marysol, la plus froide des filles Robin, elle n'a pas changé. Elle semble au-dessus des événements. Son père l'appelait souvent « mon eau dormante ». Vu son statut d'infirmière, elle se rend la première auprès de sa sœur. Michel lui laisse la priorité. Quand elle revient auprès des autres cinq minutes plus tard, elle affiche une mine attristée. Elle est blanche comme un drap. « Et puis ? – s'informe Michel.

— Pas fort. Elle ne fera pas la soirée, Michel ! Elle est toute plaquée. »

Michel ne dit plus un mot. Il fait signe à Marlène de venir avec lui. Elle hésite une seconde, car elle pense que peut-être, il préférerait rester seul en tête à tête avec sa femme. Finalement, elle le suit.

Idola n'a plus sa connaissance. Michel pleure à chaudes larmes. Spontanément, Marlène le prend par les épaules pour l'éloigner des lieux. Le docteur Michel Pichot est inconsolable. Ses deux filles l'ignorent totalement. Elles ont tellement de peine qu'elles pleurent silencieusement, seules dans leur coin. Michel, craignant de se faire rabrouer n'ose s'avancer vers elles. Il retourne seul auprès de sa femme. Marlène s'approche de ses nièces. Caroline se reprend la première. Elle cesse de pleurer. Norma reste assise sur sa petite chaise pliante en métal gris et continue de sangloter. Marlène occupe la chaise voisine et prend sa nièce dans ses bras. « Tante Marlène, nous n'avons plus personne, Caroline et moi. Nous sommes seules. Orphelines de mère et de père.

— Non, Norma. Vous avez un père qui vous aime et tu le sais.

— Je n'ai plus de père.

— Comment peut-on juger quelqu'un comme ça, sans être sûr de ce qui se passe ?

— Maman m'a tout raconté.

— Écoute. Ta mère était très malade. Vous ne vous êtes jamais demandé si tout cela était réel ? En avez-vous parlé avec votre père ?

— Jamais de la vie.

— Bon… Attendez donc avant de juger. Il a le droit de s'expliquer lui aussi. Vous ne connaissez qu'un côté de la médaille. »

Marlène se sent tourmentée. Comment sa sœur a-t-elle pu monter ses filles contre leur père ? Cette manière d'agir ne lui ressemble tellement pas. Enfin, elle met cela sur le compte de la peine et de la maladie.

Les nièces cessent de pleurer. Elles restent quand même isolées dans un coin de la salle. Quand les deux jeunes voient que les tantes entourent leur père, elles ne les regardent plus.

Marylou se rend compte de la situation. Elle va donc auprès de ses nièces. Sympathique comme elle seule sait l'être, elle s'assoit avec elles et s'informe de ce qu'elles font dans la vie, de leur travail et de tout le reste. Au bout de quelques minutes, elle trouve même le tour de les faire s'esclaffer. Michel se sent moins malheureux quand il entend leurs rires.

La famille se divise en petits groupes pour aller manger une bouchée à tour de rôle. Marlène, Denise et Michel se rendent à la Cafétéria de l'hôpital vers six heures trente. Les jumelles et les deux filles de Dola en reviennent tout juste. Elles vont auprès de la malade pendant que les autres la quittent au même moment.

Lorsque les derniers reviennent, quarante-cinq minutes plus tard, il ne reste que Norma et Caroline auprès de leur mère. Marysol et Marylou causent dans la salle d'attente. Marysol fait un signe à Michel pour qu'il rejoigne ses filles. Il hésite un moment. Enfin, il se rend auprès d'elles.

Idola ouvre les yeux et sourit à son monde. Norma, en essayant de sourire, lui prend la main. « Maman, tu nous reconnais ? »

La mère sourit et cligne des yeux. Caroline se penche et l'embrasse sur le front. Puis, Michel s'incline à son tour pour parler à l'oreille de sa femme. « Je t'aime ! »

Idola siffle un : « Si. » Qu'a-t-elle voulu dire ? Peut-être bien un « moi aussi » ou un « merci ». Personne ne le saura, car à ce moment, elle s'éteint.

Norma amorce une crise de nerfs. Michel la retient dans ses bras. Caroline s'approche aussi de son père. Elles n'ont que lui, maintenant.

Entendant des éclats de voix, les jumelles entrent dans la chambre. Marysol vient à son tour prendre le pouls de sa sœur. Il n'y en a plus. Idola est vraiment partie.

Entrant dans la chambre, Marlène et Denise aperçoivent Michel qui entoure ses deux filles. Elles comprennent que leur sœur s'en est allée. Elles s'approchent du corps à leur tour. C'est à ce moment que Marysol remonte le drap pour recouvrir au complet sa sœur défunte. Le père quitte la chambre en tenant ses deux filles par les épaules.

L'histoire de Shirley Worth semble sortie de la tête de toute la famille, Michel y compris.

Une soirée à L'Île d'Orléans

Une heure du matin. Laura entre au Trait-Carré avec Louis-Camille. Ils arrivent d'une soirée passée au théâtre de Paul Hébert à l'Île d'Orléans. Ils sont partis en groupe après la pièce. Ils se sont arrêtés pour manger dans un restaurant de Ste-Pétronille. À peine le pied dans la maison, Laura aperçoit le clignotant du répondeur téléphonique. Elle s'empresse de relever les messages. Un de Marlène la fait reprendre son sérieux.

« Laura, Idola est décédée en fin d'après-midi à l'Hôpital Charles-Lemoyne. Nous retournerons à Québec demain pour changer de vêtements. Nous n'avons pas encore les coordonnées pour les funérailles. Nous reviendrons à St-Lambert au moment prévu pour l'événement. »

— Tante Dola est morte, Louca.

— J'en étais certain…

— Comment ça.

— On me l'a dit. »

Laura ne questionne pas son cousin. Elle ne veut pas en savoir plus. Elle craint que Louca amorce une crise. « Ah, non ! Il ne va pas commencer ça cette nuit, lui. »

— Louca, veux-tu un café ?

— Non, merci. Je suis fatigué. Je monte me coucher.

— Es-tu correct, Louca ?

— C'est quoi, être correct ?

— O.K., O.K. Bonne nuit.

La journaliste ne veut pas s'enliser dans de grandes discussions stériles. Le jeune homme s'éloigne de sa cousine occupée au comptoir de la cuisine. Il se dirige vers l'escalier. Laura se prépare un chocolat chaud. Une fois à point, elle apporte sa tasse fumante dans le boudoir; allume son ordinateur installé en permanence sur la table ronde en acajou près de la fenêtre. Seule et tranquille, elle commence à écrire son rapport sur l'interview qu'elle a accordée en fin d'après-midi. Pendant un moment, elle oublie tout ce qui l'entoure. Son cousin, sa tante décédée et celles qui reviendront demain dans la journée.

Elle allait éteindre son ordinateur une demi-heure plus tard, quand elle entend un cri effroyable venant de l'étage. Elle sursaute et reste pétrifiée de terreur sur sa chaise de bois au coussin de velours bleu nuit. Soudain, elle se lève et marche jusqu'au pied du grand escalier menant à l'étage.

« Louca… »

Pas de réponse. Elle attend. Elle s'apprête à monter quand elle entend des meubles traîner sur le plancher. Prise de panique elle se met à pleurer. Au bout d'un moment, elle essaie de rattraper son sang-froid. Après plusieurs efforts de lentes respirations, elle finit par retomber sur ses pieds. Tout en essuyant les larmes sur ses joues, elle monte l'escalier à la course. Elle frappe. « Louca ! Louca ! »

Silence complet. Plus un bruit. Pas de réponse. « Louca, c'est Laura. J'ai peur. Je suis toute seule. Qu'est-ce qui se passe ? Réveille, bon sang… »

La porte s'ouvre. Louis-Camille reste planté là, devant elle, l'air hagard. La voit-il ? Laura se remet à pleurer. « Louis-Camille Robin. Veux-tu bien revenir sur terre et laisser tes monstres en dehors de cette maison, s'il te plaît ?

— Mes amis ne sont pas ici, Laura. Et ce ne sont pas des monstres. C'est tante Dola qui est là. Elle me dit qu'elle ne nous aime pas.

— Ben, voyons donc. Sors de la chambre, viens à la cuisine avec moi. On va prendre un café ensemble. »

Laura a tellement peur qu'elle claque des dents. S'il la prenait pour une autre et voulait la tuer ? Il est bien plus fort qu'elle. Comment pourrait-elle se défendre ? Elle le tire par une manche de son pyjama, comme si elle voulait l'extraire de ce personnage qui la terrorise. Le jeune homme sort de la pièce, prend sa cousine par les épaules et l'accompagne. Une fois arrivé dans la cuisine, Louis-Camille a totalement retrouvé son aplomb. Il redevient son ami, son cousin préféré qu'elle aime comme un petit frère. Il semble même avoir oublié ses visions.

Laura demeure curieuse. Elle veut en savoir plus, même si elle s'est vue morte de peur. La journaliste en elle refait surface. « Pourquoi, disais-tu que tante Idola ne nous aimait pas ? »

Louis-Camille réfléchit. Il cherche. « Parce qu'elle me l'a dit.

— Quand elle vivait, t'a-t-elle déjà mentionné qu'elle ne t'aimait pas ?
— Jamais. Mais je le sentais.
— Pourquoi elle ne t'aurait pas aimé ? Elle aimait Marylou, ta mère.
— Sais pas. Quand j'étais petit, je lui avais chipé des sous qu'elle gardait dans un verre dans l'armoire de la cuisine.
— Bah, voyons donc ! Tous les enfants font ça.
— Moi, je n'avais pas le droit.
— Personne n'a le droit.
— Tout le monde a le droit. Pas moi.
— Pourquoi ?
— Parce que je n'avais pas de père pour me défendre.
— Oh ! Louca ! Ça t'a manqué, hein ? »

Le jeune homme fait un signe affirmatif. « Une fois, j'ai été près d'en avoir un. Marylou avait un chum que j'adorais. Damien. Elle n'avait pas le droit de le garder comme amoureux et moi, je n'avais pas le droit de le prendre comme père. C'était le chum de tante Marlène.

— Voyons donc ! C'est pas vrai, ça. Tu fabules.

— Oui, tu demanderas à Marlène, tu vas bien voir. »

Laura en sait suffisamment pour ce soir. Elle sert un café à son cousin et se prépare un deuxième chocolat chaud pour elle. Elle offre à Louis Camille une autre chambre afin qu'il ne refasse pas encore un mauvais rêve. Il refuse. Il se doit d'affronter ses démons.

Une heure plus tard, chacun et chacune regagnent leur chambre. Laura met du temps à s'endormir. Elle craint toujours d'entendre un vacarme dans la pièce du fond. Enfin, elle sombre dans le sommeil. Quelques heures plus tard, elle se fait réveiller par des voix venant du rez-de-chaussée.

« Ah, non ! Pas déjà les matantes ! Quelle heure il est ? Onze heures. Mon Dieu ! Louca n'a pas fait de grabuge. Tant mieux ! »

Elle essaie de se rendormir. Voici que le téléphone la réveille de nouveau. Elle décroche et s'apprête à répondre, mais quelqu'un d'autre l'a déjà fait avant elle sur un second appareil. Elle écoute. « Marlène, c'est Shirley. J'ai appris la triste nouvelle.

— La triste nouvelle, hein ? Tu ne me diras pas que ça ne fait pas ton affaire.

— Voyons donc, Marlène, qu'est-ce que tu me dis là.

— Coudon, es-tu en amour avec notre beau-frère, toi ? »

Laura, étonnée, écarquille les yeux.

« Voyons, est-ce que je rêve, moi, là ? Qu'est-ce qui se passe pour l'amour du ciel ? » La journaliste ne perçoit plus rien au bout du fil. Soudain elle entend raccrocher. Doucement, elle en fait autant. « Elle est donc bien bête la tante Marlène ce matin. Pauvre Shirley… à moins que… il n'y a pas de fumée sans feu. »

La jeune femme ne s'endort plus. Elle saute en bas du lit; s'étire; fait quelques exercices musculaires et s'enligne vers sa salle de bains pour se rafraîchir le visage et les mains. Elle ne prend pas la peine d'enfiler une robe de chambre. Pieds nus et en pyjama, elle descend rejoindre les femmes à la cuisine. « Bonjour la Chouette. On t'a réveillée, j'imagine.

— Tu imagines donc bien les choses, tante Marlène. Vous vous êtes levés bien de bonne heure toute la gang, pour faire Montréal-Québec et arriver si tôt le matin.

— On ne bamboche pas toute la nuit, nous, - s'empresse de rétorquer Denise.

— Je vois ça. Savez-vous quand auront lieu les funérailles de tante Idola ?

— Non. On va savoir ça aujourd'hui, je pense bien.

— Je ne sais pas si je vais pouvoir y aller. Je pense que je vais rester ici avec Louca. »

Marylou ne voit pas les choses ainsi. « Moi, je tiens à ce que mon fils vienne avec moi.

— Pour une tante, ce n'est pas obligatoire. »

Marlène croit bon d'intervenir. « C'est vrai, Laura, pour une tante, ce n'est pas obligatoire. Quand ta mère est morte, tous ses neveux et nièces étaient présents aux funérailles. Tu leur en dois une.

— Je ne pense pas que Louca soit en mesure d'y aller. Il a vu Idola cette nuit. Il a fait tout un vacarme. J'étais morte de peur. »

Laura raconte aux trois tantes les paroles de son cousin. C'est au tour de Marylou de devenir blanche comme un linge. Surtout au passage relatant l'époque du chum de Marlène, Damien Martineau. Marlène devient triste en entendant sa nièce ramener des moments aussi pénibles. « Pauvre petit ! »

Le rappel des paroles de Louis-Camille les attriste autant que le décès de leur sœur. Aucune d'elles n'insiste davantage pour convaincre Laura d'assister à la cérémonie des funérailles.

Denise retourne chez elle pour se préparer à entreprendre un plus long trajet. Elle veut communiquer la mauvaise nouvelle à ses enfants. Elle a surtout l'intention de téléphoner à Shirley. Elle n'est pas certaine du tout de l'histoire dont elle a entendu parler. L'aînée viendra rejoindre ses sœurs une fois ses obligations bien remplies.

Dès qu'elle entre à la maison, Denise téléphone d'abord à Sonia, la plus âgée de ses enfants, pour la mettre au courant des événements. Cette dernière se chargera d'aviser le reste de la famille Lavoie. Ensuite, elle appelle Shirley. Cette dernière se sent mal à l'aise quand elle entend la voix de sa belle-sœur. Elle craint que la conversation ne tourne au vinaigre, comme celle qu'elle a eue plus tôt avec Marlène. Elle sait que Denise n'est pas aussi directe que Marlène, mais elle n'a pas non plus l'habitude de mâcher ses mots. « Shirley, je sais que tu dois avoir de la peine toi aussi. Ce n'est peut-être pas le moment d'attiser des rumeurs qui circulent parmi nous. Mais moi, j'ai besoin de savoir s'il se passe quelque chose entre toi et Michel Pichot. Tu comprends, Idola était ma sœur.

— Denise, il ne s'est jamais rien passé entre Michel et moi. Il a toujours été bon pour moi. Il m'a rendu d'énormes services, et c'est tout. D'ailleurs, Idola aussi a été bonne pour moi. Mais je ne sais pas pourquoi elle m'a prise en aversion à un moment donné. Serait-ce à cause de sa maladie ?

— Peut-être avait-elle des antennes ?

— Je te jure qu'il n'y a jamais eu de prétendues relations entre nous deux.

— De toute façon, tes relations amoureuses Shirley, s'il y en a, ce ne sont pas de mes affaires. Donc, je me fie à ta parole. »

Les deux femmes se quittent sur cette version des faits. Une heure plus tard, Denise revient chez Marlène pour retrouver les autres de la parenté. Marlène se sent atterrée par la mort de sa sœur. Quant à Marylou, elle est restée bouleversée par les révélations de Laura. Pour sa part, Denise est attristée par une prétendue fréquentation de Shirley. Comme d'habitude Marlène retombe la première sur ses pieds. « C'est le moment pour un petit apéro. Qu'est-ce qu'on boit ?

— Rien pour moi, annonce Marylou.

— Une petite goutte de whisky avec un glaçon pour moi, commande Denise.

— Laura ?

— Juste du Perrier.

— Mon Dieu, ça ne boit pas fort. Moi, je me sers un bon verre de vin blanc. Il faut se remonter, sinon on va toutes nous enterrer. »

En soirée, un appel téléphonique vient annoncer la programmation des funérailles. Exposition de la dépouille vendredi en soirée, puis le samedi matin au Salon funéraire.

Service funèbre à l'église Saint-Thomas-d'Aquin de Saint-Lambert, à onze heures.

> — Nous sommes mardi. Ça ne sert à rien de partir trop tôt. On pourra s'en aller chez vous, la Poule, vendredi en avant-midi pour être tout près du salon mortuaire. Veux-tu appeler ta jumelle pour la mettre au courant ? Dis-lui d'arriver la veille du service. Ça la fatiguera moins de séparer le trajet en deux. Pauvre chouette. On ne devrait pas la laisser seule. Dis-lui de venir tout de suite si ça lui chante. »

Marylou reconnaît le grand cœur de Marlène. Elle s'exécute sur-le-champ. Elle parle à l'autre Poule pendant une quinzaine de minutes. Lorsqu'elle revient retrouver les autres, elle annonce que Marysol arrivera mercredi en après-midi. La maîtresse de maison est heureuse que sa petite sœur vienne les rejoindre le plus vite possible. « Tant mieux, nous aurons les deux Poules avec nous. Maintenant, si on veut faire les choses dans les règles de l'art, nous devrions amener Shirley avec nous. Je ne pense pas que notre frère Jean serait heureux que nous la mettions de côté comme un vieux chiffon. »

Ni Denise, ni Marylou n'osent dire le contraire. Chacune pense comme Marlène. Cette dernière prend son courage à deux mains et téléphone à Shirley pour l'inviter à venir avec elles. La belle-sœur éclate en sanglots. « Marlène ! J'ai le cœur rempli de peine. Je me sens tellement mal. J'aimais Idola. Et son mari qui a été si bon pour moi, je ne me vois pas ailleurs qu'auprès de la tombe de sa femme.

> — Alors, on partira vendredi matin. Si tu veux venir avec nous, nous avons de la place.

> — Merci beaucoup, Marlène. »

Marlène Robin garde l'impression de faire son devoir. « Si Jean me voit, il est sûrement heureux que j'amène sa Shirley. Mon frère a toujours été bon pour moi. Il m'a toujours protégée quand j'en ai eu besoin. Je vais mettre de l'eau dans mon vin et donner le bénéfice du doute à ma belle-sœur. »

Le vendredi matin se présente bien trop vite pour les sœurs Robin. Shirley se pointe à neuf heures pile. Il semble à Marlène qu'elle a rajeuni de dix ans, tellement elle est bien habillée, fraîchement coiffée et pétillante de bonheur dans le regard. Un maquillage discret met en valeur ses yeux en amandes.

« Ouais... mes doutes me reviennent. En tout cas, ce ne sont pas de mes affaires et Idola n'est plus là. Je dois fabuler. Voyons donc, pas de manquement à la charité ce matin. »

* * *

Les cinq femmes entrent au Salon funéraire à sept heures trente en soirée. Michel Pichot entoure de ses bras ses deux filles en larmes. Se retournant, il aperçoit ses belles-sœurs. Il parle à voix basse à ses filles, puis il se détache d'elles afin d'aller embrasser les sœurs de sa femme.

Shirley se tient droite, sans larmes quand elle présente ses condoléances à son beau-frère. Rien n'échappe à Marlène dans le comportement de Michel et celui de Shirley. Elle a beau chercher, elle n'y voit rien de répréhensible.

« S'il y a quelque chose entre les deux, ils le cachent bien, car je ne vois rien de travers. »

Shirley donne la main aux filles Pichot et leur présente ses condoléances. Caroline et Norma, en filles bien élevées, remercient sans embrasser la tante. Beaucoup de monde circule dans le salon. Des amis des Pichot. La famille Robin. On attend en soirée les membres de la famille Pichot de France. Les parents de Michel sont décédés depuis quelques années déjà. Il a encore un frère et une sœur. Ils seront quatre et ils logeront chez Michel.

Marylou reçoit à coucher ses sœurs. Michel Robin, le fils de Shirley s'est présenté au salon. Il couchera chez sa demi-sœur Emma, où il est invité avec sa mère. Les deux acceptent avec joie. Les sœurs Robin sont heureuses de la tournure des événements.

C'est Marlène qui semble la plus attristée par la mort de sa sœur. Idola était sa cadette.

« Mes deux suivantes sont parties. Idola et Fanny. Le Bon Dieu m'aurait-il oubliée ? »

Denise, fidèle à elle-même, reste de glace. Les jumelles ne semblent pas particulièrement attristées par le décès d'Idola. Pour elles, ce fut une grande sœur qu'elles ont très peu côtoyée. Elles étaient au début de leur adolescence quand Idola est entrée au couvent. Les Poules n'étaient pas très attachées à leur aînée, puisque Idola avait été élevée chez la tante Louise, leur voisine.

Marysol partage la chambre de sa jumelle. Denise et Marlène couchent dans l'autre chambre. Les deux aînées causent longuement avant de s'endormir et le matin vient trop vite à leur goût. « Oh, que ça va être pénible aujourd'hui, ma sœur.

— Moi, je pense que le choc a eu lieu hier, Marlène. Tu sais, chacun est un peu engourdi par les événements qui vont suivre leur cours.

— Peut-être. Si les filles d'Idola savent se retenir, ça va aller.

— Oh, oui. Ce sont des filles bien élevées, tu sais.

— Ouais. Des filles bien élevées, ça peut laisser leur cœur à la maison ?

— Espérons que tout se passera bien ! »

Comme il n'y a qu'une salle de bains dans la maison de Marylou, les plus âgées ont pris leur douche hier soir. Ce sera le tour des deux Poule ce matin. Il n'y en a pas une comme Marylou pour orchestrer un plan d'action.

À dix heures, la famille se trouve rassemblée au Salon funéraire. Beaucoup de monde défile cet avant-midi devant la dépouille mortelle. Norma et Caroline tiennent le coup devant le cercueil de leur mère.

Vingt minutes avant l'heure du départ pour l'église, le directeur des funérailles demande aux gens de réciter une dernière prière avant de sortir. Ces quelques minutes passées tout près du cercueil permettent aux proches de la défunte de se recueillir encore une fois ensemble et de faire leurs adieux à Idola. Le cœur serré, les membres de la famille immédiate s'approchent de la tombe. On y compte les deux filles d'Idola et son mari, ainsi que les quatre sœurs Robin. Shirley ne s'est pas avancée vers le groupe en tant que belle-sœur de la défunte, ni les autres personnes de la famille française.

À l'arrière de l'église, les gens sont maintenant rassemblés. La pluie qui tombe empêche le monde d'attendre dehors. Alors, le cortège se forme à l'intérieur du temple. Michel et ses filles suivent immédiatement le cercueil. Viennent ensuite Denise et Marlène, les jumelles. Les Français, Shirley, Emma et Michel Robin sont les derniers du groupe de la parenté. Les amis et connaissances ferment la marche. Plusieurs autres personnes avaient déjà pris place aux derniers bancs de chêne blond dans la nef.

Au beau milieu de la cérémonie, pendant que le célébrant de sa voix forte prononce une homélie bien structurée, Laura, accompagnée de sa cousine Lucie Lavoie, fille de Denise, Stéphane Campeau, fils de Marysol, Louis-Camille ainsi que Jacques Leblanc entrent dans l'église par la porte de côté. Ils se retrouvent à l'avant, près de l'autel. Laura rougit jusqu'à la racine des cheveux, pendant qu'ils prennent place dans un banc libre près du baptistère. Marlène sourit. Elle semble heureuse que sa nièce soit là. Marylou lève la tête comme pour montrer sa fierté devant le geste de son fils qui s'est déplacé depuis la Vieille Capitale pour venir enterrer sa tante qu'il n'appréciait à peu près pas. Noblesse oblige. Denise n'est pas moins fière de voir arriver une partie de sa progéniture. Marysol sourit à son fils. Caroline et Norma sont heureuses de voir leurs cousins et cousines de Québec accompagnés de leur ex-oncle Jacques. Les jeunes ne se rencontrent pas souvent. Habituellement, c'est toujours une fête.

Une fois terminée la célébration religieuse, les personnes recomposent le cortège vers la sortie de l'église. Le directeur de funérailles annonce aux parents et amis qu'ils sont invités pour un lunch au « Montreal Country Club », le club de golf de St-Lambert, situé sur la rue Riverside, près de l'église Saint-Thomas-d'Aquin.

Les gens n'iront pas au cimetière, car il y aura incinération du corps. Les adieux à Idola Robin Pichot ont été rendus. Beaucoup de personnes présentes connaissaient à peine Idola. Demain, un bon nombre d'entre elles auront oublié le souvenir de la défunte. D'autres la pleureront un temps, puis oublieront à leur tour. Quant à ses enfants et son mari, que garderont-ils au fond de leur cœur ? La question est posée. Ainsi va la vie.

La geisha de Serge

Marlène sent le besoin de se divertir. Dès le surlendemain des funérailles de sa soeur, elle retourne suivre les cours dispensés par Serge. Mais elle en a manqué deux. La quinquagénaire a bien hâte de revoir celui pour qui son cœur bat encore jour et nuit et qui reste omniprésent dans sa pensée.

Dès qu'elle reprend sa place dans la salle des conférences, elle aperçoit Serge causant avec une femme inconnue. Une nouvelle, inconnue par Marlène. Cette dame, dans la cinquantaine à ce qui lui semble, parle à Serge en secret et à voix basse, le visage presque collé à celui du professeur. Mais aussitôt que Serge aperçoit Marlène, instantanément il fait mine de s'éloigner de son interlocutrice. Ce n'est pas Marlène Robin qui va se faire des scrupules pour aller mettre un terme à une telle conversation. « Excusez-moi d'interrompre votre messe-basse, cher prof. Comment va mon ami ? »

Marlène embrasse son professeur. Surprise par ce geste, l'inconnue recule. Rouge comme une pivoine, elle tourne les talons et va s'asseoir dans une rangée de chaises vides. Marlène fait exprès pour embêter l'étrangère. À son tour, elle parle à voix basse à son professeur. « Tu t'es déniché une geisha ? »

Serge rougit à son tour jusqu'à la racine des cheveux. À ce moment, les élèves commencent à envahir le local. Le professeur grimace un sourire. Il se rend à la porte pour accueillir les personnes inscrites à la session. Subitement, Marlène va s'asseoir à côté de la nouvelle étudiante. Elle se présente et lui demande son nom. « Carmen Laventure.

— Waw ! Vous avez un nom de famille pour voyager loin, vous. »

La jeune dame semble embêtée, mais sourit devant la spontanéité de Marlène Robin. Serge, mine de rien, surveille d'un œil les deux femmes assises voisines l'une de l'autre.

La première partie du cours se déroule sans autres incidents. Pendant la pause, Marlène se colle au bureau de son cher professeur. « Coudon, as-tu finalement choisi ta maison ? Tu n'es pas revenu chez nous.

— Oui. Tout est fait. Nous avons arrêté notre choix sur celle de Saint-Antoine. C'est la maison qui répond le mieux à nos goûts. Je l'habite déjà.

— Tant mieux. Je suis bien contente. Je suis allée les voir toutes les deux avec Denise. Pour nous aussi, celle de Saint-Antoine nous semblait la plus belle. »

Au milieu de la pause, la nouvelle étudiante est sortie de la salle. Marlène la cherche des yeux. « Probablement à la toilette. La geisha doit de se refaire une beauté. »

Le cours se poursuit. Carmen revient s'asseoir, non pas à sa place habituelle, mais au bout de l'allée. « Tiens, tiens, tiens. La Carmencita ne m'aime pas. C'est bien réciproque. »

À la fin du cours, Carmen s'attarde à sa place pour rassembler son matériel de classe. Pendant ce temps, Marlène cause avec plusieurs autres étudiantes. Au bout d'une dizaine de minutes, il ne reste dans la salle que Carmen, Marlène et Serge. Carmen s'avance la première vers Serge. Elle s'adresse à lui à voix basse, l'embrasse et quitte les lieux. Marlène entend les mots : « Elle est jalouse cette femme » ou quelque chose du genre.

Marlène est maintenant seule présente avec celui qui est l'amour de sa vie. « Viens-tu souper à la maison ? Je t'invite. Je te raconterai la mort de ma pauvre sœur.

— Je ne peux pas, je regrette. Je suis déjà engagé. Je te présente mes sympathies.

— Oh, t'es déjà pris ? La geisha ?

— Pourquoi l'appelles-tu ainsi ? Son nom c'est Carmen ?

— Ah, bon… Elle sort d'où celle-là ? »

Serge, embarrassé, regarde Marlène. Il réfléchit avant de répondre. Dans un grand soupir, il s'élance. « Elle vient de Longueuil. Nous avons habité voisins l'un de l'autre pendant sept ou huit ans. C'est une bonne amie, c'est tout.

— Une bonne amie au même titre que moi ? Elle vient de loin pour suivre des cours.

— Si tu veux. Elle a une sœur qui habite Saint-Nicolas.

— Ah, bon. »

« Tu parles d'un escogriffe, quand je ne suis pas là, il me court après. Quand je suis là, il en racole d'autres. Il ne se prend vraiment pas pour de la merde, le prof, hein ? »

Marlène salue son professeur avec un sourire qui aurait envie de se changer en larmes. Elle se hâte de fuir. Elle court au stationnement. Comble de malheur, elle rencontre Carmen faisant les cent pas un peu plus loin. Cette dernière n'a pas l'air de l'avoir vue, ou du moins fait semblant. Marlène démarre sa voiture et s'empresse de s'éloigner.

« Finis ces cours de peccadille. Je ne ferai rien avec ça. C'est mon dernier sacrifice. »

Une larme coule sur sa joue. Elle l'essuie et sort du stationnement, en même temps que Serge y met le pied pour aller

243

chercher sa voiture ou rencontrer sa Carmen. Marlène fait mine de ne pas le voir.

« J'espère qu'il ne m'a pas aperçue m'essuyant les yeux, lui. De toute façon, je ne le reverrai plus de ma vie. »

La quinquagénaire ne veut pas rentrer maintenant à la maison. Elle emprunte le chemin le plus long. Elle traverse la ville de Sillery, se rend au chemin Saint-Louis, descend la première grande côte qu'elle croise et aboutit à l'Anse aux foulons. Elle traverse la Basse-ville, tourne à droite sur la rue du Pont et entre dans Limoilou. Une fois arrivée à la hauteur de la 4e avenue, elle tourne à gauche.

« Bon, il y a assez de stops et de lumières sur cette avenue, je vais avoir le temps de reprendre mes esprits. »

Elle met la radio en marche. Sa chaîne préférée où on n'entend que de la musique. Des valses de Strauss lui tirent les larmes plutôt que de la rendre joyeuse. Elle change de poste. Gilbert Bécaud chante *Et maintenant*. Marlène éclate en sanglots. Elle chausse ses verres fumés.

« J'ai l'air de quoi, moi là ? Mon Dieu, faites-moi un signe comme quoi je n'ai pas tout perdu ! Mosus, que je suis tannée, moi ! » Rapidement, elle ferme la radio.

Vingt minutes plus tard, elle arrive devant sa maison.

« Il faudra toujours bien que je me décide à entrer. J'espère que les jeunes ne sont pas là ».

Aucune auto devant la demeure. Rendue à la porte centrale, elle met la clef dans la serrure et ouvre. Aussitôt, elle entend la sonnerie du téléphone. Elle ne prend pas le temps de refermer et court vers l'appareil. « Allo…

— Marlène ?

— Oui, Serge.

— Je crois que tu as oublié de prendre le résumé du cours.

— Non. Je ne le voulais pas.

244

— Ah ? Ça ne va pas ?

— Ben, voyons donc ! Donne-moi une bonne raison, seulement une pour que ça aille bien. »

C'est le silence au téléphone. Les secondes paraissent des minutes pour Marlène. Enfin, c'est Serge qui reprend le dialogue. « Écoute, je pourrais aller faire un tour après le souper. Est-ce que tu es disponible ? Je t'apporterais le résumé.

Marlène ne répond pas tout de suite. Enfin, elle respire un bon coup. « Oui, pas de problèmes. Vers quelle heure ?

— Sept heures et demie, ça te va ?

— O.K. à plus tard.

— À plus tard. »

Marlène ferme l'appareil. Elle sourit.

« Merci mon Dieu ! Je vois que tu me fais signe. Je vais continuer mes cours. »

Fermant la porte qui était restée béante, Marlène monte au pas de course à l'étage. Elle se hâte vers la salle de bains, ouvre le robinet de la baignoire et se glisse dans l'eau chaude.

« Oups... j'ai oublié. » Elle sort du bain, enfile la robe de chambre en ratine blanche accrochée derrière la porte et pieds nus elle descend à la cuisine. Elle ouvre le frigo, sort une bouteille de vin rosé, se verse un verre dans le cabaret sur la desserte. Elle boit une gorgée en montant l'escalier. L'eau coule toujours quand elle entre dans la salle de bain.

« Hey... ça s'appelle arriver à temps. » La baignoire est remplie aux trois quarts. Elle ferme le robinet. Prudemment, elle tâte l'eau avec le gros orteil droit et se tient en équilibre pour ne pas renverser son verre tout embué qu'elle tient dans sa main droite. En s'assoyant dans le bain elle fredonne :

« Et maintenant, que vais-je faire, de tout ce temps que sera ma vie. De tous ces gens qui m'indiffèrent, maintenant que tu es parti.

Pas vrai, il n'est pas parti. Wow ! » Elle boit son vin à petites lampées. La coupe n'est qu'à moitié quand elle entend résonner le téléphone.

« Ah, non ! J'espère qu'il ne se décommande pas. » Elle sort du bain, s'enveloppe d'une longue serviette, sort de la pièce et court répondre à l'appareil au fond de sa chambre.

— C'est encore moi. Dis-moi, sois bien à l'aise, je veux te demander une chose. Si ça ne te va pas, tu me le dis. Est-ce que je peux amener Carmen avec moi ce soir ? Elle est seule en ville et ne connaît personne.

Marlène reste bouche bée. Va-t-elle se mettre à pleurer, ou doit-elle rire ? Elle ne sait plus. La pauvre femme reste complètement décontenancée. « Serge, je vais te dire. Ça ne me va vraiment pas. Non. Reste en ville avec elle. Puis, j'aime mieux ne pas te voir. Si tu n'es pas capable de venir me visiter sans elle, ne viens pas. »

Elle ferme l'appareil sans attendre de réplique, puis elle retourne à la salle de bains. Elle retire le bouchon de la baignoire, vide son verre de rosé dans l'eau du bain et s'assèche complètement. Déboussolée, elle murmure : « Ça ne se peut pas ! Qu'est-ce que tu attends, Marlène Robin, d'un tel homme ? Veux-tu bien me dire ? »

Pas une larme ne coule de ses yeux. Comme si la rage l'empêchait de pleurer. En retournant dans sa chambre, elle décide de se mettre en pyjama et de se glisser sous les couvertures. Elle veut réfléchir à la situation.

Le carillon de la porte la réveille.

« Qui c'est ça ? »

Elle regarde l'heure. Sept heures et demie. La femme, trop endormie pour juger si c'est le soir ou le matin, enfile sa robe de chambre et descend pieds nus. Le carillon se fait entendre de nouveau quand elle atteint la dernière marche. Elle se hâte d'ouvrir. « Serge ?

— Je viens te porter la feuille que tu as oubliée. »

Marlène reste décontenancée. Elle est là sans aucun maquillage, les cheveux en broussaille et pieds nus. Serge la regarde des pieds à la tête. Soudain, il éclate de rire. « Je suis certain que tu ne m'attendais pas. T'es belle.

— Ah, ben, là, pas sûre que je vais te croire. Ne dis rien pour être aimable. Tu m'as réveillée. Je m'étais couchée après ton téléphone et je me suis endormie.

— Je le pense vraiment. Tu ne m'invites pas ?

— Tu es seul ? Rentre.

— J'ai été malhabile, Marlène. Je m'excuse, je n'aurais pas dû te demander de recevoir Carmen. Je te comprends.

— Tu comprends quoi ?

— Que tu ne veuilles pas la voir arriver. Tu ne la connais pas. Moi, je la connais depuis des années. Je sais que c'est une bonne personne, dévouée, délicate.

— Je veux l'oublier. Elle va être là à tous les cours ?

— Bien, non. Elle est venue chez sa sœur. Elle sait que nous habitons le village voisin. Et comme elle a été longtemps notre voisine, elle a fait un saut jusque chez nous. Tu comprends, elle voulait voir comment nous étions installés. Elle retourne chez elle demain matin. »

Marlène commence à regretter ses paroles. Sans le mentionner, elle se sent honteuse de son comportement.

Comme s'il voulait profiter de l'occasion pour passer son message, Serge continue sur sa lancée. « Marlène, je trouve que tu te fais des romans dans ta tête. Tu pointes un événement, tu le déformes et voilà le roman qui prend naissance. Tu n'aimerais pas ça, écrire ?

— Hein ? Ben, voyons donc !

— Tu es une artiste qui déforme la vie et lui fais prendre forme selon ton état d'âme du moment.

— C'est-à-dire ?

— C'est-à-dire que tu ne vois pas les faits tels qu'ils sont. Tu les falsifies et, selon tes humeurs, les faits prennent une allure belle ou laide. Je suis sûr que tu en es inconsciente. Réfléchis à ce que je te dis. Si tu restes objective, tu verras que j'ai raison. Dans le sujet qui nous intéresse maintenant, tu as vu en Carmen, une amoureuse à moi. Une rivale pour toi. Tu es partie de cela et tu as commencé à égratigner cette femme. Tu sais, Carmen ne t'en voudra pas, elle n'est pas amoureuse de moi. Mais elle s'est bien aperçue que toi tu l'étais.

— Et toi, tu es amoureux de qui ?

— De personne. »

La réponse est tombée comme un couperet. Et vlan ! Marlène a reçu les mots comme une douche froide. Le temps de retomber sur ses pieds, elle commence son investigation. « As-tu été amoureux de Laura ?

— Ce ne sont pas de tes affaires, Marlène. Tiens-t-en à ce que je t'ai dit. Je ne suis pas amoureux, point. Laisse tomber ton inquisition.

— Je ne comprends plus, moi.

— Tu n'as pas à comprendre. As-tu soupé ?

— Euh… non. Pas trop faim, moi, là.

— L'appétit vient en mangeant. Je t'invite à souper chez moi, à Saint-Antoine.

— Hein !!! T'es donc bien fin ! Attends-moi, je m'habille. Sers-toi un verre de vin dans le frigo. »

Au pas de course, sourire aux lèvres, Marlène monte les marches deux par deux. Serge dodeline de la tête et rit en la regardant grimper le grand escalier de chêne. « Installe-toi où tu voudras, Serge. Je reviens, ça ne sera pas long » - crie l'hôtesse en contournant la rampe de la mezzanine.

Le professeur se rend à la cuisine. Il ouvre le frigo, prend une coupe sur la desserte, se verse un verre de Rosé et s'installe au comptoir de la cuisine. Il ouvre un livre de recettes laissé là par la propriétaire.

« Les recettes de Pol Martin. Oui, elle devrait écrire. Elle cesserait peut-être d'analyser son entourage. »

Cinq minutes plus tard, Marlène arrive à la cuisine vêtue d'un pantalon rayé de gris, ton sur ton. Un pull rouge flamme complète sa toilette très simple au goût de Madame Robin. Serge la trouve très belle, mais ne le lui dit pas. Elle s'attendait pourtant à ce qu'il le lui souligne. Peine perdue. « Qu'il est donc décevant, ce gars-là. »

— Je suis prête.

— Oui. Moi aussi. Allons-y. J'ai vraiment faim.

— Moi aussi, je commence à avoir un petit creux. On y va.

Serge vide le reste de sa coupe d'un trait. Ils sortent ensemble de la cuisine.

Marlène se demande s'il est possible de se sentir plus heureuse. Une fois dehors, Serge lui mentionne qu'elle est mieux de prendre sa voiture, ainsi il n'aura pas à venir la reconduire après le souper.

Marlène se montre déçue. Mais elle admet que c'est plein de bon sens. Saint-Antoine, ce n'est pas la porte à côté.

« Il pourrait bien me garder à coucher. Je ne lui sauterais pas dessus. Je suis tout de même une fille bien élevée. »

La maison de Saint-Antoine

Marlène et Serge arrivent presque en même temps devant la maison de ce dernier. Le cœur de la quinquagénaire bat à tout rompre.

« Tout à coup il changerait d'idée. S'il lui prenait la fantaisie de ne pas me laisser entrer, j'aurais l'air de quoi ? C'est sûr que ce serait fini, s'il me faisait cela. Ce n'est pas un geste à essayer. Un comportement de la sorte serait impardonnable. »

Serge passe devant Marlène et déverrouille la porte. Il se range de côté pour laisser entrer son invitée. Celle-ci remarque que la table de la salle à manger est déjà dressée pour deux personnes. Deux couverts installés face à face. Une bouteille de vin rouge trône au centre de la table. Les trois pièces principales au rez-de-chaussée, soit la cuisine, la salle à manger et le salon, sont à aire ouverte. « Coudon ! Tu savais déjà que j'accepterais ton invitation ? Tu as placé deux couverts.

— Toi ou Carmen.

— Ah, ben là, tu me casses les bras.

— Ris un peu. C'est une blague. Avant de partir te chercher, j'ai mis la table parce que j'avais l'intention de te ramener avec moi. »

L'invitée ne dit rien, de peur de gaffer à nouveau. Serge l'invite à s'asseoir au salon. Elle choisit une berceuse de bois blond dont le dossier et le siège sont agrémentés de coussins fabriqués de patchwork. Un pouf assorti l'invite à y poser les pieds. Ce qu'elle fait dès qu'elle s'assoit. Instinctivement, elle ne choisit pas la causeuse, de crainte que son hôte ne veuille pas s'asseoir près d'elle.

Serge sort du frigo une assiette de canapés. Des petites rôties taillées en rectangles, triangles et d'autres en carrés. Les unes ont été nappées de fromage Philadelphia puis garnies de caviar, alors que les autres sont ornées de filets d'anchois. Marlène se montre éblouie. « Coudon ! Heureusement que je suis venue. Tout ce que j'aurais manqué.

— Attends, tu n'as pas tout vu. Au menu ce soir, tu vas déguster le mets principal qui tient son origine d'Anvers, et même de toute la Belgique, je dois dire. C'est le waterzooï gantois. On mange bien des choses singulières à Anvers. Ce waterzooï, c'est mon mets préféré. Il consiste en une soupe-repas aux poissons. Elle pourrait être au poulet. Au dessert, on se régalera d'une glace aux spéculoos et raisins secs.

— Rien qu'à t'entendre, je salive. C'est quoi des spéculoos ?

— Ce sont de petits biscuits aux raisins secs enrobés de sucre candi. Du sucre cristallisé. Tu vas les savourer, tu verras.

— Et ton mets machinchouette là, pourquoi gantois ?

— C'est un plat qui vient de Gand, G-A-N-D. Une belle ville touristique de Belgique.

— Hey, j'en apprends plus ce soir que dans ton cours de cet après-midi.

— C'est parce que cet après-midi, tu n'écoutais pas. Tu ruminais Carmen.

— T'as trouvé ça tout seul ? »

Serge sourit. Il retourne au comptoir de la cuisine et revient aussitôt avec deux verres dans les mains. Il en offre un à Marlène, puis il lève le sien pour saluer son invitée. « Santé…

— Santé. »

Il s'assoit au centre de la causeuse coloniale en face de sa convive. Les yeux du grand Belge brillent de plaisir. Marlène se demande bien si c'est à cause d'elle ou de son repas.

Une demi-heure plus tard, les deux se régalent du waterzooï. Après un deuxième verre de vin, Marlène, spontanément s'adresse à son hôte. « J'aimerais que le temps s'arrête là, maintenant, Serge. Pas toi ? »

Il la regarde et ne dit mot. Il se lève, retourne à la cuisine trancher une seconde fois du pain. Il revient à table, s'assoit et continue de manger sans dire un mot. « Tu ne dis rien ?

— Non.

— Pourquoi ?

— Je n'ai rien à dire. Le temps ne s'arrête jamais, Madame Robin, et c'est tant mieux. Savoure ce moment sans en demander davantage. Ne t'attache pas, je ne peux rien te donner de plus. Il faut savoir se contenter. »

« Merde, ce qu'il peut être bête cet homme ». L'atmosphère vient de changer. La flamme de la chandelle avait su amener jusqu'à maintenant une teinte rosée dans la place. C'est devenu jaunâtre. Pourquoi tant de choses ont basculé ? Marlène se le demande. « Tiens, tiens, quant à tout perdre, je vais me régaler. »

— Dis-moi, Serge, je vais être indiscrète. Serais-tu asexué ? On dirait que tu n'as pas de libido.

Serge se retient pour ne pas pouffer de rire. Il regarde longuement son invitée avant de lui répondre. « Je te dirais que la sexualité d'un être lui est propre et ce n'est l'affaire de personne d'autre. Cela dit, non, je ne suis pas asexué. Et ce n'est pas parce que tu es une belle femme que tous les hommes ont envie de te sauter dessus.

— Je comprends. Donc, c'est moi. Et avant moi, c'était Laura. Coudon, les femmes Robin ne sont pas douées pour te faire de l'effet ? N'y a-t-il que Carmen qui en ait le doigté ?

— Non. Pas plus Carmen que toi.

253

— Alors…, tu es homo ?

— Marlène ! Te rends-tu compte que tu brises notre rencontre ? Tu es désagréable. »

Marlène est au bord des larmes. Elle murmure une forme d'excuse. Ensuite, plus un mot. Dix minutes plus tard, la quinquagénaire se sent toujours à côté de ses souliers. L'hôte de la maison sert enfin le dessert. « Thé, café ?

— Non, merci. Je vais finir mon verre de vin.

— Avec du sucré ? Ah bon… »

Un signe affirmatif clôt le bref échange. L'invitée n'a tellement pas le cœur à goûter aux biscuits nationaux de son hôte. « Il faut que je me force. Il a fait son possible pour préparer ce bon repas. »

— Serge, est-ce que cela t'offusquerait si je dégustais le dessert un peu plus tard ? J'ai trop mangé au début. Je ne suis vraiment pas capable d'en rajouter.

— La crème glacée va fondre. Tiens. Je vais remettre la boule de glace au congélo et tu mangeras quand tu seras prête. Passe au salon, je te rejoins. Tu ne veux vraiment rien d'autre à boire ?

Un signe négatif accompagne Marlène quand elle se lève pour se diriger vers le salon. Serge remet la crème glacée au congélateur. Il replace au frigo l'assiette contenant les deux biscuits restés sur la table. Sans perdre un instant, il va rejoindre son invitée. « Et puis, ça va mieux ?

— Mieux ?

— Tu te replaces ?

— Plus ou moins. »

Serge sourit. Il se rend à sa bibliothèque et en sort un album de photos de sa famille, représentant ses frères, ses sœurs et des neveux. Il s'installe dans un coin de la causeuse et invite Marlène à venir s'asseoir à côté de lui. Elle n'en croit pas ses oreilles. « Tu as bien dit : à côté de toi ?

— Oui. Pourquoi pas ?

— En effet. Pourquoi pas. »

Enfin, elle recommence à respirer. Il lui montre des photos de famille, et d'amis. Marlène essaie de lire entre les photos. D'un côté, tout semble limpide et d'un autre, c'est à n'y rien comprendre. Soudain, l'invitée se sent fatiguée.

« Je suis à bout. Je serais si bien chez moi, tranquille, ne me posant aucune question. J'ai l'impression de me chercher toujours un plat où me mettre les pieds. » D'un trait elle se tourne vers l'homme qui hante ses jours et ses nuits.

— Qu'est-ce que tu ressens pour moi, Serge ? C'est la dernière fois que je te pose la question.

— Justement, tu poses trop de questions.

— Tu ne m'as jamais répondu.

— Et je ne te répondrai pas.

— Alors, merci beaucoup pour le bon repas, c'était très gentil. Je ne veux plus jamais avoir de nouvelles de toi, Serge Roussel. Oublie-moi.

Marlène se redresse d'un bond, reprend sa veste de laine abandonnée sur le bras d'un fauteuil à son arrivée, puis sa sacoche laissée par terre près de la chaise berceuse. En vitesse, elle se dirige vers la sortie. Serge l'accroche au passage par un bras. Il plonge son regard dans les yeux de la femme. Marlène y lit un immense amour et tant de crainte. « Ne fais pas de bêtises, Marlène. Je ne veux pas te perdre. Tu es mon amie. Je t'aime. »

Marlène appuie sa tête contre l'épaule de Serge et éclate en sanglots. Elle pleure ainsi pendant de longues minutes. Soudain, elle entend l'homme qu'elle aime lui chuchoter. « Chhhhut. Ne pleure plus. Je veux que tu restes toujours mon amie.

— Pourquoi pas plus qu'une amie ?

— Parce que seule l'amitié est capable de traverser le temps. Je trouve que c'est plus durable que l'amour. Essaie de transformer ton amour en amitié. Tu verras. Tu ne souffriras plus. Je ne veux plus te voir souffrir à cause de moi. Viens t'asseoir que je t'explique. Tiens. Viens là. »

L'invitée prend place sur la causeuse à côté de son hôte. Le regard de Serge est empreint d'inquiétude. Vient le moment où il se décide de parler. « Les personnes qui habitent ici avec moi sont mes enfants. J'ai deux fils ici au pays. Une fille restée en Belgique, mais elle vient en vacances deux à trois fois par année. C'est mon bébé. L'aîné a vingt-trois ans, c'est Stéphane. Le cadet s'appelle Nicolas. Et ma fille, c'est Annie. Mes gars étudient à l'Université de Montréal. Stéphane termine une maîtrise en Histoire et l'autre en Sciences sociales. Annie étudie en sciences dans une école spécialisée à Anvers. Voilà. Ordinairement, j'en parle à peu de monde de mon entourage. Tu fais partie des privilégiés.

— Pourquoi tu ne le dis pas ?

— Pour ne pas parler de leur mère.

— Pourquoi ?

— Tu vois, c'est à cette question que je ne veux pas répondre. Mais à toi, je vais te le dire, afin que tu ne partes pas sur un autre roman-fiction. Très peu de gens connaissent ma vie. Ici, en tout cas. Ma femme s'est suicidée il y a dix ans. Elle était dépressive. Maintenant, tu sais. Si tu veux partir, c'est moi qui suis très fatigué.

— Oui, oui, Serge. Merci beaucoup pour ce partage d'opinions et pour le repas. Je m'excuse de t'avoir tant importuné. »

Marlène se sent tellement lasse à son tour. Elle ne dit plus rien. Elle se détache de lui et se dirige lentement vers la porte. Lui la prend par les épaules et sort avec elle pour l'accompagner jusqu'à sa voiture. Dehors, il fait un temps splendide. La marée est haute, un bateau illuminé passe sous une pleine lune orange et sans nuages dans un ciel étoilé. Elle voudrait qu'il l'invite à passer la nuit avec lui. « Regarde comme c'est beau, Marlène ! Que demander de plus ? »

La quinquagénaire sourit. Les larmes coulent paisiblement sur ses joues. Lentement, elle ouvre la portière de l'auto. Serge l'embrasse sur les deux joues et la laisse partir. Elle ferme la porte et démarre. Avant de reculer pour mieux sortir de l'endroit, elle lui lance un sourire et lui fait un signe de la main. Serge à son tour lui renvoie le même geste de salutation. Un dernier contact des yeux.

« Et dire qu'il a l'air si serein ! » C'est cette dernière image que Marlène garde dans son esprit tout au long du trajet à son retour chez elle. Il est une heure du matin quand elle entre dans la maison depuis longtemps endormie. Les deux autos, celles de Laura et celle de Louis-Camille sont garées dans l'entrée.

« Au moins, les jeunes sont couchés ». Je n'aurai pas cette inquiétude pour me tenir réveillée.

Le mystère percé

Voilà trois semaines que Marlène n'est pas retournée au cours de Serge. Elle lui a écrit pour lui expliquer qu'elle voulait prendre un temps de réflexion. Curieusement, depuis qu'elle a renoncé à ses cours, elle pense de moins en moins à cet homme. Même le visage du professeur s'estompe dans sa mémoire. Il n'a pas téléphoné et elle s'en porte très bien. Serge n'est plus constamment dans sa pensée.

« Tant mieux ! Si je peux l'oublier totalement, j'en serai bien contente. »

Un matin, elle s'apprête à aller chercher sa sœur Denise. Toutes les deux veulent parcourir les magasins du Centre Laurier.

Dès neuf heures trente, elles quittent la maison de Denise sous la pluie pour se diriger vers le boulevard Laurier. Elles causent de choses et d'autres tout au long du trajet. Une fois rendues à l'endroit, les femmes découvrent le stationnement du Centre commercial déjà rempli de voitures. Par contre, les deux complices n'ont aucune difficulté à se trouver une place libre pour garer l'auto. À dix heures pile elles entrent dans le grand établissement des différents commerces en opération. « Tu parles ! On se croyait de bonne heure. Tout le monde a pensé comme nous. C'est le cas de le dire que l'avenir appartient à ceux qui se lèvent tôt, hein ?

— À qui le dis-tu. Marlène, j'aimerais aller dans une bijouterie pour faire réparer mon bracelet de montre. Je connais un réparateur ici. On s'y arrêtera, si tu veux bien.

— Pas de problèmes. »

Les deux femmes font une halte presque à chaque vitrine pour tenter de voir si elles n'auraient pas besoin d'articles annoncés en solde. Elles arrivent devant la bijouterie où Denise veut faire réparer sa montre. Quelle n'est pas la surprise des deux femmes d'apercevoir leur beau-frère devenu veuf tout récemment. Ce Michel Pichot est accompagné de Shirley, leur belle-sœur. Le couple est concentré sur une exposition de bagues en solde. Les deux sœurs en perdent le souffle. Poussée par un réflexe, elles reculent de deux pas. Elles s'en voudraient de déranger Michel et Shirley. Soudain, Marlène se ressaisit.

« Wow… Ça va faire, là. Suis-moi. »

Marlène s'approche des deux membres de sa famille, munie de son plus beau sourire. Elle les interpelle. « M'sieur Dame…»

Les deux lèvent la tête. Shirley devient blême et se met à trembler. Michel reste impassible, mais Marlène réalise que l'interpellé se sent mal à l'aise. Il perd son sourire, mais il reprend confiance en lui-même très vite. « Bonjour Marlène. Bonjour Denise. Ça va ?

— Nous, oui. Et vous deux ?

— Oui, ça va très bien. Sauf que contrairement à ce que vous pouvez penser, je suis dans une grande peine. »

Denise essaie de faciliter la communication. « Ça ne vous dirait pas qu'on aille prendre un café tous les quatre ensemble ? Il me semble qu'on aurait des choses à se parler. »

Personne n'ose refuser la proposition. Donc, tout le monde dit oui. Pour faire bonne contenance, Denise ajoute : « Il y a un restaurant juste en face de la bijouterie, de l'autre côté de l'allée.»

Denise le montre du doigt. Tous les quatre traversent la place et entrent au restaurant. Le temps qu'ils ont mis à faire les quelques pas pour se rendre à l'endroit indiqué permet à chacun de retomber sur ses pieds. L'hôtesse leur assigne une table un peu à l'écart, comme si le destin jouait en faveur de tout ce beau monde. Marlène pense à sa sœur décédée.

« C'est elle qui nous arrange ça, j'en suis certaine. Non, je ne te ferai pas honte, Idola, je te le promets. Je veux savoir. »

Une fois qu'ils sont tous bien assis, l'hôtesse remet à chacun une carte-menu. Comme le restaurant n'est pas rempli à cette heure, c'est le silence total autour de la table des nouveaux clients. Michel et Shirley commandent chacun un petit déjeuner. Marlène du thé vert, Denise, un café et une salade de fruits frais. Michel demande à la serveuse de lui remettre une seule facture. Il tient à payer la note. Marlène s'apprête à le contredire, Denise lui flanque un coup de pied sous la table. Elle s'abstient.

« C'est vrai qu'il a toujours été généreux le beau-frère. À plus forte raison quand il a des choses à se faire pardonner, je suppose. »

Évidemment, c'est Marlène qui s'élance la première pour parler de ce qui n'est pas de son affaire, mais elle juge nécessaire de s'y aventurer. « Shirley et Michel, vous savez, on vous a toujours aimés, mais il me semble que dans les circonstances, en tant que belles-sœurs de vous deux, on mériterait bien une explication. On n'en doute pas, ce ne sont pas de nos affaires et vous êtes assez grands pour savoir comment vous comporter. Et surtout vous êtes libres chacun de votre côté, maintenant. Moi, personnellement, j'aimerais ça savoir depuis combien de temps dure cette situation ? »

Denise ne contredit pas sa sœur. Elle considère même qu'elle a bien parlé. Elle aussi attend la réponse. Shirley semble sur le bord des larmes. Michel se sent peut-être un peu mal à l'aise, mais il affiche quand même un air plutôt serein. C'est lui qui

261

répond à sa belle-sœur trop curieuse. « Marlène et Denise, je vais vous dire ce qui en est. Il ne s'est jamais rien passé entre Shirley et moi avant la mort de ma femme. Vous avez le droit de me croire ou de ne pas me croire, mais c'est ainsi. Depuis la mort de Jean, Idola et moi avons aidé sa femme du mieux que nous avons pu. Depuis quelques mois, Idola se sentait malade et ne voulait plus venir chez Shirley pour l'accompagner dans sa solitude. Moi, j'ai tenu parole, j'ai continué d'aller la visiter. Maintenant que ma femme est décédée, je suis libre et Shirley aussi. Tenez-vous-en à cette version. Il n'y a jamais rien eu entre nous deux du vivant d'Idola. »

Les deux sœurs Robin devraient se considérer satisfaites. Denise semble l'être. Marlène un peu moins. Cependant, celle-ci ne réplique rien aux explications de Michel. Mais il connaît sa belle-sœur. Il s'attend à ce qu'elle revienne à la charge tôt ou tard. Même si elle ne se sent pas contentée, elle fait contre mauvaise fortune, bon cœur. « Merci pour l'explication, Michel. Comme on le sait bien, ce ne sont pas de nos affaires. Tu aurais pu ne pas me répondre. Les enfants sont-ils au courant ? Tes fils, Shirley et tes filles, Michel ?

   — On s'arrange avec ça Marlène. On n'est pas des enfants, hein ?

   — Tu as raison. Es-tu à Québec pour longtemps, Michel ?

   — Jusqu'à lundi, je pense bien.

   — Si vous veniez souper avec nous dimanche soir ? L'invitation compte pour Denise aussi. »

L'étonnement les rend tous au comble de la joie. « C'est du Grand Marlène Robin, ça. Et vlan ! Tout le monde tombe en bas de sa chaise » pense Denise.

262

Shirley s'apprête à accepter quand Michel prend les devants pour répondre à sa belle-sœur. « Je n'y vois vraiment pas d'inconvénients, à moins qu'il nous tombe une brique sur la tête. À quelle heure nous attends-tu ?

— Six heures pile. Ça vous va ? Et toi Denise ?

— Oui, oui ! »

Ils sont tous d'accord. C'est Michel qui donne le signal du départ. Il paie le montant de la facture; embrasse ses deux belles-sœurs Robin; retiens Shirley par une épaule et sort du restaurant au bras de sa compagne. « Ouf ! Et tu les invites à souper à part ça. Quand je t'ai entendue, tu m'as scié les jambes.

— Quoi ? Aussi bien casser la glace tout de suite. On les accepte ou on les rejette. J'aime Michel. Je n'ai pas envie de l'exclure de la famille.

— Moi aussi je l'aime. Tu as raison. Shirley était l'épouse malheureuse de Jean.

— Ouais… je vais te dire. Dans l'hypothèse où Shirley se serait fait un amant aussitôt après la mort de notre frère, je n'aurais ressenti aucune peine. Et puis, ça fait des années qu'il est parti le fameux Jean. Elle le lui doit bien. C'est pour Idola que j'éprouve du chagrin

— Moi aussi. Mais ce n'est pas de nos affaires, hein Marlène ?

— Comme tu dis… »

* * *

Marlène n'a perd pas son temps à se désâmer pour l'absence de son beau brummel. Elle se concentre sur son repas de dimanche. Elle veut bien faire les choses dans l'espoir de garder Michel proche de sa famille. « On va mettre les petits plats dans les grands. Oui Madame. »

Denise viendra lui donner un coup de main après la grand-messe de dix heures, puisque celle-ci participe, semaine après semaine, à la célébration dominicale. Marlène sourit.

« Elle, puis son Jet set religieux… »

Les jours passent trop vite au goût de la propriétaire des lieux. Les deux jeunes l'aident à tout mettre en ordre dans la maison. Laura époussette partout et nettoie les salles de bains. Louis-Camille va chercher les denrées manquantes pour le spécial repas, selon la liste des articles dont la tante aura besoin. Elle apprécie l'aide de son neveu et de sa nièce. Une fois le samedi soir arrivé, il n'est plus question de recevoir de l'aide. Les jeunes sortent. Ils ne reviendront que tard le soir. Ou peut-être au petit matin.

Très tôt le samedi soir, la sonnerie du téléphone vient sortir Marlène de sa concentration sur le rassemblement du lendemain. C'est Serge qui l'appelle. « Ah, non ! Je ne pensais plus à lui, là. Il aurait bien pu s'abstenir de me joindre par téléphone. »

— Je t'appelle de Longueuil, Marlène. D'abord, je m'informe comment tu vas ?

— Très bien, Serge. Je suis dans le jus. Je m'apprête à recevoir mon beau-frère veuf ainsi que ma belle-sœur Shirley, elle aussi veuve. Ils seront là demain pour le souper.

— Est-ce que tu te fais entremetteuse maintenant ? Tu veux les présenter l'un à l'autre.

— Trop tard c'est déjà fait. Je crois qu'ils avaient pris de l'avance.

— Ah, bon…

— Oui, ah, bon. Mais ce ne sont pas de mes affaires. Alors, je ne dis mot.

— Oh, comment vas-tu faire ?

— Je vais me forcer. Mais dis-moi. Toi, comment vas-tu ? Occupé en fin de semaine ?

— Oui. Très. Mais je vais bien. On se voit la semaine prochaine ?

— Oh, je ne sais pas, Serge, si je continuerai à suivre la session ou non. J'ai l'impression de n'y récolter que des désappointements.

— Tu cherches trop la perfection. Il n'y a rien de parfait. Il s'agit de prendre la vie comme elle se présente et contourner les obstacles. C'est tout.

— Ouais… Ça ne me ressemble pas trop, je te dis.

— Il n'y aura pas de Carmen au cours, en tout cas.

Marlène ne relève pas la dernière phrase. Serge tient à clore la conversation en lui disant qu'il l'attendrait à la session qui débutera la semaine prochaine.

Il n'en faut pas plus à la cuisinière émérite pour s'ajouter une paire d'ailes. Elle augmente de deux ou trois éléments dans son menu. Sa sœur, en venant faire un tour au début de la soirée découvre une Marlène aux yeux brillants avec du rose plein les joues. « Mon Dieu. T'es-tu découvert un nouvel amoureux ? Tu as bien l'air d'être heureuse ? Mijotes-tu de faire compétition à Shirley ?

— Es-tu folle ! Michel ne m'intéresse pas pantoute. Je suis contente parce que les jeunes m'ont aidée toute la journée, ma fille. Ils ont été assez fins…

— Tant mieux. Tu vas finir par faire du monde avec eux.

— Oui madame. Maintenant, ils sont partis veiller. Ils ont bien mérité leur sortie. »

Denise met la main à la pâte. Elle aide sa sœur pour finaliser les préparatifs du lendemain, mais s'étonne de voir autant de plats. « Mon Dieu ! As-tu invité une armée ? C'est quoi ces oiseaux-là ?

— Des perdrix, ma chère. On va éblouir le Français et l'Américaine. Attends, tu verras.

— T'es folle, ma foi ! Penses-tu que notre sœur ne lui a jamais fait manger de bonnes choses ?

— Jamais de la vie je ne pensais pas à Idola. Je veux montrer au Français que nous aussi nous savons cuisiner. Il avait habitué notre sœur à manger à la française. Là il va manger du québécois. De la perdrix au chou.

— Waw ! Que je te reconnais donc !

— Ouais, reconnais-moi. Tiens, pèle-moi ces carottes. »

Elle dépose des légumes sur la table devant sa sœur, dans un grand éclat de rire. Denise dodeline de la tête. « De quelle manière je les coupe ?

— Oh… garde-les entières, elles ne sont pas grosses. On n'est pas pour les fileter comme des poissons, quand même. »

Denise se rend aux désirs de sa cadette. « Qu'elle a donc de grandes idées, la pauvre ! Ça travaille tout le temps dans cette tête-là. »

Le dimanche matin vient trop vite pour Marlène dont les idées ont trotté dans la tête toute la nuit.

« Je sais où je m'en vais. Il s'agit de ne pas m'enfarger. »

Elle s'est endormie seulement vers les trois heures du matin et voilà qu'à huit heures sonne son cadran.

« Oh, non, pas déjà ! »

Elle saute dans la douche afin d'effacer toutes traces de fatigue. Dix minutes plus tard, elle descend à la cuisine et commence à s'affairer. Le temps fuit à la vitesse de l'éclair.

À six heures pile, Marlène et Denise sont assises dans le boudoir et attendent le nouveau couple. La sonnerie de l'horloge vient à peine d'arrêter son sixième coup que le carillon de la porte se fait entendre. Les deux femmes se regardent en souriant. Sans un mot, elles se rendent toutes les deux à l'entrée. Une grande tristesse descend dans le cœur de Marlène quand elle aperçoit, Shirley gênée dans ses mouvements à côté de Michel dont les yeux brillent de joie.

Shirley et Michel enlèvent leurs manteaux de pluie. Marlène les dépose au vestiaire d'entrée. Après les embrassades, l'hôtesse fait passer ses invités au salon. Au grand salon, s'il vous plaît. Celui dont on ouvre les portes uniquement pour les grandes réceptions. Une longue flamme dansant dans le foyer ajoute à l'hospitalité. Les quatre personnes causent de choses et d'autres. Quinze minutes plus tard, Marlène ouvre la bouteille de champagne et distribue les coupes remplies de ce nectar de la bonne humeur. L'hôtesse ne s'est pas trompée. Au bout de cinq minutes, les langues se délient. Shirley ramène sur le tapis le fait qu'elle et Michel n'ont jamais rien fait de répréhensible avant la mort d'Idola. S'excusant d'un signe de la main, Denise va chercher les petits fours à la cuisine. Histoire de s'esquiver, car elle se sentait mal à l'aise. Shirley fait aussi part de sa crainte de rencontrer les jumelles. Elle redoute que ses jeunes belles-sœurs ne puissent comprendre la situation de son couple. Marlène croit le moment d'intervenir. « Écoute, Shirley, Tu leur expliqueras les circonstances de votre liaison Michel et toi, comme tu l'as fait à Denise et à moi. Les Poule ne sont pas folles; elles vont finir par comprendre. En tout cas, moi je me fie à votre parole. Le reste vous regarde. Vous êtes les bienvenus ici. Ma porte vous sera toujours ouverte. Je regrette la mort de ma sœur, mais elle n'est plus de ce monde. Personne n'est obligé de s'enterrer avant son temps. »

Michel et sa compagne semblent soulagés d'entendre les propos de leur belle-sœur. À venir jusqu'à ce moment, ni l'un ni l'autre ne savait trop sur quel pied danser. L'atmosphère se détend instantanément. À sept heures trente, Marlène invite ses convives à passer à table.

D'abord, elle offre une entrée froide. Sur une feuille de laitue ont été déposés un oeuf de caille séparé en deux ainsi qu'une tranche de foie gras et une boule de gelée de porto. Sur cet ensemble, la cuisinière a saupoudré des amandes en poudre. Marlène recueille aussitôt des éloges. Son entrée est un succès. Une musique douce agrémente le repas. Denise se retient pour ne pas pouffer.

« Elle pense à tout, ma sœur. Qu'est-ce qui va sortir que je n'aie pas encore vu ? »

On a bu du vin rosé pour accompagner l'entrée. Tout le monde est heureux. Marlène se demande si elle a déjà vu Michel et Shirley rire autant pendant leur mariage précédent.

« C'est vrai que Michel avait marié une bonne-sœur et Shirley était prise avec un tombeur - murmure-t-elle. Pas de quoi à rire ni dans un cas ni dans l'autre. Tant mieux pour eux. Moi je leur lève mon verre. »

— Santé à Shirley et à Michel. Et c'est sincère.

Soudain, Marlène se rend compte que les vœux arrivent trop tôt. Les deux invités restent sans voix. Seule Denise lève son verre avec Marlène. L'aînée de la famille veut arranger la gaffe de sa cadette. « Je pense que vous méritez d'être heureux. Et je suis certaine que c'est ça que Marlène veut dire. Ne soyez pas gênés. Moi aussi je dis : Santé pour vous deux !

— Merci, Denise et Marlène. Nous sommes contents, Shirley et moi d'être ici avec vous deux. Et nous espérons que nous récidiverons. »

Ouf. Marlène apprécie la réponse de Michel. Elle a bien eu peur d'avoir fait une bévue. Sa grande spontanéité lui joue parfois des tours. C'est le temps de passer à l'entrée chaude. Un potage Crécy. Typiquement français. Marlène profite de cette belle occasion. « Michel, voici quelque chose expressément pour toi. Du *made in France*. Tu vas aimer, j'espère.

— Le potage Crécy. Que c'est gentil ! Oui, j'adore.

— Si tu veux, Michel, ouvre-moi cette bouteille. J'ai de la difficulté avec le bouchon de liège. Je dois vieillir. »

Le beau-frère s'empresse d'ouvrir la bouteille de vin blanc. Denise rapporte à la cuisine la bouteille de rosé. Il en reste un quart de litre. Soudain, Michel se lève. « J'allais oublier. Vous allez m'excuser une minute. J'étais assez nerveux quand je suis arrivé... J'ai oublié des choses pour vous dans l'auto. »

Michel sort en vitesse. Seule Shirley sait à quoi il fait allusion. Elle ne dit mot. Une minute plus tard, Michel entre avec deux sculptures de plâtre, peintes en gris. Une dans chaque main. « Qu'est-ce que c'est ça ? C'est donc bien beau ! – s'exclame Denise.

— Faites votre choix, Marlène et Denise, vous avez chacune la vôtre. Celle-ci, une liseuse; celle-là, un ange. Vous vous souvenez, ces deux sculptures accompagnaient des plantes au Salon funéraire, près du cercueil d'Idola. Les filles m'ont dit de vous les offrir. J'en ai deux autres plus petites pour les jumelles. Cela vous fera des souvenirs de votre soeur. »

Marlène reste sans voix. Elle met les mains sur la liseuse, et ressent une chaleur intense bien que la sculpture soit de plâtre. Une odeur de l'Air du temps de Nina Ricci grimpe à ses narines.

Les larmes lui viennent aux yeux. Elle ne veut pas pleurer. Dans un murmure, elle dit à son beau-frère en l'embrassant. « Que t'es fin, Michel. Merci à toi et merci aux filles. Vous serez toujours les bienvenus ici. »

Émue, Denise embrasse à son tour le beau-frère en le remerciant. Le repas se continue dans la joie. Une fois le potage avalé, c'est l'heure de la perdrix au chou. « Mais, qu'est-ce que c'est ça ?
— De la perdrix au chou. Je ne sais pas si vous en avez déjà mangé ?
— Moi, oui. – annonce Shirley dans un grand sourire. – J'en ai mangé ici, dans cette maison. C'est la cousine Marcelle, l'ancienne blonde de l'oncle Philippe qui l'avait préparée. C'était tellement bon.
— Moi, non. Je ne connaissais pas cela, » – ajoute Michel.

Il déguste le mets en apportant des éloges à chaque bouchée. Marlène se sent vraiment heureuse de les avoir invités. Pour elle, c'est comme si Michel n'avait jamais été le mari de sa sœur. Denise fait bonne figure, mais elle double d'efforts pour ne pas voir Idola assise à la place de Shirley.

Après le plat de résistance, Marlène apporte les fromages sur la table. Surtout des fromages français. « Gardez-vous de la place. J'ai un dessert américain. Je ne t'ai pas oubliée, Shirley.
— Waw ! Un dessert américain, j'ai hâte de voir ce que c'est.
— Ah… Surprise ! »

On cause longtemps autour des fromages et des raisins verts. Une demi-heure plus tard, Marlène se lève et se rend à la cuisine chercher le dessert. Elle entend la porte d'entrée s'ouvrir. Ce sont les jeunes qui arrivent de veiller. Il est près de minuit. L'hôtesse a

270

peur des réactions de Michel et de Shirley devant la présence de Laura et de Louca. Le neveu et la nièce entrent dans la salle à manger à la demande de Marlène. Ils donnent la main à Michel et pour comble, Laura dit : « J'espère que vous vous remettez, mon oncle ? C'est triste, hein ? »

Aussitôt, Marlène veut sauver la situation. « Regarde Laura ce que Michel nous a offert à Denise et à moi, pour mettre dans nos jardins ou sur la terrasse.

« Oh… c'est donc bien beau !

— Viens avec moi, tu vas m'aider à préparer les assiettes du dessert. »

Se sentant fatigué, Louis-Camille monte à sa chambre. Laura rapporte le dessert en annonçant le mets. « Apple pie, directement des États-Unis. »

Shirley éclate de rire et frappe des mains. Elle est contente, ça se voit. Aux yeux de Marlène, ce n'est pourtant pas grand-chose, mais elle a fait plaisir à la veuve de son frère.

« Pauvre Shirley, c'est sûrement pas mon frère qui l'a fait rire dans sa vie. Elle a surtout pleuré. »

Une fois le repas terminé, l'hôtesse fait passer les invités au salon pour le digestif. Ils hésitent. « Tu sais, Marlène, il commence à se faire tard. Peut-être un petit cognac, si tu en as, mais très peu, » indique Michel. Il montre avec son pouce et son index droits la quantité désirée.

Shirley ne veut rien prendre. Denise s'offre à servir. Marlène accompagne Michel pour déguster un doigt de cognac. De retour dans la cuisine, Laura range déjà le surplus de nourriture dans le frigo. « Que t'es donc bien fine, ma belle Laura. Merci. On en aura moins à faire tantôt.

— Je vais rincer et on lavera tout cela demain matin, tante Marlène et moi. T'en fais pas.

— Bonne idée, oui. Merci beaucoup. »

Contrairement aux autres, Denise se voyait débordée par un amoncellement de vaisselle à nettoyer et à ranger pendant des heures après la soirée. Elle se compte chanceuse. Elle commence à la trouver attachante la grande Laura.

Une demi-heure plus tard, la visite est partie. Laura a terminé de rincer la vaisselle; le lave-vaisselle est en marche pour un premier lavage; et tous les restes en cuisine sont déposés dans des contenants et remisés dans le réfrigérateur.

Denise se prépare à partir à son tour. « Pourquoi tu ne restes pas à coucher, Denise ? Tu t'en iras demain matin.

— Non. Je vais me coucher dans mon lit. Je reviendrai faire mon tour demain matin. Bye les filles.

— Bye, tante Denise. À demain. »

Marlène accompagne sa sœur jusqu'à la porte. Quand elle revient dans la cuisine, Laura a déjà disparu. La maîtresse de maison éteint toutes les lumières et monte à l'étage. Laura se sort le nez de sa porte de chambre et souhaite une bonne nuit à sa tante. « Merci beaucoup pour ton aide Laura. J'apprécie beaucoup. »

La jeune fille sourit et referme doucement.

* * *

272

Un automne 91 mouvementé

Un automne 1991 s'annonce mouvementé pour les sœurs Robin. Laura, la nièce privilégiée de la famille, est toujours amoureuse de son comédien. Elle se sent toutefois un peu triste cette saison-ci, car sa belle-mère, la femme de son père n'est plus en bonne santé. On lui a diagnostiqué un cancer du foie qui n'annonce guère de signes d'amélioration possibles. Jacques Leblanc ne croit pas que sa femme terminera l'année avec eux. Il en éprouve une grande peine et Laura aussi. Les deux autres enfants Leblanc sont tout aussi dévastés par cette dure épreuve.

Quant à Emma, elle se cherche une maison dans la ville de Québec. Depuis que sa belle-mère est décédée et que son ex-mari est tombé amoureux d'une autre femme, la docteure Emma se sent plus libre d'amener son fils là où elle le désire. Le père voit son enfant de moins en moins et le petit s'en détache de plus en plus.

De son côté, Louis-Camille s'attache à la vieille maison. Il raconte à Laura qu'il ne voit plus son aïeule, c'est-à-dire que l'esprit de l'arrière-grand-mère a quitté l'endroit en se déclarant très fâché. Louca devient donc dans son monde à lui le maître de la maison. Il se sent fort puisqu'il a mâté la Grébiche.

Novembre vient à peine de se montrer le bout du nez que Marlène s'affaire aux préparatifs des Fêtes. Elle veut faire un grand réveillon pour Noël. Elle a déjà invité Caroline et Norma Pichot, ainsi que Michel, leur père. Elle vise à ce que les filles de son beau-frère acceptent Shirley dans le clan de la parenté. Elle sait que ce ne sera pas une mince tâche à réussir.

Il y aura donc en plus des Pichot, Shirley avec Michel Robin son fils. Quant à l'autre fils, Laurent, il passera la fête de Noël dans la famille de sa conjointe. Sonia, Marc, Lucie Lavoie et leur mère Denise Robin Lavoie se rassembleront aussi chez Marlène.

Marylou Robin, son fils Louis-Camille. Marysol Robin Campeau et son fils, Stéphane, Laura Leblanc, fille de feu Fanny Robin, l'hôtesse Marlène, sa copine de toujours, Marie Sylvain. Marlène a invité Serge, mais il a décliné l'invitation. Il sera en Belgique avec ses enfants à ce moment-là. Il ne reviendra qu'à la mi-janvier.

Marlène planifie un réveillon traditionnel avec la grosse dinde, les tourtières, le pouding-chômeur, des tartes à la ferlouche, d'autres à la citrouille. L'apple pie pour Shirley. Denise et Shirley mettent la main à la pâte pour aider Marlène. Même les jumelles apportent leur coopération aux préparatifs de ce grand jour des retrouvailles. Marysol se chargera du gâteau aux fruits et Marylou, des tourtières. Laura et Louis-Camille embelliront de décorations l'intérieur et l'extérieur du domaine. Avec Marlène, rien n'est laissé au hasard, tout est planifié. Malheur à qui ne remplit pas son mandat. Sonia, la fille de Denise, s'offre à la fabrication d'une bûche de Noël recouverte de chocolat. Elle est experte en la matière, au dire de sa mère.

Ce matin de fin novembre, Denise se présente chez sa sœur en coup de vent. « Marlène, peux-tu contacter tout le monde afin de savoir qui assistera à la messe de minuit ?

— Ah, ben là, par exemple. Je pense que je vais te laisser te débrouiller avec ton jet set religieux. Fais le tour de la parenté et demande à chacun son choix. Je ne sais pas si ton offre fera fureur auprès de jeunes.

— Encore drôle. Les miens seront présents.

— Bon. Informe-toi.

À l'instant même, Laura se montre à la cuisine encore à moitié endormie. Elle s'est couchée tard et elle s'est fait réveiller par le carillon de la porte. Denise profite de sa présence à la maison pour sonder le terrain.

— Laura, ma Chouette, est-ce que je te garde un billet pour la messe de minuit à la vieille église ?

— De cossé… ?[7] »

La tante Denise aurait envie de reprendre sa nièce sur son langage tout croche, mais elle ne tient pas à se la mettre à dos. Après tout, elle comprend cette manière un peu joual de parler. Ses enfants et petits-enfants lui parlent ainsi. « Eh, qu'elle n'a pas été élevée avec notre grand-mère, elle. Elle aurait appris d'autres expressions. »

— Mes enfants y seront, est-ce que tu viendras avec ton chum à la messe de Noël ? C'est beau, tu sais…

— Euh… Je vais en parler à mon copain, je te dirai ça demain.

— O.K. en attendant, je mets deux billets de côté pour toi et j'attends ta réponse.

Pour Denise, l'hésitation de Laura correspond à un oui. Pour Marlène, rien de sûr. Elle se cache pour ne pas rire devant sa sœur. Elle le sait pourtant que Laura n'apporte jamais une réponse précise. C'est toujours un n…oui, jamais un non direct. Jamais un oui sûr. « Denise, tu sais, avec le repas, moi, je ne pourrai pas y aller. J'irai le lendemain matin.

— Oui, oui, Marlène. Je comprends. Essaie de convaincre les autres. Pense à Louis-Camille. Ça lui fera du bien d'aller prier…

— Pour remercier le ciel de lui avoir flanqué une maladie qu'il ne voulait pas ?

— Ouais ! Pauvre petit.

---

[7] Qu'est-ce que c'est.

— Denise, n'insiste pas. Ils feront ce qu'ils voudront, les jeunes. Demande plutôt à ceux de notre génération.

— Oui, oui. Je vais demander aux jumelles, à Shirley et Michel.

— Ben oui, pour que Dieu bénisse leur union, je suppose ?

— Pourquoi pas ?

— Eh, oui. Pourquoi pas, en effet. On bénit bien les vélos, pourquoi pas des amours interdites.

— Ben, voyons donc, Marlène. Ils sont libres.

— Maintenant, oui.

— Ah, ah, ah ! Quand tu veux être tout croche, toi.

— Oublie ça, Denise, je suis de travers ce matin. Je ne pense pas ce que je viens de dire.

— Bon... »

Denise enlève son manteau. Elle s'installe pour aider sa sœur. Les deux ont du plaisir toute la matinée à cuisiner. Vers onze heures trente, Marlène suggère à sa sœur d'aller manger au resto. Elle est fatiguée de touiller dans les chaudrons. « Bonne idée, Marlène. Viens-t'en, on va s'éventer. Où aimerais-tu aller ?

— Pourquoi pas chez le Chinois ? On sentirait d'autres arômes.

— Bien d'accord. Viens. Il y en a un sur la première avenue, coin 46e, je crois. *Le jardin du bonheur.* Eh que ça me rappelle des souvenirs, ça. »

Une dizaine de minutes plus tard, les deux femmes entrent au restaurant qu'elles ont sélectionné.

* * *

La famille passe un Noël merveilleux dans l'ancienne maison de leur grand-père. À peu près tout le monde a assisté à la messe de Noël. Le réveillon est succulent. Les membres de la famille veillent jusqu'au petit matin. Louis-Camille et Stéphane accompagnent les chanteurs et les danseurs sans se lasser d'avoir du plaisir. Les jeunes mangent à peu près tout le temps pendant la nuit de Noël. Marlène s'ennuie de son soi-disant amour qui est avec sa famille à Anvers.

Une fois les Fêtes terminées, le train-train journalier reprend son cours. Marylou ne retourne pas à Longueuil après Noël. Marlène aimerait qu'elle passe quelques semaines avec elle. La Poule ne se fait pas tirer l'oreille. Elle accepte. Surtout que son fils est toujours dans la vieille maison. Les Robin sont heureux de la tournure des événements depuis le grand réveillon. Tout s'est bien passé. Les filles d'Idola se sont comportées en femmes bien élevées. Norma a même causé longuement avec la blonde de son père. Shirley en était très heureuse. Quant à Caroline, elle s'est maintenue éloignée de la tante Shirley. Mais la situation a paru normale à tous.

La femme de Jacques Leblanc a traversé les Fêtes malgré son état de santé plutôt moribond. On la maintient sur la morphine. Laura se rend la visiter à l'hôpital tous les soirs, remplaçant son père qui y passe ses après-midi. La demi-sœur de Laura y va tôt le matin, en relève à son frère qui se tape le quart de nuit. Ainsi, la belle-mère de Laura est entourée de quelqu'un des siens vingt-quatre heures sur vingt-quatre.

Madame Leblanc s'éteint le 2 février 1992. Ses enfants et même Laura sont inconsolables. Dans la famille Robin, on s'organise pour les visites au Salon funéraire. Il fait un froid de canard. Marylou partira pour Longueuil après les funérailles. Marlène voudrait bien la retenir plus longtemps. Quand la Poule décide que c'est assez, rien ne la fait changer d'idée. « Non. Il fait trop froid à Québec. Je m'en vais à Longueuil, il fait plus chaud et c'est chez nous.

— Ben, voyons donc, la Poule. C'est la même température. Sauf quelques petits degrés en moins. Par contre, tu as du meilleur air à respirer ici.

— Ça, je te l'accorde. Mais maintenant, j'ai pris assez d'air. J'ai de la couture à faire pour une copine. Elle est tellement bonne pour moi; je ne peux pas lui refuser ce service.

— Pauvre petite ! Je sais bien que quoi que je dise, tu es prête à partir. Bien, tu reviendras quand tu voudras.

— Oui. Quand il fera moins froid. »

* * *

Un matin de la mi-mars où le soleil se fait annonciateur du printemps, Denise se présente tôt chez sa sœur. Elles ont projeté toutes deux d'aller dîner au Lac Beauport. Il y a bien longtemps que Marlène n'a pas mis les pieds au Manoir St-Castin. Elle se demandait même s'il existait toujours.

Vers onze heures trente, elles montent dans la voiture de Denise déjà stationnée devant la maison. Puis, elles se dirigent vers l'endroit prévu. Vingt minutes plus tard, la conductrice gare l'auto devant le manoir. Il restait une place libre près de la porte d'entrée. Les deux femmes se comptent chanceuses.

Marlène est ébahie devant les changements opérés à cet endroit, autant à l'intérieur de l'établissement qu'à l'extérieur, depuis qu'elle y a mis les pieds, voilà une vingtaine d'années. On leur assigne une table près des fenêtres. Elles commencent par siroter un apéro. Soudain Denise s'adresse à sa sœur. « Coudon, ce n'est pas ton grand Lustucru avec une dame, à la table, là-bas derrière toi ? »

Marlène sursaute. Elle se retourne et aperçoit Serge assis à côté d'une femme et un autre couple installé en face d'eux. Le cœur de la soi-disant amoureuse se contracte. « Si j'avais su…

— Si t'avais su quoi ?

— Ben… on serait allées ailleurs.

— Pourquoi ?

— Effectivement, pourquoi ?

— Ben… j'espère que tu ne t'en feras pas pour lui.

— Écoute, Denise. Au fond. Serge ne me doit rien, tu sais. Mais ça me fait mal quand même.

— Je te comprends. »

Les deux sœurs causent pendant un long moment avant que Serge ne se retourne et les aperçoive. D'abord, il semble étonné. Puis, il sourit. Quittant sa place, il vient les rejoindre à leur table. « Bonjour. Est-ce que ça va ?

— Très bien. Et toi ?

— Oui. Je suis venu dîner avec un confrère. Il est accompagné de ses deux sœurs belges. Ils sont en visite chez nous. Les femmes explorent le Québec. »

Marlène se sent soudain ridicule d'avoir été jalouse de ces deux femmes pendant un moment. Serge ne jase pas longtemps. Il s'excuse et retourne auprès de ses compatriotes. Une fois seule, Denise croit bon d'en reparler. « Parfois, on porte des jugements trop vite. Comme tu le disais plus tôt, il a bien le droit d'aller où il veut.

— C'est bien sûr. »

Le reste du dîner se passe sans autres anicroches. Serge et ses amis sont rendus à la fin de leur repas, alors que Denise et Marlène n'en sont qu'au plat principal. Elles ont à peine commencé à manger que les Européens se lèvent et quittent le restaurant. Serge envoie la main aux deux sœurs Robin. Dès que les citoyens belges ont passé la porte, Marlène respire un bon coup. « Enfin ! Je vais pouvoir manger en paix ! Relaxons.

— Mon Dieu… t'étais donc bien stressée…

— Je n'aimais pas le voir là, mon grand Lustucru comme tu l'appelles. Chaque fois que je commence à l'oublier, il m'apparaît. Comme si je n'avais pas le droit de l'envoyer aux oubliettes. Serge, c'est un cas problème pour moi.

— Peut-être qu'il est écrit que c'est lui l'amour de ta vie.

— Es-tu folle ! S'il se déclarait, peut-être que je ne l'aimerais plus.

— Oh… je ne suis pas certaine de ça, moi. Tu sais, à nos âges, nous sommes plus sérieuses que cela.

— Toi, peut-être. Moi… sais pas.

— J'en suis certaine. S'il y en a une dans la famille qui garde les deux pieds sur terre, c'est bien toi.

— Je me force. Mais pas en amour, en-tout-cas. »

Les deux femmes changent de sujet. Elles discutent du comment entrevoir de passer leur été 1992. Denise projette d'aller en Europe. Elle n'y a pas mis les pieds depuis que son mari est décédé. Maintenant, elle se sent prête.

Marlène n'a pas de projets précis. Sa sœur se doute bien que tout dépend du grand Lustucru.

Le deux avril, Laura annonce à sa famille qu'elle va se marier avec son beau comédien. Ils ont déniché une maison plusieurs fois centenaire à l'Île d'Orléans. Une très vieille bicoque sise à Sainte-Pétronille qu'ils sauront aménager à leur goût, de la cave au grenier.

« Pourvu que ça dure ! » se répète la tante Marlène. Elle craint pour sa nièce. Elle change si souvent d'idée.

Le père de la journaliste est tellement dans la peine depuis la mort de sa femme, qu'il ne montre aucune réticence au projet de sa fille. On pourrait croire qu'il a démissionné de tout.

Quant à Louis-Camille, son choix est fait. Il dispense des cours de peinture dans une école privée de la Haute-ville de Québec. Comme le répète sa mère : « Il file un bon coton, ces temps-ci ». Marlène rajoute : « Au moins, il gagne sa vie. ».

Emma a vendu son condo du Rive-Droite à Saint-Lambert. Elle s'est trouvé une superbe maison au Lac Beauport.

« Sur le bord de l'eau » spécifie Denise.

Elle l'habitera avec son fils Jonathan. Denise lui offre son aide pour s'y installer. Le père de Jonathan, Raynald Lehoux, viendra aussi pour l'aménagement de son ex-épouse. Les rapports sont devenus civilisés depuis que la belle-mère d'Emma est décédée. Même la nouvelle compagne de Raynald, maintenant dans le décor, offre aussi son aide. Jonathan a eu six ans le 24 janvier. Il commencera sa maternelle en septembre. Emma ressent un grand bonheur du fait que son petit garçon fréquentera l'école dans la région de Québec.

Marylou vient passer le mois de mai au Trait-Carré. Marlène est heureuse de la visite de sa sœur. Si ce n'était que d'elle, Marylou pourrait habiter au Trait-Carré à longueur d'année.

Un événement inattendu vient cependant bousculer la vie de Marlène Robin. Son grand Lustucru lui suggère de vendre la maison du Trait-Carré et d'acheter un condo à Sainte-Foy. Il essaie de lui faire comprendre que ce serait moins de travail que d'entretenir cette vieille maison qu'il trouve superbe, mais sûrement très coûteuse à maintenir sur pied. Ainsi, Marlène reste un peu bouleversée de cette recommandation.

« Qu'est-ce qu'il a derrière la tête ? Est-ce qu'il veut faire un essai en venant habiter avec moi ? Voudrait-il garder une amoureuse dans l'ombre ? Ou bien a-t-il l'intention d'annoncer un changement de vie à ses enfants ? »

Au début de juin, Jacques Leblanc vient faire un tour à la maison. Il cherche un peu d'ouvrage pour s'occuper. Il tombe bien, Marlène a du travail à lui donner. Et quand il aura terminé, Denise, à son tour, en aura à lui confier. Jacques reprend du poil de la bête. Il recommence à sourire.

Un soir de juin, alors qu'il regarde la télé avec Marlène, Jacques tend une perche à son hôtesse, ou plutôt... à sa patronne. « On m'a offert deux billets pour aller au Grand Théâtre. Avant de les refiler à quelqu'un d'autre, je te demande si tu veux m'accompagner ? »

Marlène est prise au dépourvu. Elle s'informe : « C'est quoi ?
— La Traviata...
— Hum. Intéressant. »

Elle voudrait refuser, mais n'en a pas le courage. Le pauvre Jacques a été assez malmené ces derniers mois. « Ben, ça me fera plaisir de t'accompagner, Jacques. Quand veux-tu aller là ?
— Les billets sont pour samedi prochain.
— O.K. Je te rejoins à la porte, quoi ?
— Penses-tu ! Je viens te chercher.
— Wow ! Rien de trop beau, mon Jacques, hein ? »

L'air craintif, Jacques sourit. Soudain Marlène voit cet homme comme elle ne l'a jamais vu auparavant. Comme si elle l'apercevait pour la première fois de sa vie. Elle en reste intimidée. Elle va même jusqu'à le trouver beau. Son cœur se contracte en découvrant cette timidité dans le geste et le regard.

« Voyons, je suis donc bien folle, moi, là. Jacques Leblanc ne m'a jamais intéressée. C'était le mari de Fanny. Un ti-cul qui m'a toujours tapé sur les nerfs. C'est vrai qu'il a un an de plus que moi. Ce n'est pas si mal. »

Elle remarque pour la première fois ses beaux yeux noirs. Un regard rempli de rire et de gentillesse.

À peine Jacques est-il parti vers dix heures du soir que le téléphone vient sortir Marlène de sa rêverie. C'est Serge qui l'appelle. Pour une rare fois, elle se sent décontenancée. Pourquoi vient-il la déranger dans un aussi agréable rêve, lui, le grand escogriffe ? Serge perçoit de la contrariété dans la voix de son interlocutrice. « J'ai l'impression de te déranger.

— Non, non. Je m'excuse. C'est parce que Jacques, mon beau-frère vient de sortir d'ici et je pensais à la proposition qu'il m'a faite.

— Ah… pour du travail ? »

Marlène pense d'abord lui mentir, mais ça ne lui ressemblerait tellement pas. « Crois-tu ! Il veut m'amener à l'opéra.

— Ah… Il ne vient pas de perdre sa femme, lui ?

— Oui. Mais ça fait déjà quatre mois.

— Eh, ben, les deuils se liquident vite au Québec…

— Pardon ?

— Attention, Marlène, cet homme cherche une bouée de sauvetage et ça se sent.

— Ah, ben, là, par exemple ! Tu me casses les bras Serge Roussel. C'est toi qui dis ça ? »

Un silence plane au bout du fil. Serge met quelques secondes avant de retomber sur ses pieds. Il finit par se reprendre. « Je m'excuse si je t'ai blessée, je n'ai pas voulu cela. Dis-moi, est-ce que je pourrais aller te voir, ce soir ? J'aurais des choses importantes à te dire.

— Ah ? Coudon, c'est ma journée. Tout le monde a de quoi me dire. Amène-toi. »

Marlène ferme le combiné. Elle enlève ses souliers. Pieds nus, les chaussures dans une main, elle monte à sa chambre pour chausser ses pantoufles. Et, quant à y être, elle enfile son pyjama et endosse une robe de chambre. Finie l'époque où elle se mettait sur son trente-et-un pour recevoir le grand Lustucru. Elle fredonne

C'est le grand Lustucru qui passe
Qui passe et mangera
Tous les petits gars qui ne dorment guère
Tous les petits gars qui ne
Dorment pas
Lonlonla...

Oups, le carillon de la porte.

« Ben, voyons, si c'est déjà lui ! Il ne vient pas de Saint-Antoine, c'est certain. Ça fait à peine dix minutes qu'il a téléphoné. »

— Hein ? Shirley puis Michel ? Mais entrez, voyons.

— Excuse-nous, Marlène. On passait et on a vu la maison tout éclairée. On a pensé venir t'annoncer la dernière nouvelle.

— Hein ? vous vous mariez, quoi ?

— Oui, c'est une première nouvelle. »

Marlène n'est pas surprise de ce que Michel vient de lui annoncer. « Tu parles d'une première nouvelles, parce qu'il y en a une deuxième ? Shirley, tu n'es toujours pas enceinte ? »

Shirley éclate de rire. Elle reconnaît bien là l'humour de sa belle-sœur. Elle l'a toujours aimée pour ses réparties. « Non. Nous déménageons aux États-Unis. Comme je suis Américaine, ce ne sera pas difficile de retourner dans le pays où je suis née. Oh, ce n'est pas pour tout de suite. Dans six mois. Quand Michel aura pris sa retraite.

— Et les enfants ?
— Ce ne sont plus des enfants. Ils viendront nous voir. New York, ce n'est toujours pas au bout du monde.
— Et les filles, Michel ?
— Même réponse. Tu es la première personne à qui nous en parlons. »

Ils sont assis tous les trois dans le boudoir quand Marlène leur apprend qu'elle attend la visite de Serge. Michel n'a jamais vu ce dernier, mais il en a beaucoup entendu parler. Shirley, pour sa part, l'a déjà rencontré. Une fois où elle avait accompagné Marlène à un cours. Et une autre fois ici même chez Marlène. Elle l'avait trouvé charmant.

Le couple d'amoureux se lève pour partir quand le carillon se fait entendre. Tout en les conduisant vers la porte, Marlène ouvre. Elle s'empresse de présenter Serge à Michel. Shirley et Serge étant déjà en pays de connaissance.

Curieusement, Michel ne semble pas souhaiter faire connaissance avec Serge. À peine le salue-t-il.

Michel et Shirley quittent la maison sur-le-champ. Serge suit Marlène dans le boudoir.

Cette dernière a l'impression que son visiteur s'ennuyait tout simplement. Il ne voulait parler que de cours. Il repart une demi-heure plus tard.

« Est-ce que ce ne serait pas l'histoire de ma soirée d'opéra avec Jacques Leblanc qui a fait voyager mon grand Lustucru jusqu'ici ? Non. Je ne dois pas lancer un roman sur ce fait. »

Marlène se réveille à six heures le lendemain matin. Elle abandonne ses rêves pour replonger vite dans la réalité. Elle ne sait pas qui est entré coucher, au milieu de la nuit, Laura ou Louis-Camille. Ou même les deux. Mais elle s'en fout.

La quinquagénaire se rend à sa salle de bains. Elle se regarde dans le miroir et se considère soudain très vieille.

« J'aurai cinquante-neuf ans dans six mois et ce matin, ça paraît. »

Pourtant, elle sait qu'elle présente un visage boursouflé, parce qu'elle a trop lu avant de s'endormir. Peut-être préfère-t-elle croire qu'elle est très âgée. Elle saute dans la douche. Et quand elle en ressort, elle se regarde à nouveau dans le miroir. Elle ne voit plus la même personne. Marlène Robin vient de retomber sur ses pieds. Elle se sent fraîche comme une rose.

Quand elle descend à la cuisine, sa nièce est là. « Tiens… Tu te couches ou tu te lèves ? »

Laura pouffe de rire. « Ni l'un ni l'autre. Je suis venue boire un verre de lait pour mieux me rendormir.

— Laura, pourquoi tu ne m'as pas dit que Serge était veuf ? »

Laura reste hébétée. Comme si le tapis lui glissait sous les pieds. Elle perd momentanément le contrôle de la situation. Cependant, elle revient vite dans la réalité. Elle en a vu d'autres avec sa tante. La journaliste reste calme. « D'abord, tu ne me l'as pas demandé. Et c'est surtout parce que Serge m'a dit de n'en parler à personne. C'est un secret. Il te l'a dit ?

— Oui. »

Marlène relate comment elle a appris la nouvelle. Laura fait la grimace et en profite pour demander à sa tante : « Coudon, es-tu amoureuse de lui ?

— Non, mais j'aime bien savoir à qui je m'adresse quand je parle à quelqu'un. Il est mon ami, par exemple.

— Dans ce cas-là, s'il est ton ami, il faut que tu respectes sa volonté, non ? On n'oblige pas les gens à nous dire ce qu'ils ne veulent pas dire.

— Tu as raison. Mais ça m'a fait de la peine que tu ne me l'aies pas dit, toi.

— Qu'est-ce que tu aurais fait à ma place ?

— Je ne sais pas.

— Si j'avais pensé que tu étais en amour avec lui, peut-être que je te l'aurais dit. Mais toi non plus tu ne m'as rien dit.

— Tu as raison. De toute façon, c'est du passé. »

Laura remonte à sa chambre. Elle essaiera de dormir. Marlène prépare son déjeuner. À huit heures et demie, le carillon de la porte la ramène sur terre. Elle va ouvrir, croyant que c'est son Serge peut-être qui revient lui parler. Sans doute vient-il pour effacer le mauvais rêve de la veille. Elle arrive face à face avec Michel Pichot, son beau-frère. Il sourit à sa belle-sœur. « Bon matin, chère belle Marlène. Je m'excuse de venir te déranger si tôt ce matin.

— Tu n'as pas à t'excuser. Ça me fait plaisir. Viens prendre un café. »

Michel suit sa belle-soeur à la cuisine. « Oh, oui, je dois m'excuser. Je n'ai pas fermé l'œil de la nuit. Ce matin s'est opéré un grand changement dans ma vie. Shirley et moi, nous venons de casser. J'ai compris cette nuit que je ne l'aimais pas. Elle non plus ne m'aime pas.

287

— Hein ? Voyons donc ! Ce n'est pas sérieux. Hier soir vous parliez de vous marier et de partir aux États-Unis… Vous n'êtes quand même pas des enfants.

— Ce matin, je retourne chez moi pour réfléchir, car cette nuit j'ai compris que j'en ai une autre dans la tête. Et puis, Shirley est trop jalouse. Il n'y a pas tellement longtemps qu'on a la liberté d'habiter ensemble. Depuis que notre situation s'est clarifiée, à tout instant elle me fait des crises de jalousie. Non. Ça ne marchera jamais. Cette nuit, elle avait raison d'être jalouse. Mais c'est la première fois que je lui donnais raison. Cette nuit, je n'avais que toi en tête. Je te revoyais jeune, à Châteaudun quand tu étais venue te promener et que tu étais en peine d'amour d'un certain amoureux dont tu avais lu la lettre de démission à bord de l'avion. Je pense que le sentiment que j'éprouve dormait en moi depuis ce temps.

— Cher Michel. Tu as raison de ne pas partir avec Shirley. Va-t-en chez toi pour réfléchir. Il se présentera bien quelqu'un sur ton chemin. Alors, tu verras clair.

— Je pourrai venir te voir de temps à autre ?

— Et tu pourras venir me voir de temps à autre. »

Michel quitte Marlène une demi-heure plus tard. Cette dernière le regarde aller vers le seuil de la porte. Elle lui envoie la main et sourit. « S'il est en mode recherche, pas moi. Merci. Je sais déjà trop bien ce qui ne marchera jamais. Ce n'est pas toi que j'aime Michel Pichot. Et mon grand Lustucru n'est qu'une imposture. » Elle se met à fredonner :

C'est le grand Lustucru qui passe, Et ce soir c'est moi qu'il mangera Moi ce soir, parce que je ne dors guère

Les grandes décisions

On pourrait croire que le dernier coup de massue a apporté la sérénité à Marlène Robin. Elle a passé une belle soirée au Grand Théâtre de Québec avec son beau-frère, Jacques. Quinze jours plus tard, Michel Pichot lui téléphone pour l'inviter à la Place des Arts, à Montréal. Marlène refuse, prétextant un engagement pris depuis longtemps.

« Plus rien par obligation. C'est terminé. » Ce matin, elle déjeune au restaurant avec ses deux sœurs, Denise et Marylou. Cette dernière est en visite au Trait-Carré. Marlène a une nouvelle à leur communiquer. Ses sœurs se méfient. Quand Marlène leur annonce une primeur, c'est toujours pour assommer. « C'est quoi la bombe, Marlène ?

— Attends, la Poule, tu vas voir que c'est une belle bombe. »

Denise se méfie aussi. Elle a peur de ne pas aimer apprendre la nouvelle. « Les filles, je vends le Trait-Carré et je m'achète un condo à Sainte-Foy.

— Quoi ? »

Marylou a soudain peur que son fils soit dans la rue comme un vulgaire itinérant. Lui qui est si bien reparti. Il travaille; avale ses médicaments; ne semble plus avoir de cauchemars. Marlène voit l'air dévasté de sa soeur. « Je vends la maison à Louca. Il le sait et en est très heureux. Pour la somme d'un dollar, il me semble que ce n'est pas trop cher, hein ?

La Poule saute de joie. Elle n'en croit pas ses oreilles. Denise, pour sa part, reste atterrée. Marlène s'en rend bien compte. « Denise, reprends tes couleurs. Ce n'est pas loin, Sainte-Foy. Tu viendras faire ton tour quand tu voudras.

— Ce n'est pas à l'éloignement que je pense. C'est que depuis une semaine, je regarde les condos à vendre dans le journal. Moi aussi, je veux m'en aller à Sainte-Foy.
— Formidable ! On cherche ensemble ?
— Bien oui. Je pense qu'il est temps que je décolle de cette grande maison. Actuellement, chacun vient me déposer ses enfants, et moi je deviens la gardienne de tout le monde. Dans un condo, j'en prendrai un plus petit nombre à la fois. La Poule, pourquoi tu ne t'en viens pas avec nous ? On serait bien les trois sœurs ensemble.
— Hey, vous me tentez vous autres, là.
— Ben, embarque. Tu habiterais tout près de ton fils.
— Je sais, les filles, je sais. Commençons par chercher et voir si les condos sont à mon goût. Je verrai. Je vais appeler, Marysol. Tout à coup elle serait intéressée. On ne sait jamais. Ce serait le fun, les Robin'Sisters, habitant dans le même édifice. »

Sans trop s'en rendre compte, Marlène suit les conseils du Grand Lustucru. Qu'à-t-elle dans la tête ? Ce même soir, dès qu'elle est couchée, elle s'endort en fredonnant dans sa tête, mais cette fois, en souriant :

C'est le grand Lustucru qui passe, qui passe et s'en ira...
tous les...qui ne dorment pas.

* * *

Le mariage de Laura est annoncé pour le samedi 25 juillet 1992. Son père aurait voulu qu'elle remette la cérémonie à plus tard. Il n'y aura pas un an que sa femme est enterrée. Mais Laura se sent prête. Et quand Laura est parée, il n'y a rien pour la faire changer d'idée.

Comme elle ne s'était mariée que civilement la première fois dans sa prime jeunesse, elle a donc le droit de se marier à l'église.

Marlène est très heureuse de la tournure des événements, surtout du fait que sa nièce veut se marier à l'église de Charlesbourg, l'édifice religieux Saint-Charles-Borromée. Cet événement lui rappellera bien des souvenirs.

Ce soir, elle se souvient, lorsque Denise s'est mariée, la première fois.

« Je crois que c'était lors de la célébration matrimoniale. J'habitais à Québec. Je n'étais pas en bons termes avec papa. J'étais invitée au mariage de ma sœur, évidemment. J'avais beaucoup hésité à répondre à l'invitation. C'est mon frère Jean qui m'avait suppliée d'y assister. Il voulait même venir me chercher. J'avais refusé, lui faisant comprendre que j'étais assez grande pour me rendre seule à l'église. Je ne me souviens plus si je fréquentais encore le beau Bob Turner. J'avais dit à Jean que j'assisterais à la cérémonie seulement, mais que je ne participerais pas à la noce. J'étais arrivée après tous les autres dans la nef. Je me suis assise à l'arrière, coiffée d'un grand chapeau.. Mon père s'est retourné. Il m'a aperçue. Il avait laissé la mariée à son prie-Dieu et était venu me chercher dans mon banc pour me fournir une place parmi ma famille dans les premières rangées. Je me souviens, j'avais le cœur tellement gros. J'ai avancé dans l'allée centrale, comme si c'était moi la mariée du jour. Je crois que Denise m'en a toujours voulu de lui avoir momentanément volé la vedette. Que de souvenirs ! Ou plutôt, non. Ce n'est pas de même que ça s'est passé. Je me souviens, oui. C'est en passant devant mon banc, avec Denise à son bras que papa m'a aperçue. Je me souviens qu'il m'avait dit par la suite que je ressemblais tellement à maman qu'il avait eu un choc en me voyant. Il y avait longtemps qu'on s'était vus. J'étais partie de chez nous en chicane. Quelle discorde ! Et dire que moi, je me suis toujours sauvée quand cela aurait pu être mon tour de me marier. Bof... trop vieille, aujourd'hui. Je ne me vois pas avec une ribambelle d'enfants. Par contre, j'aurais peut-être des petits-enfants aujourd'hui... »

La sonnerie du téléphone ramène Marlène au moment présent. Marysol l'appelle depuis sa Beauce lointaine. Elle donne son accord pour chercher un condo en ville elle aussi. Marlène s'en réjouit. Si les quatre sœurs se regroupent dans un vaste immeuble moderne, mais chacune dans son propre condo, cet arrangement fera le bonheur de Marlène Robin et des autres aussi, c'est bien certain.

* * *

Pour le mariage de Laura, Jacques Leblanc a demandé à Marlène de l'accompagner à la cérémonie. Mais Marlène ne veut pas s'attacher à quelqu'un. Elle essaie de trouver une échappatoire. Elle fait des pirouettes. Normalement, le père devrait s'asseoir à côté de sa fille pendant la cérémonie à l'église et il serait amplement occupé par sa fonction. Mais Jacques ne veut rien entendre. Il veut accompagner Marlène. Celle-ci finit par céder. Ce matin, elle en parle à sa confidente, Denise. Cette dernière ne peut s'empêcher de rire. « Bien, ma fille ! On peut dire que tu es chanceuse avec tes beaux-frères. Attends, tu vas bien voir arriver Michel Pichot.

— Ah, celui-là, je vais te l'envoyer.

— Qu'est-ce que tu lui diras, s'il se pointe ? Et si le beau Serge te siffle pour te ramener à lui... ? Vas-tu laisser tomber le mariage de ta nièce ?

— Es-tu folle ? Serge ne se pointera plus.

— Ben, voyons donc ! Tu verras, il se pointera bien.

292

— Changeons de propos, Denise. Je ne veux plus penser à lui.

— O.K., O.K., prépare-toi, c'est toujours mieux. »

Les deux femmes planifient le repas de la noce. Car c'est chez Marlène, dans la vieille maison familiale que la fête aura lieu au sortir de l'église. Marlène a déjà tout écrit sur un papier, deux mois avant l'événement.

« On n'est pas pour manquer notre coup, certain. »

Jacques Leblanc tient à payer les coûts de la noce. Il l'a bien spécifié à Marlène. Elle lui a promis qu'elle paierait la moitié du montant de la facture, mais c'est elle qui contrôle les préparatifs de la fête. Jacques n'est pas inquiet, il sait que ce sera parfait. Il connaît sa belle-sœur.

Ce matin, Marlène s'affaire dans la boustifaille au moment où Laura se pointe à la cuisine, le sourire fendu jusqu'aux oreilles. Comme Marlène va s'ennuyer de cette belle Laura toujours de bonne humeur. « Jamais je ne l'ai vue marabout cette belle enfant-là. Parfois sarcastique, mais elle a tellement d'humour que ses sarcasmes sont toujours du bonbon. Mon Dieu que je vais donc m'en ennuyer ! »

— Laura, as-tu pensé à ce que je t'ai offert ? Je fais allusion à la robe de mariée de ta grand-mère Robin ?

— Aie, certain. Je la veux. Je peux la voir ? L'essayer ? Quelle taille avait-elle, ma grand-mère ?

— Je pense que Madeleine avait ma taille. Attends. Attends, je me lave les mains et je monte te la chercher.

— Tu as de la farine aussi sur le bout du nez.

— Ah, mon Dieu. Oui, je suis donc mal équipée, je te jure.

Marlène part au pas de course pour chercher la robe dans la garde-robe de la chambre de son père. Laura la suit de près et entre derrière sa tante dans ce que Laura appelle le sarcophage de son grand-père.

Pendant que Marlène fouille dans le placard, Laura sourit. À quoi pense-t-elle ? La tante sort au bout de quelques secondes avec une grande boîte de carton blanc, jauni par le temps. « Je me suis toujours demandé ce qu'il y avait dans cette caisse. Je n'ai jamais osé l'ouvrir, je me disais que ce n'était pas de mes affaires.

— Waw, la journaliste. Pour une fois, tu n'as pas été curieuse.

— Je ne suis pas toujours curieuse, tu sais. Surtout quand j'ai peur des fantômes.

— La belle affaire ! Tiens. On va l'ouvrir. »

Elle détache le nœud du ruban entourant la boîte. À l'intérieur du papier de soie bleu bien ficelé se cache la robe de dentelle écrue. Marlène la retire, la secoue pour la défroisser et l'étend sur le lit. Elle regarde sa nièce. Cette dernière garde la main sur sa bouche. La belle Laura est tellement émue qu'elle ne peut parler. Des larmes lui viennent aux yeux. « Voilà la robe de mariée de ta grand-mère. Veux-tu l'essayer ?

— Oh, oui ! Je suis tout à l'envers. J'espère qu'elle me portera chance.

— Pourquoi pas ? Essaie-la ! Je reviens. »

Marlène sort de la chambre, sous prétexte d'aller à la toilette. Cinq minutes plus tard, elle revient. Elle a les yeux rougis. Apercevant sa nièce, belle comme un cœur dans la robe de Madeleine Robin. Cependant, Laura est plus grande que ne l'était son aïeule, de sorte que le long vêtement féminin s'arrête quelques pouces au-dessus de ses chevilles. « Waw… te voilà donc plus élancée que ton aïeule Madeleine, hein ?

— J'aime mieux ça. Vois-tu, une robe sept-huitième, c'est ce que je désirais.

— C'est vrai que c'est superbe. Tu es fantastique, ma belle Laura. Tu as la même taille que ma mère. La robe te va parfaitement. Cette robe aura servi à Madeleine ainsi qu'à sa petite-fille Laura. Oh, les manches aussi sont au sept-huitième, hein ? Mais ça fait très beau. Veux-tu qu'on y rajoute un frison de dentelle écru ?

— Je ne sais pas. j'adore comme ça… Je te la remettrai après usage. Elle peut convenir pour une autre personne de la descendance, on ne sait jamais. Est-ce que quelqu'un l'a déjà portée après ma grand-mère ?

— J'essaie de me souvenir… chez mes soeurs, je ne crois pas. Denise était un peu plus forte de taille que maman. Idola aussi. Marysol ? Elle était bien trop indépendante avec ses idées bien à elle. Moi, je ne me suis pas mariée. Et Marylou, au civil quand elle était plus âgée. Fanny a convolé alors qu'elle était enceinte de toi. Donc, ça n'a pas dû être ajusté pour qu'elle entre dans la robe.

— Eh, ben. Je suis contente de la porter. Je suis certaine qu'elle m'apportera le bonheur.

— Pauvre petite ! Je te le souhaite de tout mon cœur.

— Je vais me faire arranger un bouquet de mariée avec des roses de couleur cendrée.

— Cendre de rose, c'est ma teinte préférée, ma belle Laura. C'est vrai que le ton ira bien avec l'écru de la robe. Tu as une bonne idée. Bon. Je retourne à mes chaudrons. Apporte la robe dans ta chambre. Elle t'appartient pour le temps du mariage. » Laura hésite. « Oui, je la prends tout de suite ?

— Bien sûr. Voyons donc. Tu me la remettras après la cérémonie. »

La journaliste est aux oiseaux. Tout tourne bien pour elle. Sauf qu'elle voudrait bien annoncer la nouvelle à sa tante.

« Mais non, comment lui dire cela. Je verrai dans le temps comme dans le temps. Laissons du temps au temps. »

* * *

Ce soir, la docteure Emma Robin a invité la famille à pendre la crémaillère dans sa nouvelle maison du Lac Beauport. C'est la Saint-Jean-Baptiste et Emma veut souligner la fête. Depuis quelque temps, Emma est attachée au personnel de l'hôpital Saint-François-d'Assise de Québec. Tout baigne dans l'huile pour elle. Sa tante Denise ne passe pas une semaine sans aller faire une courte visite. Elle la voit plus souvent que ses propres filles. Toutes les deux ont des atomes crochus. Il est vrai qu'elles sont apparentées par le sang.

Jonathan commencera l'école au Lac Beauport dès septembre. Emma a trouvé une garderie tout près de chez elle. La docteure Robin nage en plein bonheur.

Beaucoup de monde est invité pour pendre la crémaillère à la résidence huppée d'Emma Lafrance Robin. En premier lieu, Denise et sa fille, Sonia, qui a toujours été la grande amie d'Emma. Le reste de la famille Lavoie est aussi invité au grand complet. Ses cousines Norma et Caroline Pichot et leur père de Saint-Lambert. Ses demi-frères, Laurent et Michel Robin. Ses cousins Stéphane Campeau, Louis-Camille Robin. Les matantes Robin sans exception. Elle n'a pas oublié son ex-mari Raynald Lehoux et sa blonde. Quant à Shirley, la veuve de son père, cette dernière a déjà décliné l'invitation puisqu'elle est en plein déménagement à New York. En fin de compte, elle part seule aux États-Unis. Les amours n'ont pas repris entre Michel Pichot et la veuve de Jean Robin. Les deux sont toujours en réflexion.

Marlène se le répète souvent. « Idola a dû arranger cela pour le mieux. »

La fête de la crémaillère est un succès le soir de la Saint-Jean-Baptiste. Jonathan est fou de joie de rencontrer autant de monde. Son père ne le lâche pas d'une semelle. Marlène remarque qu'il s'en occupe plus que sa mère. « Tiens, tiens, il me semblait que Raynald s'était détaché de son fils. Les deux ne se voyaient pas souvent. Mais cette rumeur ne tient plus la route. Pas ce soir en tout cas. »

Denise et Marlène se promènent au bord du lac et en profitent pour humer le bon air pur de ce coin qu'elles ont bien fréquenté dans leur jeunesse.

Marlène se souvient de leurs randonnées à dos de cheval, chevauchant par les sentiers équestres aménagés à cette fin. Mais ce n'était rien à l'époque, comparativement à aujourd'hui.

Michel Pichot a décliné l'invitation lui aussi, prétextant être au travail très tôt le lendemain matin. Ce qui fait l'affaire de Marlène. Jacques Leblanc, quant à lui, ne quitte par sa belle-sœur des yeux. Denise ne peut s'empêcher de mettre sa sœur en garde. « Si Jacques ne t'intéresse pas, je pense que tu serais mieux de le lui dire, car il est après se faire des idées, j'en suis certaine.

— Oui. Je suis à la veille de mettre carte sur table. Laissons passer le mariage et ça ne traînera pas.

— À ta place, je n'attendrais pas aussi longtemps.

— Je m'en occupe. »

Le lendemain de la Saint-Jean, Emma nage en plein bonheur. Elle ne dépend de personne et peut ressentir de l'euphorie quand même, comme cela fait bien son affaire. Tout le monde est reparti tard hier soir, ou plutôt au lever du jour. La docteure est satisfaite de sa soirée d'ouverture.

« Pas seulement l'ouverture de ma maison, mais l'ouverture sur ma vie. Ne plus dépendre de personne et ne pas avoir peur de ce qui m'arrivera. Je crois que c'est cette réalité-là qu'on peut appeler de l'indépendance, et ça me plaît. » Elle sourit à la pensée de vivre une grande liberté.

* * *

Louis-Camille se sent heureux depuis qu'il a chaussé les bottines de professeur de peinture et de dessin. Il prend ses médicaments régulièrement et n'a plus de cauchemars. Enfin, presque plus. Ce n'est peut-être pas la perfection, car il s'ennuie parfois de son deuxième monde, qui est irréel pour le commun des mortels, mais combien vrai pour lui-même.

Demeurant quelques fois songeur, son entourage immédiat explique son attitude par les médicaments qu'il doit prendre chaque jour. Qui pourrait penser qu'il se sent seul ?

« Je me demande ce qu'ils font mes petits, sans que je sois là pour les protéger. La semaine prochaine, je vais arrêter temporairement mes médicaments et je vais aller voir ce qu'ils font. C'est-tu assez bête ! Je m'ennuie d'eux. Je suis certain qu'eux aussi ont de la peine de ne plus suivre leur Crapoulou. Oui, la semaine prochaine, tante Marlène part pour deux jours avec sa copine Marie. Elles vont à Montréal. J'en profiterai pour aller chez mon monde, de l'autre côté de la vie. J'espère que je ne rencontrerai pas la Grébiche, par exemple. De toute façon, elle le sait, c'est moi le maître de la maison du Trait-Carré, maintenant. Elle n'a qu'à se tenir tranquille. »

Voilà que Marlène et Marie Sylvain remettent à plus tard leur voyage à Montréal. Elles iront dans la métropole après le mariage de Laura. Ce qui désappointe grandement Louis-Camille. Comme il s'ennuie énormément de ses gnomes, il loue une chambre pour deux nuits dans un hôtel de la Haute-ville de Québec. Voilà une semaine qu'il a cessé de prendre ses médicaments. Il se sent tellement joyeux qu'il manifeste sa joie autour de lui. Tout le monde le trouve si gentil qu'on ne reconnaît plus le professeur sérieux qu'il était habituellement. Une grande euphorie s'empare de lui. C'est ce soir qu'il va coucher à l'hôtel.

« J'ai bien fait d'arrêter mes médicaments. Je ne suis pas pour être esclave de tant de pilules pendant toute ma vie. Ça va faire. »

Durant toute une journée, il fête avec ses élèves. Ces derniers ne comprennent tout simplement pas sa conduite. C'est vendredi et sa chambre est louée jusqu'à dimanche. Il a hâte d'arriver à l'hôtel.

Après le travail, il s'y rend directement et s'installe comme un touriste en vacances. Il demande que son souper soit livré à sa chambre et il n'oublie pas de commander une bouteille de vin rouge. En attendant que ce service lui soit apporté par un serveur, il fume cigarette par-dessus cigarette. Il attend la venue de se petits amis.

« Je suis étonné qu'ils ne soient pas là. Maudites pilules. Jamais je ne retoucherai à ça. » Louca devient nerveux à l'extrême. Une grande anxiété l'habite.

À six heures et demie, on frappe à la porte. Il va ouvrir. C'est le livreur qui apporte son repas. Louca signe la facture et verse un pourboire au commissionnaire qui disparaît aussitôt. Le fêtard lève les couvercles de ses plats. Le mets apporté le déçoit. Il ouvre la bouteille de vin et s'en verse un plein verre. Il boit à grandes gorgées. Louis-Camille ne mange pas. Ayant vidé la moitié de la bouteille, il devient triste. Il ne voit toujours pas ses petits amis autour de lui. Rapidement, il avale à grandes lampées le reste de la bouteille. Puis, il en commande une autre par téléphone. La deuxième bouteille de vin rouge arrive à sa porte cinq minutes plus tard. Il signe la facture. « Monsieur n'a pas commencé à manger ? interroge le même livreur du jour.

299

— Non. Monsieur mangera plus tard.

— Ce sera froid, Monsieur.

— Pas grave. Monsieur ne mange pas chaud.

— C'est comme vous aimez. Bonne soirée, Monsieur.

— Merci. »

« Non, mais qu'est-ce qu'il fait de la liberté des individus, lui ? On ne lui a pas appris à vivre ? » Il soulève le couvercle sur le bol de soupe et commence à manger son potage. « Oups. On dirait que c'est tante Marlène qui a fait le potage. Elle est bien capable d'être venue cuisiner ce repas pour son ti-gars. » Soudain, Louca se met à crier :

— Vous êtes où mes petits sacripants ? Vous êtes où ? C'est qui le maître ici ? »

Soudain, il voit apparaître un gnome devant lui, l'air boudeur. Louis-Camille se met à pleurer. « Vous ne vous ennuyez pas du Crapoulou ? Moi je m'ennuie de vous autres. Où sont les autres, là ?

Ils arrivent tous l'un derrière l'autre, les bras croisés, l'air malheureux. « Où étiez-vous donc ? »

C'est la petite fille qui s'approche et lui saute soudain dans les bras. « On est toujours avec toi, Crapoulou, mais tu es dans un autre monde et tu ne nous parles plus.

— Ah, non... c'est à cause de mes pilules. Je ne vous vois plus.

— Prends-les plus, tes pilules. Jette-les dans les toilettes. Donne-les-moi, je vais les jeter.

— Je ne les ai pas avec moi. Elles sont à la maison. Si je ne les prends pas, je ne pourrai pas travailler. Je ne peux pas

300

rester dans deux mondes. Il faut que je fasse des choix.

— Et tu ne nous choisis pas ? »

Ils se mettent tous à pleurer. Louis-Camille pleure et se met à hurler et à frapper dans les murs. Il se sent étouffer. On frappe à la porte. D'abord, il ne perçoit rien. Au bout d'un moment, il finit par entendre. Il met son doigt sur sa bouche pour signifier à ses amis de ne plus parler. Il va ouvrir. « Bonsoir monsieur. Je suis le gérant de l'hôtel. Les voisins se sont plaints que vous étiez bruyant.

— Oh, je m'excuse, monsieur. Je me suis endormi et j'ai fait un cauchemar. Tout est sous contrôle maintenant. Soyez sans crainte. »

L'homme à l'allure sévère le regarde avec condescendance. Un petit ami de Louca saute sur l'épaule droite du directeur et la petite fille sur la gauche. Louis-Camille se retient pour ne pas éclater de rire. L'homme imposant tourne les talons et marche vers les ascenseurs. Louis-Camille ferme la porte et parle à voix basse à ses amis. « Là, vous allez arrêter de faire les fous, on va me mettre dehors ou bien on va me jeter en prison. Plus un mot, sinon je reprends mes pilules.

— Tu ne les as pas avec toi. Tra-la-la-lalala.

— Je vais aller les chercher.

— On ne te laissera pas faire. »

Louis-Camille se sent pris au piège. Il regrette son escapade à l'hôtel. Il n'est plus certain de vouloir cohabiter avec ses petits monstres qui le mettent toujours dans l'embarras. Il se laisse tomber dans un fauteuil. Il met la main dans sa poche de pantalon. Oh, surprise, il tâte la bouteille de pilules. Il fait mine de rien et se rend à la toilette. « Restez tranquilles pendant que je vais à la toilette. Je ne veux pas en entendre un. »

Il se dépêche de verrouiller la porte sans penser que ses gnomes passent à travers les murs. Il sort sa bouteille de pilules et en glisse deux dans sa bouche. Il prend le verre sur le lavabo et fait couler l'eau froide. Il se retourne et aperçoit la petite fille sur le bord du bain. Elle hurle en gesticulant avec ses mains. Louis-Camille se hâte d'avaler le verre d'eau. Il sort de la pièce et se rend en vitesse dans le lit. Il s'allonge et s'endort aussitôt.

* * *

Dans la nuit de samedi à dimanche, la sonnerie du téléphone réveille Marlène à trois heures du matin. « Pardon ? Où ? Quel hôpital ? »

Marlène est tout endormie et ne sait comment décoder le message. On veut qu'elle se rende à l'hôpital Saint-Sacrement où son neveu est hospitalisé.

Laura se pointe dans la mezzanine. « Qu'est-ce qui se passe ? Y a-t-il le feu ?
— Non. Ton cousin est hospitalisé. Va t'habiller. On va à l'hôpital pour le chercher.
— Comment ça ? Il a eu un accident ?
— Sais pas.
— Coudon. Es-tu certaine qu'on ne nous joue pas un tour ?
— Certaine. »

Cinq minutes plus tard, les deux femmes montent dans l'auto de Marlène restée garée devant la porte. Complètement réveillées, les deux femmes se dirigent vers l'établissement hospitalier où est retenu Louis-Camille Robin.

Vingt minutes plus tard, elles se présentent au bureau des urgences. Il n'est pas long qu'elles apprennent le court et le long de l'histoire. Des policiers sont allés cueillir le jeune homme à la demande des dirigeants de l'hôtel *Les Gouverneurs*. Les médicaments pris avec du vin ont eu un effet néfaste sur Louis-Camille. Les deux femmes restent décontenancées devant l'histoire qu'on leur raconte. Sans perdre un instant, elles se rendent à la chambre de Louca. Ce dernier est habillé, portant une casquette sur la tête, il les attendait. Laura se jette dans les bras de son cousin et tous les deux pleurent ensemble pendant un long moment. Marlène retient ses larmes et prend l'initiative d'une autre démarche à suivre. « Bon. Les jeunes, êtes-vous prêts ? On s'en va à la maison. Louca, tu as ton congé. On vient tout juste de le dire. »

Ce dernier fait un signe affirmatif de la tête. Il semble atterré. Laura le retient par le bras. « Viens-t-en, vieux chum. T'es pas tout seul. On est là, tante Marlène et moi.
— Je vous cause du gros trouble. »

Les deux femmes ne disent rien. Marlène bat la marche en retenant ses larmes.
« Pauvre ti-gars ! Comment il va se sortir de cette maladie ? Si jamais il s'en sort. »
Sur le chemin du retour, c'est le silence total. Les trois arrivent à la maison à cinq heures du matin. Avant de regagner chacun leur chambre, Marlène offre un café. Les deux jeunes refusent. Le trio se sépare à la hauteur du grand escalier.
En entrant dans sa chambre, Marlène se rend à sa salle de bains pour s'éponger le visage. Ne pouvant plus se retenir, elle éclate en sanglots. « Comment il va s'en sortir ? Comment il va faire ? Et pauvre Marylou. Comment vais-je lui raconter ? »

Enfin, après avoir pleuré un bon coup, elle revient près de son lit; remet son pyjama qu'elle avait laissé sur le pied du lit. Elle s'enlise sous les couvertures. Cinq minutes à peine suffisent pour la plonger dans un sommeil profond.

Laura n'est pas capable de se coucher tout de suite. Elle se rend à la chambre de son cousin qui lui raconte son aventure à l'hôtel. La journaliste a le cœur à l'envers. « Pauvre Louca ! Il ne s'en sortira bien jamais. »

— Tes pilules n'ont pas l'habitude de te faire un tel effet ?
— Non, mais ça faisait plus d'une semaine, je pense, que je ne les prenais pas. Je voulais revoir mes petits amis. Et hier, j'ai pris deux pilules au lieu d'une pour m'en éloigner. Ils n'avaient pas d'allure. Ils ne savent pas vivre. Avalés avec du vin, les médicaments n'ont pas donné l'effet désiré.
— Files-tu bien quand tu prends tes médicaments régulièrement ?
— Non. J'ai l'impression d'être maintenu artificiellement, juste sur la ligne. C'est d'une maladie mentale dont il s'agit, Laura. Bah, à ce qu'on dit… C'est comme si, avec les médicaments, on mettait un diachylon sur le bobo. Ce n'est pas fameux. Mais je n'ai pas le choix. Il faut que je les prenne, mes remèdes. Je ne peux pas vivre dans deux mondes. Ceux-ci semblent incompatibles.

Louca se sent soudain très fatigué. Laura croit qu'il est temps de le laisser se reposer. Elle lui donne un bisou sur la joue et se retire dans sa chambre. À son tour, comme sa tante quelques minutes plus tôt, elle revêt son pyjama et se glisse sous les couvertures.

* * *

Cinq jours avant le mariage. Laura semble inquiète. Marlène n'est pas sans se demander ce qui tracasse sa nièce.

« Regrette-t-elle déjà son mariage ? Qu'est-ce qui peut bien la rendre aussi nerveuse ? »

Il n'est que huit heures du matin et la voilà déjà à la cuisine avec sa tante. « Mon Dieu, la jeune, tu es de bonne heure sur le piton ?

— Oui. Je ne m'endormais plus.

— Es-tu prête à déjeuner ? Louca, lui, est-il déjà parti ?

— Ça doit, il commence à neuf heures à donner ses cours.

— Un café ?

— Oui. Merci

— Laura, je te vois inquiète depuis un moment. Qu'est-ce qui te chicote ? Tiens, assois-toi près de moi et dis-moi ça. »

Le visage de la journaliste tourne au rouge. Elle met du temps à répondre. « Oui, j'ai de quoi qui me chicote et je suis aussi bien de te le dire. Tu es tellement généreuse pour moi, je ne peux pas te désappointer. Ça fait un mois que je veux t'en parler et je remets toujours ça au lendemain.

— Ben, voyons donc ! As-tu changé d'idée ? Tu ne veux plus te marier ?

— Oh, non. Pas de danger. J'aime bien trop mon beau Martin pour cela. Mais… j'ai invité Serge au mariage. »

Laura grimace en sortant la dernière phrase. Marlène ne répond pas. Elle ne sait pas si elle se sent heureuse de la nouvelle, ou si elle doit se fâcher. La tante met du temps à réagir. Au bout d'un certain temps qui semble une éternité à Laura, la tante rassure sa nièce. « Merci de me le dire, Laura. J'apprécie. C'est normal que tu l'invites, il est proche de ta famille et tu l'as aimé.

Si tu es capable de l'inviter à ton mariage, c'est que vraiment tu ne ressens plus d'amour pour lui.

— Oh, je pense que je n'ai jamais été amoureuse de lui. C'était une tocade, c'est tout. Une bouée de sauvetage en attendant un autre amour. Sa grande bonté m'attirait, je crois.

— Bien tant mieux. Non, moi, ça ne me dérange pas. Ne pense plus à ça.

— Eh, que t'es fine ! »

La jeune fille se lève, prend sa tante par le cou et l'embrasse. Elle apprécie la réaction de Marlène, bien qu'elle sache que selon son habitude, cette dernière se sacrifie encore pour quelqu'un.

* * *

Le 30 juillet arrive trop vite au goût des membres de la famille Robin. Marlène met sa Volvo à la disposition de Louis-Camille pour qu'il conduise le père de la mariée et sa fille à l'église. Denise fera monter sa sœur cadette dans sa voiture.

La parenté et les curieux attendent les futurs mariés sur le parvis. Martin, le fiancé se pointe le premier. Il espérera sa promise à son prie-Dieu à l'avant de l'église.

Au tour de la fiancée de descendre de la voiture de luxe conduite par son cousin. Laura, vêtue de la robe de dentelle de sa grand-mère maternelle et coiffée d'un voile écru assorti à la robe, monte les marches au bras de son père. Tous deux se rendent jusqu'à l'avant de l'église, au son de la marche nuptiale. Ils s'en vont rejoindre le fiancé.

La famille, les amis et les curieux du parvis entrent dans la nef derrière la future mariée. Chaque invité enfile dans le banc qui lui est assigné par le placier, dont le service est rempli par Stéphane Campeau, le fils de Marysol. Marlène essuie une larme.

« Laura a attribué une tâche à tous ses cousins. Pauvre chouette, qu'elle est donc bien fine et débrouillarde ».

La quinquagénaire lève la tête pour admirer le couple de fiancés. Puis, elle se retourne pour voir quelles personnes sont assises dans les bancs derrière elle. Soudain, elle blêmit en apercevant Serge quelques rangées en arrière, du côté des amis. Il semble accompagné d'une belle jeune fille blonde et élancée. Marlène tremble. Denise se rend compte du malaise de sa sœur. Elle lui met la main sur le bras. Elle suit le regard de sa voisine. À son tour, elle rencontre le regard de Serge. Il sourit. « N'en fais pas un plat. C'est correct comme ça, il est son ami.

— La petite vache. Je suis encore une fois mise devant le fait accompli.

— Et puis après ? Qu'est-ce que ça fait ? Elle en était malade de ne pas te l'avoir dit. C'est sa fille qui l'accompagne.

— Elle m'a dit qu'il était invité, mais elle ne m'a pas révélé qu'il viendrait avec sa fille.

— Quand bien même tu ne saurais pas toujours tout. Peut-être que ça s'est décidé à la dernière minute.

— J'espère qu'elle ne l'a pas invité à la noce ?

— Qu'est-ce que ça fait ?

— Hum… Il est bien beau quand même, hein ? »

Denise sourit devant le regard attendri de Marlène. Cette dernière ressent soudain une grande sérénité.

Tout au long de la cérémonie, elle retourne les questions dans sa tête : « Je me demande pourquoi il était divorcé de sa femme et surtout pourquoi s'est-elle suicidée ? »

À ce moment, Laura, sourire aux lèvres, au son de la marche nuptiale, passe devant le banc de Marlène, au bras de son époux.

Table

Perdue dans les broussailles.. 11
Remettre le vieux rafiot sur ses rails 17
Le retour de Louis-Camille au Trait-Carré 29
Un accident à Longueuil... 39
Noël renaît au Trait-Carré.. 43
Un amour qui commence ?... 55
La Docteure Emma Lafrance Robin................................ 65
Le déménagement 69
Fin de soirée de grigris... 85
Voyage dans l'Ouest canadien 105
La frayeur de Denise... 135
Les esprits de Kelowna.. 147
Les grandes rénovations.. 157
Laura et ses idées farfelues 175
La Grébiche du Trait-Carré 187
Deux heures du matin 193
Shirley Worth / Michel Pichot....................................... 209
Brouhaha au Trait-Carré 219
Une soirée à L'Île d'Orléans.. 229
La geisha de Serge 241
La maison de Saint-Antoine 251
Le mystère percé 259
Un automne 91 mouvementé.. 273
Les grandes décisions 289

Achevé d'imprimer
à Montréal
en l'an 2013
par
Le Caïus du livre inc.